农药制剂加工实验

NONGYAO ZHIJI JIAGONG SHIYAN

吴学民 徐 妍 主编

U0132921

化学工业出版社
·北京·

本书共分 14 章，系统介绍了乳油、可湿性粉剂、悬浮剂、微乳剂、水乳剂、水分散粒剂、泡腾片剂等当前主要农药制剂的特征、性状、应用及实验室配制技术。另外，也对农药乳化剂、喷雾助剂等作了介绍。其中，每章均由基础知识介绍与实验两部分内容组成。

本书可作为高等农林院校植保、农药学等专业本科生和研究生的教材，也可供广大从事农药制剂加工研究与管理人员参阅。

图书在版编目（CIP）数据

农药制剂加工实验/吴学民，徐妍主编. —北京：化学
工业出版社，2008.11
ISBN 978-7-122-03737-4

Ⅰ.农… Ⅱ.①吴…②徐… Ⅲ.农药剂型-加工-实验
Ⅳ.TQ450.6-33

中国版本图书馆 CIP 数据核字（2008）第 144310 号

责任编辑：刘 军　　　　　　　　　文字编辑：昝景岩
责任校对：王素芹　　　　　　　　　装帧设计：张 辉

出版发行：化学工业出版社（北京市东城区青年湖南街 13 号　邮政编码 100011）
印　　刷：北京云浩印刷有限责任公司
装　　订：三河市前程装订厂
720mm×1000mm　1/16　印张 11½　字数 224 千字　2009 年 1 月北京第 1 版第 1 次印刷

购书咨询：010-64518888（传真：010-64519686）　售后服务：010-64518899
网　　址：http://www.cip.com.cn
凡购买本书，如有缺损质量问题，本社销售中心负责调换。

定　　价：28.00 元　　　　　　　　　　　　　　　版权所有　违者必究

前　言

农药制剂加工是农药学学科的重要分支之一，它的主要工作是将农药有效成分通过加工制成农药制剂后应用于农业生产。绝大多数原药，都需要加工成不同的制剂后才能使用。农药制剂加工的重要意义在于能赋予原药以特定的形态；将高浓度原药稀释至便于使用与贮存的浓度；优化农药生物活性；扩大使用范围和用途；高毒农药低毒化，提高安全性；制备特定的农药混剂，使之延缓抗性，扩大防治范围；控制有效成分的释放速度、减少环境污染等。国内外对农药制剂的研究与开发都非常重视，但因农药制剂品种多，应用性强，部分制剂品种理论性较强，这方面的专业技术著作相对较少，特别是系统介绍农药制剂加工实验方面的书籍更少。

近年来我国农药工业发展迅速，农药研究特别是农药制剂加工研究水平不断提高，对农药制剂加工方面的专业技术人才需求不断增加。中国农业大学农业应用化学系农药加工室开设农药制剂加工实验课程已有二十余年，形成了一套适用于本科生与研究生教学的实验教学讲义。为便于实验教学水平的提高，我们根据多年的教学讲义，对原有内容进行了修改和增删，编成了这本包括 14 个实验的教材。

由于农药制剂不同种类的要求与基本原理各不相同，我们将各种制剂的基本介绍放在各实验之前，便于参考。本书共 14 个实验，包含了农药常见的主要制剂种类和一些较新的制剂品种，但四种基本制剂种类粉剂、可湿性粉剂、粒剂、乳油中的粉剂由于目前已较少使用，对其实验进行了删减，增加了微乳剂、水乳剂、泡腾片剂等农药制剂新品种。各实验的试验方法主要根据我们多年教学使用的方法，同时参考了 CIPAC、FAO、国标、我国行业标准的要求，进行部分调整。

本书由吴学民、徐妍主编，参加编写和实验工作的还有战瑞、刘世禄等同志，本书凝聚着他们的劳动成果。本书的出版得到化学工业出版社的大力支持与帮助。在此，向他们表示衷心的感谢！

由于编者水平所限，疏漏与不妥之处在所难免，恳请读者批评指正。

编者

2008 年 7 月

目　录

第一章　乳化剂 ………………………………………………………………… 1
　　一、概述 …………………………………………………………………… 1
　　二、单体乳化剂 …………………………………………………………… 2
　　三、复配乳化剂 …………………………………………………………… 3
　　四、表面活性剂的亲水亲油平衡值 ……………………………………… 3
　　五、表面活性剂 HLB 值的计算和测定 ………………………………… 4
　　六、HLB 值在农药助剂中的应用 ……………………………………… 5
　　实验一　乳化剂的了解及 HLB 值的粗略估计 ………………………… 6

第二章　喷雾助剂 ……………………………………………………………… 8
　　一、喷雾助剂及其作用 …………………………………………………… 8
　　二、有机硅表面活性剂 …………………………………………………… 8
　　实验二　农药助剂的展扩实验 ………………………………………… 10

第三章　乳油 …………………………………………………………………… 12
　　一、概述 …………………………………………………………………… 12
　　二、配方组成和基本要求 ………………………………………………… 12
　　三、发展趋势 ……………………………………………………………… 14
　　实验三　乳油的配制 …………………………………………………… 14

第四章　乳油的特性及指标检测 …………………………………………… 19
　　一、特性 …………………………………………………………………… 19
　　二、指标检测 ……………………………………………………………… 20
　　实验四　乳油的质量控制指标及检测方法 …………………………… 22

第五章　可湿性粉剂 ………………………………………………………… 36
　　一、概述 …………………………………………………………………… 36
　　二、可湿性粉剂的特点及原药加工成可湿性粉剂的条件 …………… 36
　　三、配方组成 ……………………………………………………………… 37
　　四、性能要求 ……………………………………………………………… 38

　　五、理论基础 ……………………………………………………………… 40

　　六、发展趋势 ……………………………………………………………… 42

　　实验五　可湿性粉剂的配制 ……………………………………………… 42

第六章　悬浮剂 ……………………………………………………………… 49

　　一、概述 …………………………………………………………………… 49

　　二、悬浮剂的特点及原药加工成悬浮剂的条件 ………………………… 49

　　三、配方组成 ……………………………………………………………… 50

　　四、性能要求 ……………………………………………………………… 51

　　五、理论基础 ……………………………………………………………… 53

　　六、发展趋势 ……………………………………………………………… 57

　　实验六　悬浮剂的配制 …………………………………………………… 57

第七章　水乳剂 ……………………………………………………………… 65

　　一、概述 …………………………………………………………………… 65

　　二、配方组成 ……………………………………………………………… 66

　　三、加工工艺和质量检测方法 …………………………………………… 69

　　四、理论基础 ……………………………………………………………… 71

　　五、发展概况及展望 ……………………………………………………… 73

　　实验七　水乳剂的配制 …………………………………………………… 73

第八章　微乳剂 ……………………………………………………………… 78

　　一、概述 …………………………………………………………………… 78

　　二、配方组成 ……………………………………………………………… 78

　　三、配制方法及生产工艺 ………………………………………………… 81

　　四、质量标准及检测方法 ………………………………………………… 83

　　五、理论基础 ……………………………………………………………… 84

　　六、微观结构 ……………………………………………………………… 86

　　七、发展概况及展望 ……………………………………………………… 87

　　实验八　微乳剂的制备 …………………………………………………… 87

第九章　水分散粒剂 ………………………………………………………… 93

　　一、概述 …………………………………………………………………… 93

　　二、配制 …………………………………………………………………… 93

　　三、加工工艺 ……………………………………………………………… 94

　　四、质量控制指标及检测方法 …………………………………………… 97

　　五、发展概况及展望 ……………………………………………………… 99

实验九　水分散粒剂的配制 …………………………………………… 99

第十章　可溶粉剂 …………………………………………………… 107
一、概述 …………………………………………………………… 107
二、登记情况 ……………………………………………………… 107
三、制造方法 ……………………………………………………… 108
四、质量控制及包装 ……………………………………………… 109
实验十　可溶粉剂的配制 ………………………………………… 109

第十一章　泡腾片剂 ………………………………………………… 114
一、概述 …………………………………………………………… 114
二、组成和配制 …………………………………………………… 115
三、制备 …………………………………………………………… 116
四、质量控制指标及检测方法 …………………………………… 116
五、发展趋势 ……………………………………………………… 117
实验十一　泡腾片剂的配制 ……………………………………… 117

第十二章　可溶液剂 ………………………………………………… 121
一、概述 …………………………………………………………… 121
二、配制技术 ……………………………………………………… 121
三、加工工艺 ……………………………………………………… 122
四、理论基础 ……………………………………………………… 123
实验十二　可溶液剂的配制 ……………………………………… 133

第十三章　颗粒剂 …………………………………………………… 136
一、概述 …………………………………………………………… 136
二、粒剂配制的分类 ……………………………………………… 136
三、配方组成 ……………………………………………………… 137
四、加工工艺 ……………………………………………………… 139
实验十三　颗粒剂的配制 ………………………………………… 143

第十四章　悬乳剂 …………………………………………………… 148
一、概述 …………………………………………………………… 148
二、发展概况及展望 ……………………………………………… 148
三、配制 …………………………………………………………… 148
四、生产工艺 ……………………………………………………… 151
五、质量控制指标及检测方法 …………………………………… 152

实验十四　悬乳剂的配制 ··· 153

附录 ··· 158
　附录 1　实验操作规程·· 158
　附录 2　一些常用乳化剂的 HLB 值 ·· 159
　附录 3　常用溶剂的物理常数 ··· 162
　附录 4　有机化合物的表面张力 ·· 163
　附录 5　农药剂型名称及代码 ··· 166

参考文献 ·· 173

第一章 乳 化 剂

一、概述

农药乳化剂（pesticide emulsifier）是指对原来不相溶的两相液体（如水和油），使其中一相液体以极小的油珠稳定分散在另一相液体中，形成不透明或半透明的乳状液，具有这种特性的助剂称为乳化剂。乳状液是农药制剂加工和应用技术中经常遇到和应用最广的一种分散体系。IUPAC 将乳状液定义为一种溶液的液滴在另一种不能完全溶解的溶液中的分散液，油的小液滴分散在水中形成的乳状液标记为 O/W，水的液滴分散在油中形成的乳状液标记为 W/O，乳状液中液滴的大小常常超过胶体分子大小的极限。

1. 农药乳化剂的作用

农药乳化剂的作用主要体现在两方面：第一，是农药基本剂型乳油中必不可少且量大的组分，也是决定乳油质量的一个关键因素。此外，许多其它农药剂型包括可乳化粉剂、悬浮剂、ULV 制剂和农药-液体化肥制剂等也用乳化剂，并都对制剂质量和应用效果起重要作用。第二，在农药助剂领域内，乳化剂是品种多、产量大、应用广、发展一直很快的一大类，居世界农药表面活性剂需求量的首位。

2. 农药乳化剂的性能要求和特性

农药乳化剂除了满足农药助剂的必备条件外，还应具备五个方面的基本性能：①乳化性能好，适用农药品种多，用量少。②与原药、溶剂及其它组分有良好的互溶性，在较低温度时不分层或析出结晶、沉淀。③对水质硬度、水温及稀释液的有效成分浓度，有较广泛的适应能力。所配制剂稀释时，能自动或稍加搅拌即能形成适当粒径的乳状液，并符合规定的稳定性。施用后，有助于农药在防治靶标上有较好的附着、扩展和渗透，利于药效发挥。④黏度低，流动性好，闪点较高，生产管理和使用方便、安全。⑤有两年或两年以上的有效期。

3. 农药乳化剂的选择原则

乳化剂的选择原则受多种因素的影响，可参考 Rosen Myers 提出的选择用作农药乳化剂的表面活性剂原则：①在所应用的体系中具有较高的表面活性，产生较低的界面张力，这就意味着该表面活性剂必须有迁移至界面的倾向，而不留存于界面两边的液相中。因而，要求表面活性剂的亲水和亲油部分有恰当的平衡，这样将

1

使两体相的结构产生某些程度变形。在任何一体相中有过大的溶解度都是不利的。②在界面上必须通过自身的吸附或其它被吸附的分子形成相当结实的吸附膜。从分子结构的要求而言，界面上的分子之间应有较大的侧向相互作用力，这就意味着在O/W型乳状液中，界面膜上亲油基应有较强的侧向相互作用。③表面活性剂必须以一定的速度迁移至界面，使乳化过程中体系的界面张力及时降至较低值。某一特定的乳化剂或乳化剂体系向界面迁移的速度是可改变的，与乳化剂乳化前添加于油相或水相有关。

二、单体乳化剂

农药制剂的配方可简单或复杂，但一个优秀的制剂学家应致力于用最少的适宜的助剂配制出药效和性能兼优的制剂，这种制剂才是用户所需要的。因此，不同制剂通常含有多种类型的乳化剂。农药乳化剂有非离子型、阴离子型、阳离子型和高聚物四大类，最重要和最常用的是非离子型和阴离子型表面活性剂。

1. 主要非离子型乳化剂

非离子型乳化剂最常用于润湿、分散和乳化，抗硬水性能好，但可能随着温度升高而从溶液中析出。

（1）烷基酚聚氧乙烯（聚氧丙烯）醚　适合用作多种农药乳化剂，代表品种是辛基酚聚氧乙烯醚和壬基酚聚氧乙烯醚。

（2）苄基酚聚氧乙烯醚　最适合用作有机磷农药乳化剂，主要包括二苄基酚聚氧乙烯醚和三苄基酚聚氧乙烯醚。

（3）苯乙烯基酚聚氧乙烯醚　最适合用作有机磷农药乳化剂，主要包括：①三苯乙烯基酚聚氧乙烯醚；②二苯乙烯基酚聚氧乙烯醚；③三苯乙烯基酚聚氧乙烯聚氧丙烯醚。

（4）蓖麻油聚氧乙烯醚　适合用作多种农药乳化剂。

（5）其它非离子型乳化剂　主要包括脂肪醇聚氧乙烯醚、脂肪酸聚氧乙烯酯、脂肪胺聚氧乙烯醚、多元醇脂肪酸酯及其环氧乙烷加成物和甲基葡萄糖苷脂肪酸酯及其环氧乙烷加成物等。

2. 主要阴离子型乳化剂

阴离子型表面活性剂最常用作分散剂（因为使用阴离子型表面活性剂后以颗粒或乳液液滴存在），也常用于润湿和起泡作用，不抗硬水。

在农药乳化剂中，应用效果最好、最多、最广的阴离子型表面活性剂是十二烷基苯磺酸钙，简称农乳500。其它品种主要有：①烷基苯磺酸胺盐；②烷基磺酸盐；③丁二酸酯磺酸盐；④烷基萘磺酸盐；⑤烷基硫酸盐；⑥磷酸酯盐。

3. 阳离子型乳化剂

由于阳离子表面活性剂带正电荷，将它们应用于农业以改善生物靶标的沉积速度，例如改变一片表面带负电荷叶片的电性。它们也可应用在乳状液中。常用的阳离子型乳化剂多为季铵盐，也有含磷、硫的乳化剂。

4. 高聚物乳化剂

在剂型加工过程中，聚合物能起到增稠、稳定和润滑作用。某些聚合物可能会影响制剂的流动性，或改善喷雾溶液以改善药物沉积、抗雨水冲刷，或减少漂移。

三、复配乳化剂

近年来，优质的复配乳化剂发展很快，其基本特征如下：第一，品种齐全，性能完善，完全能满足农药科学和生产发展的要求。第二，多功能、泛用性广、适用农药品种多和应用技术条件变化能力强。一种乳化剂能用于各类农药是最理想的，现已合成了一些功能多、泛用性广的多功能助剂。

1. 复配乳化剂的作用

复配乳化剂是指对给定的应用目的而专门设计的两种或两种以上的乳化剂单体，经过一定加工工艺制得的复合物，可以含有乳化剂单体以外的必要辅助组分。

从20世纪50年代后期至今，复配乳化剂是研究中最重要的应用技术核心，在农药制剂生产中是乳油必备的组分和最基本的应用方式，也是其它剂型（如悬浮剂）的必要助剂组分和主要应用方式。现在生产和应用的复配乳化剂产品已超过500种，远远超过乳化剂单体品种。

复配乳化剂组分除有效成分的单体以外，因为生产工艺、产品应用性能及安全因素，还常有其它辅助成分，常用的主要有溶剂和稳定剂两种。溶剂主要是稀释作用，改善产品流动性和外观；稳定剂包括化学稳定剂和物理稳定剂。例如，某些醇类可作为化学稳定剂，包括低级一元醇和二元醇；助剂 SAB-2 系列可作为物理稳定剂使用。

2. 复配乳化剂的分类和产品类型

按复配乳化剂的组成分类有两种基本形式，其一是由一类表面活性剂组成，其二是由两类表面活性剂组成，具体见表1-1。

表1-1　复配乳化剂的组成

由一类表面活性剂组成	由两类表面活性剂组成
①一种非离子	①阴离子-非离子一种
②两种或两种以上非离子	②阴离子-非离子两种或两种以上
③一种或多种阴离子	③阳离子-非离子
④一种或多种阳离子	④两性离子-非离子
⑤两性离子	

四、表面活性剂的亲水亲油平衡值

1. 表面活性剂的亲水亲油平衡值

表面活性剂的亲水亲油平衡值（hydrophile lipophile balance，HLB）是指分

子中亲水基团的亲水性和亲油基团的亲油性之间的相对强弱，是作为乳化剂极性特征的量度，是一个给定值。但实际上，表面活性剂的 HLB 值是分子极性特征的量度，它并不是一个固定不变的值，而是一个数值范围。因此，表面活性剂 HLB 值可定义为分子中亲水基团和亲油基团所具有的综合亲水亲油效应，在一定温度和硬度的水溶液中，这种综合亲水亲油效应强弱的量度为表面活性剂的 HLB 值。

将这个概念用于以定量为基础的方案已经提出：Griffin 和 Davies 提出的 HLB 值，Noore 和 Bell 提出的 H/L 值，Geeenwald 等人提出的水值，Shinoda 和助手提出的 HLB 温度（或 PIT，相转化温度），以及 Marszall 提出的非离子表面活性剂的 EIP（乳化剂转相点）和 Shinoda 等人提出的离子型表面活性剂的 HLB 组成。

在前三种提到的方案中，Griffin 提出的 HLB 值被定名为 HLB（值）法，应用最广泛。然而，HLB 值是一个与分子有关的值，例如，两种溶剂存在不需考虑它们的性质，这是不适宜的，因为被吸附的表面活性剂的 HLB 值在油/水界面随油的类型、温度、油和水相的添加剂等不同而改变。

2. 表面活性剂 HLB 值和基本性能的关系

已发现表面活性剂 HLB 值几乎与其它所有性质有直接或间接关系，包括浊点、浊数、水数和酚值、极性、介电常数、展开系数、溶解性、cmc、在两相中的分配系数、表面张力和界面张力、分子量、起泡性和消泡性、折射率、化学势、水合值、界面黏度、薄层色谱 R_f 值、界面上的吸附性、内聚能、热焓、界面静电力、偏摩尔体积、润湿渗透性、乳化性和乳状液稳定性、分散性、增溶性、乳状液转相温度（PIT）等等。

3. 表面活性剂 HLB 值与应用性能的关系

表面活性剂的性质和用途基本上决定于分子的两种基团结构、组成。研究农药用表面活性剂 HLB 值是找出其性质和应用间的内在规律，见表 1-2。

表 1-2　表面活性剂 HLB 值范围与用途的关系

用　途	HLB 值	用　途	HLB 值	用　途	HLB 值
消泡剂	1.5～3	润湿剂	7～9	洗涤剂	13～15
W/O 乳化剂	3.5～6	O/W 乳化剂	8～18	增溶剂	15～18

每种表面活性剂或系统都有一个特定的 HLB 值范围，确定了这个 HLB 值范围，便可大体了解其可能用途。

五、表面活性剂 HLB 值的计算和测定

1. 表面活性剂 HLB 值的计算

自从 1949 年 Griffin 提出 HLB 值以来，众多的研究工作者通过实验，探求表面活性剂各种物理化学性能与 HLB 值之间的关系。已经知道近千种表面活性剂基团的 HLB 值，见表 1-3。

表 1-3 表面活性剂基团的 HLB 值

亲水基团	HLB 值	亲油基团	HLB 值
—SO₄Na	38.7	—CH—	−0.475
—COOK	21.1	—CH₂—	−0.475
—COONa	19.1	—CH₃—	−0.475
—N(叔胺)	9.4	—CH—	−0.475
酯(失水山梨醇环)	6.8	—CF₂	−0.870
酯(自由)	2.4	—CF₃	−0.870
—COOH	2.1	苯环	−1.662
—OH(自由)	1.9	—CH₂—CH₂—CH₂—O—	−0.15
—O—	1.3		
—OH(失水山梨醇环)	0.5		
—CH₂—CH₂O—	0.33		

需要指出的是，多数表面活性剂的 HLB 关系有待进一步研究。

2. 表面活性剂 HLB 值的实验测定

当年，Griffin 用的乳化法测定 HLB 值的方法较烦琐。1983 年，Gupta 所用的方法较简单，他将质量分数为 5% 的未知 HLB 值的乳化剂分散在质量分数为 15% 的已知所需 HLB 值的油相中，油相通过以适当比例混合的粗松节油（所需的 HLB=10）和棉籽油（所需 HLB=6）配制成具有不同所需 HLB 值的油相，然后加入质量分数为 80% 的水，用 Janke-Kunkel 型 KG 均质器，在最小速度下均质 1min，制备 13h 和 24h 后比较一系列样品的稳定性，稳定性最好的样品的乳化剂（未知 HLB 值）的 HLB 值大致等于该油相所需的 HLB 值。混合油的 HLB 值按各组成油分平均求得。

测定 HLB 值的方法很多，有乳化法、临界胶束浓度法、水数值及浊点法、色谱法和介电常数法等。其中水溶解性法是估计 HLB 值的常用方法，十分简便快速。

六、HLB 值在农药助剂中的应用

1. HLB 值在乳化剂中的作用

HLB 系统最初是因为在乙氧基非离子表面活性剂中使用而得到发展的，应用范围为 HLB 值 0~20，每种乳化剂在这个范围内又可应用在许多方面，低 HLB 值表明是向油相转移，高 HLB 值是向水相转移。

HLB 值很低的表面活性剂倾向于形成油包水乳状液，大多数表面活性剂都停留在油相，并且要求油相为连续相；高 HLB 值的表面活性剂倾向于形成水包油乳状液，大多数表面活性剂都停留在水相，并且要求水相为连续相。

HLB 值在乳化剂中具有指导作用，在实验室中有两种简单的方法来估计乳化剂的 HLB 值：第一种方法是基于乳化剂在水中的溶解性来直观估计；第二种通常指的是"混合物法"，这种方法要求使用一些已知 HLB 值的乳化剂。

2. 乳化剂选择和亲水亲油型（H/L）乳化剂

制备 O/W 乳状液时选择乳化剂的方法，目前有 HLB 法、状态图法、转相温度法、增溶法等。其中 HLB 法应用较多，尤其在制备医药和农药用 O/W 乳状液时较有效。

HLB 法选择乳化剂的基本点，就是要知道被乳化对象农药或农药-溶剂（或其它组分）体系所要求的 HLB 值。然后考虑结构与使用条件等因素，现在已经找到部分农药或农药体系所要求的 HLB 值。HLB 理论在农药助剂应用中最成功的例子是亲水亲油型（H/L）乳化剂的研制和应用，这种乳化剂的组成性能特征是其中一个有较强的亲油性，HLB 值从 9.3～12.0；另外一个有较强的亲水性，HLB 值从 11.6～14.4。亲水亲油型乳化剂研制就是用 HLB 理论选择农药乳化剂。用两组或两组以上亲水亲油性可调整的复配乳化剂来满足不同农药种类、规格、含量、溶剂系统、使用条件等的变化所引起的乳化系统亲水亲油性的差异，用最快的速度和最简便的方法迅速找到最佳的可适用的乳化剂品种、规格和用量。

实验一　乳化剂的了解及 HLB 值的粗略估计

农药乳化剂是能使或促使乳状液形成或稳定的物质，是必不可少的组分；它也是决定乳油质量的一个关键因素。用 HLB 值检测体系选择乳化剂是应用最广泛的一种方法，一种乳化剂 HLB 值反映了水相界面的亲水亲油平衡关系。

一、实验目的

1. 熟悉农药加工中常用的农药乳化剂品种；
2. 掌握常用的几种乳化剂 HLB 值的粗略估计；
3. 了解 HLB 值的测定方法。

二、实验材料

1. 乳化剂

农乳 600（三苯乙烯基酚聚氧乙烯醚）、农乳 NP-10（壬基酚聚氧乙烯醚）、JFC、农乳 700（烷基酚聚氧乙烯醚甲醛缩聚物）、Span-80（失水山梨醇单油酸酯）、Span-20（失水山梨醇单月桂酸酯）、Tween-80（聚氧乙烯失水山梨醇单油酸酯）

2. 去离子水

3. 实验器材

超声波清洗器；

药匙、滴管、100mL 具塞量筒等。

三、实验内容

用量筒取 100mL 去离子水，取一滴乳化剂在量筒口上方 5mm 处滴入量筒中，观察入水状态，振摇，可以将量筒放入超声波清洗器中帮助分散，超声一段时间后，观察其分散状况，粗略估计所试乳化剂的 HLB 值。

每种乳化剂平行测定三次，取其平均值。

四、估计方法

根据乳化剂在水中的溶解、分散情况，可粗略估计乳化剂 HLB 值的范围，见表 1-4。

表 1-4　乳化剂 HLB 值的粗略估计

乳化剂在水中的现象	HLB 值的大约范围	乳化剂在水中的现象	HLB 值的大约范围
不分散	1～4	稳定的乳状液	8～10
分散不好	4～6	半透明到透明分散	10～13
激烈振荡后成乳状分散	6～8	透明溶液	≥13

测定 HLB 值的方法有多种，这是最简单的方法，在实际中应用很广。

五、结果分析与讨论

1. HLB 值的测定有哪些方法？
2. HLB 值对表面活性剂的应用有何影响？
3. 常用的农用乳化剂有哪些？

第二章 喷雾助剂

一、喷雾助剂及其作用

农药喷雾助剂（adjuvants for spraying）是指农药喷雾施药或类似应用技术中使用的助剂总称。

关于农药使用技术，英国 Longashton 农药使用技术研究所的 Hislop 曾简要概括为"是要把足够剂量的农药有效成分安全有效地输送到靶标生物上以获得预想中的防治效果"。农药喷雾助剂是农药使用技术这门学科的有力助手，已有几十年的历史。农药施用方法主要有喷雾、喷粉、撒粒、拌种四种，还有其它一些施药技术。在农药基本剂型（WP，EC，GR，SC，SL，DP 等）中，采用喷雾施药的剂型占绝对优势。即使是 20 世纪 80～90 年代开发的超高效农药品种也不例外。从农药加工和应用技术发展趋势来看，将朝着高效、环境亲和、使用安全、施药方便方向发展，而施药技术则朝着精确、低量、高浓度、对靶性、自动化方向发展。提高农药有效利用率、减少农药用量是我国农药使用中急需解决的问题，高质量的农药制剂是解决这一问题的关键，而合理的助剂体系则是制剂性能提升的前提，与此同时也推动了喷雾助剂的发展。

喷雾助剂的作用主要有以下几个方面：①增加对防治对象的润湿性；②改善喷雾液的蒸发速度；③改进喷雾沉降物的耐气候性；④提高渗透性和传导性能；⑤调整喷雾液和沉降物的 pH；⑥改善沉降物的均匀性；⑦解决混合物的相容性；⑧提高药液对作物的安全性；⑨减小漂移。

喷雾助剂通常分为三类：①活性助剂（activator adjuvants），包括表面活性剂、润湿剂、渗透剂及无药害的各种油；②喷雾改良助剂（spray-modifier adjuvants），包括黏结剂、成膜剂、展着剂、展着-黏结剂、沉降助剂、增稠剂和发泡剂；③实用性改良助剂（utility modifiers），包括乳化剂、分散剂、稳定剂、偶合剂、助合剂、助溶剂、掺合剂、缓合剂和抗泡剂等。

二、有机硅表面活性剂

有机硅表面活性剂作为新一代的农药喷雾助剂使用始于 20 世纪 60 年代，但直到 20 世纪 80 年代才开始在农业上进行商业性的推广应用。L-77（亦称 Silwet M）是世界上第一个推入市场的农用有机硅表面活性剂，商品名为 Pulse。经室内广泛的生化和生理测试及随后的田间试验证实，L-77 是防除荆豆草用除草剂草甘膦的最佳助剂。国内外迄今已有多篇综述对有机硅表面活性剂的特性及其在农药中的应用进行了深入的讨论，主要研究了有机硅表面活性剂作为喷雾助剂、叶面吸收助剂，以及针对除草剂、杀虫剂、杀菌剂、生长调节剂和叶面施肥剂等领域的应用研究。由于它具有良好的湿润性、较强的黏附力、极佳的延展性、气孔渗透率和良好的抗雨冲刷性，在短短几十年得到飞速的发展。

1. 良好的湿润性

表面活性剂的湿润能力很大程度上取决于液滴和叶表面之间的接触角。而喷雾液在叶表面的接触角或延展面积和喷雾溶液的平衡表面张力、叶表面的化学特性、形态特征有关。虽然常规的非离子型表面活性剂能增加喷雾液的湿润性，但是它们并不能在疏水叶面上完全湿润，这必将会使活性成分的吸收量减少和降低抗雨效果。

一般表面活性剂水溶液的表面张力在 30mN/m 以上，而有机硅表面活性剂水溶液的表面张力大多在 20mN/m 左右。水溶液表面张力的大小与水溶液在固体表面尤其是疏水表面的湿润能力、湿润速度有直接关系。表面张力越小，水溶液湿润固体表面的速度越快，湿润的面积或铺展的面积越大。植物的叶、茎、梗的表面有一层很薄的疏水蜡膜，用一般表面活性剂乳化的农药乳液被施到植物的叶、茎、梗上后，湿润速度慢，铺展面积小。由于毛细孔效应，许多细小的孔隙农药渗透不进去，那些没有被农药湿润部位的病虫害仍能生存。同样对需要除去的杂草也无济于事，因为除草剂不能渗入杂草的毛细孔中。除草剂配方中加入少量有机硅表面活性剂，可将除草剂的用量降低 1/3 以上。因为有机硅表面活性剂的表面张力很低，所以能促使农药乳液迅速润湿，渗透到植物的叶、茎、梗的每一个细小部位，使农药的作用发挥到最大效力，而且作用时间大大延长。

2. 超延展性

所谓超延展性指的是：一滴试剂液在疏水性表面（如植物表面）单位直径的延展性至少是在同样情况下水的 9 倍。Policello Georga A 提出把一个 $10\mu L$ 的表面活性剂液滴滴在聚乙醚薄层上，在 30s 后测试其延展的直径。这种性质能使药剂在叶面上达到最大的覆盖和附着，甚至还可以使药剂进入到叶背面或果树缝隙中藏匿的害虫处，达到杀虫和杀菌的效果，从而极大地增加了农药的药效。

3. 气孔渗透率及抗雨冲刷性

农药的吸收一般来说有两种方式：一种是通过表皮吸收，这种方式相当慢，有时需要若干个小时才能达到最大的渗透；另一种是通过植物气孔进行吸收，可惜的是仅仅只有少量特殊的表面活性剂才能通过这种方式进行吸收。有机硅助剂能降低表面张力，使之低于叶面湿润临界压力（约 25mN/m），因此能促进药液经气孔渗透进入表皮。这种方式吸收的优点是吸收快，从而能够抵抗雨水的冲刷。

实验二　农药助剂的展扩实验

农药助剂（pesticide adjuvants）是指本身无活性，但可改善农药加工制剂的物理化学性状，便于加工、贮藏和使用，或者可以提高药效的物质。

一个好的农药助剂，应以最少的用量满足配方最基本的润湿分散性要求。农药要发挥较高的使用效率，首先要在靶标物质上润湿和铺展，这就要求喷施的药液具有良好的润湿性和扩展性，而农药助剂溶液的扩展面积是其效果评价的重要指标之一。

一、实验目的

1. 了解农药加工中常用的喷雾助剂；
2. 比较不同助剂的展扩性能；
3. 掌握测定助剂扩展的实验方法。

二、实验材料

1. 有机硅表面活性剂　Silwet 408、Silwet 618、Silwet 625、810C。
2. 常用的表面活性剂　JFC（脂肪醇聚氧乙烯醚）、氮酮、NP-10、农乳 600。
3. 去离子水。
4. 实验器材

分析天平、超声波清洗器；

烧杯、容量瓶、玻璃棒、胶头滴管、微量注射器（$10\mu L$）、温度计、数字湿度计、一次性聚苯乙烯皮氏培养皿、秒表、刻度尺、油性笔、吸水纸。

三、实验内容

配制 0.1% 农药助剂的水溶液，测量常用的表面活性剂、水和有机硅表面活性剂扩展面积，比较其扩展面积的异同。具体操作步骤如下：

1. 选用一块水平的实验台面，温度在 $22\sim26\,℃$ 内，相对湿度应在 35%～70%。
2. 准确称取 Silwet 408、Silwet 618、Silwet 625、810C、JFC、氮酮、NP-10、农乳 600 各 0.001g（精确至 0.0001g），分别置于 10mL 容量瓶中，用水稀释，定容，作为母液，待用。
3. 准确移取 1mL 配好的母液，置于 100mL 容量瓶中，用水稀释，定容，待用。
4. 取 $10\mu L$ 步骤 3 中配好的农药助剂水溶液，一次性滴入皮氏培养皿底部，用盖子盖上，30s 后移去盖子，用油性笔标记液滴的周界。

5. 测量两条垂直交叉线的直径（mm），去除非近似圆的液滴（被污染的表面常造成展扩不均匀），测量略微椭圆液滴的最长直径和最短直径。

6. 测量应进行 3 次，取 6 个直径的平均值计算溶液扩展面积。

四、注意事项

1. 有机硅溶液在酸、碱条件下会发生水解，因此溶液应现配现用。

2. 一次性聚苯乙烯皮氏培养皿只使用下半部分滴加溶液。

3. 展扩性能对温度和湿度比较敏感，应控制温度和湿度，并观察展扩速度随时间的变化情况。

五、结果分析与讨论

1. 常用的喷雾助剂有哪些？

2. 有机硅表面活性剂在农药制剂中的作用有哪些？

3. 常用的农药助剂的种类有哪些？

第三章 乳 油

一、概述

乳油（emulsifiable concentrate，EC）是指用水稀释后形成乳状液的均一液体制剂，是农药的传统剂型之一。具体是指将原药按一定比例溶解在有机溶剂中（如苯、甲苯、二甲苯、溶剂油等），并加入一定量的乳化剂与其它助剂，配制成的一种均相透明的油状液体。

乳油可分为可溶性乳油、溶胶状乳油和乳浊状乳油，它与水混合后可形成稳定的乳状液，这是乳油的重要性质之一。如以油或水作为分散相，乳状液可分为两种类型，即水包油（O/W）型和油包水（W/O）型。连续相为水，分散相为油的乳状液称为水包油型乳状液；连续相为油，分散相为水的乳状液称为油包水型乳状液。常见的绝大多数农药乳油加水形成的乳状液都属于水包油型乳状液，即分散相是农药原药和有机溶剂，连续相主要是水，乳化剂分布在油水界面上。

一般而言，凡是液态的农药原药（也称原油）和在有机溶剂中有相当大的溶解度的固态原药（也称原粉），无论是杀虫杀螨剂，还是杀菌剂或除草剂等，都可以加工成乳油使用。

目前，在一定限度内，乳油、可湿性粉剂、粉剂、粒剂仍是发展中国家的主要剂型，仍被广泛地应用。但是，这些剂型的使用已引起人们关注，使用者和环境安全问题，包括粉剂使用时的飘移危害问题，田间条件下可湿性粉剂的接触和呼吸毒性问题，乳油的易燃问题和使用时芳烃溶剂对皮肤的接触毒性问题等。近年来，出现了一些以四大传统剂型为基础的农药新剂型。

乳油与其它农药剂型相比，其优点是制剂中有效成分含量较高，贮存稳定性好，使用方便，防治效果好，加工工艺简单，设备要求不高，在整个加工过程中基本无三废。缺点是由于含有相当量的易燃有机溶剂，有效成分含量较高，因此在生产、贮运和使用等方面要求严格，如管理不严，操作不当，容易发生中毒现象或产生药害。

二、配方组成和基本要求

1. 乳油的组成

农药乳油主要是由农药原药、溶剂和乳化剂组成的，有时还需要加入适当的助溶剂、稳定剂和增效剂等其它助剂。

（1）农药原药　原药是乳油中有效成分的主体，它对最终配成的乳油有很大的影响。因此，在配制前，要全面了解原药本身的各种理化性质、生物活性及毒性等。

一般来讲，乳油中的有效成分含量应该是越高越好。因为含量高，可以降低溶剂的用量，节省包装材料，减少运输量和减轻对生态环境的影响，从而可以降低乳油的生产成本。

乳油中有效成分含量的高低，主要取决于农药原药在溶剂中的溶解度和施药要求。一般的要求是以乳油在变化的温度范围内，仍能保持均一单相的溶液为准，从中选出一个经济合理的含量。如果含量过高，在常温下可能是合格的，但在低温（如冬季）条件下，可能就会出现结晶、沉淀和分层，致使已配制好的乳油不合格；如果含量过低，则必会造成溶剂、乳化剂和包装材料的浪费。因此，选择一种经济合理的含量是很重要的。

农药乳油中，有效成分含量有两种表示方法。一种是用质量/质量表示，即每单位质量的乳油中，含有多少质量的有效成分，通常记作 g/kg 或％（质量分数）；另一种是用质量/体积表示，即每单位体积的乳油中，含有多少质量的有效成分，通常记作 g/L。国内生产的农药乳油，习惯上采用质量分数表示，而国外一般采用质量/体积表示。从实践中看，两种表示方法各有其优缺点，前者在生产计量上便于操作，后者在使用时量度方便。

（2）溶剂　溶剂主要是对原药起溶解和稀释作用，乳油中的溶剂应具备：对原药有足够大的溶解度；对有效成分不起分解作用或分解很少；对人、畜毒性低，对作物不易产生药害；资源丰富，价格便宜；闪点高，挥发性小；对环境和贮运安全等。

目前，常用的溶剂主要有：混合二甲苯、甲苯、纯苯、芳烃溶剂油等；助溶剂有：环己酮、异佛尔酮、吡咯烷酮、甲醇、乙醇、丙醇、丁醇、乙二醇、二乙二醇、二甲基甲酰胺、乙腈、二甲基亚砜、乙二醇、甲醚等。

（3）乳化剂　在农药乳油中，乳化剂的选择是一个非常重要而又非常复杂的问题。乳化剂应具备下列条件：首先是能赋予乳油必要的表面活性，使乳油在水中能自动乳化分散，稍加搅拌后能形成相对稳定的乳状液，喷洒到作物或有害生物体表面上能很好地润湿、展着，加速药剂对作物的渗透性，对作物不产生药害。其次对农药原药应具备良好的化学稳定性，不应因贮存日久而分解失效；对油、水的溶解性能要适中；耐酸、耐碱，不易水解，抗硬水性能好；对温度、水质适应性广泛。此外，不应增加原药对哺乳类动物的毒性或降低对有害生物的毒力。

目前，配制农药乳油所使用的乳化剂主要是复配型的，即由一种阴离子型乳化剂和一种或几种非离子型乳化剂复配而成的混合物。复配型乳化剂可以产生比原来各自性能更优良的协同效应，从而降低乳化剂的用量，更容易控制和调节乳化剂的

HLB 值，使之对农药的适应性更宽，配成的乳状液更稳定。

在复配型乳化剂中，最常用的阴离子型乳化剂是十二烷基苯磺酸钙，而常用的非离子型乳化剂品种型号繁多，因此对乳化剂的选择，实际上主要是非离子型乳化剂的选择。非离子单体选定后，再与阴离子型钙盐搭配，最终选出性能最好的混配型乳化剂。

2. 乳油的基本要求

根据农药使用和贮运等要求，农药乳油应满足下列基本要求：

① 乳油入水能自动乳化分散，稍加搅拌就能形成均匀的乳状液，乳状液应有一定的经时稳定性，通常要求在 1h 内上无浮油，下无沉淀；

② 对水质和水温有较广泛的适应性；

③ 外观应是均相透明的油状液体，在常温条件下贮存两年保持原有的理化性质和药效；

④ 乳油加水配成的乳状液喷洒到作物或有害生物体上，应有良好的润湿性和展着力，并能迅速发挥药剂的防治效果。

三、发展趋势

乳油的发展方向主要有以下四个方面：①选用更安全的有机溶剂，如低芳烃溶剂油、脂肪族溶剂油等，尤其是正构烷烃类及高纯正构烷烃等特种溶剂油（正己烷、正庚烷），因为它们是经加氢精制等技术处理后制得的环保型产品，其黏度低，芳烃含量及硫、氮含量低，适合乳油用溶剂的发展方向；②以水代替有机溶剂，通常可降低有效成分对使用者的毒性，在某些情况下，可降低药害，节省了大量的有机溶剂，如水乳剂（EW）和微乳剂（ME）是替代乳油的安全剂型；③溶胶状乳油（GL），也就是将乳油改变成一种像动物胶一样黏度的产品，它具有独特的流动性，能被定量地包装于水溶性的聚乙烯醇小袋中，减少了使用者接触农药的危险，也免去了处置乳油的包装容器问题；④高浓度乳油是重要的发展方向，主要是可减少库存量，降低生产和贮运成本，同时减少包装物处理问题，缓解环境压力，代表品种有 84％马拉硫磷 EC、96％异丙甲草胺 EC、90％乙草胺 EC 等。

实验三　乳油的配制

目前，乳油是我国最基本的农药剂型之一，随着法规、环境和安全的发展，乳油逐渐被其它新剂型所代替，但乳油仍是配制其它液体剂型的基础。

一、实验目的

1. 了解用于制备乳油的常用溶剂及乳化剂种类；

2．掌握乳油配制的基本方法；

3．了解乳油的基本要求；

4．了解乳油的质量控制指标并学习其检测方法；

5．制备合格的5％氯氰菊酯乳油。

二、实验材料

1．农药品种　氯氰菊酯

通用名称　cypermethrin

化学名称　(RS)-α-氰基-3-苯氧基苄基 (SR)-3-(2,2-二氯乙烯基)-2,2-二甲基环丙烷羧酸酯

结构式

分子式　$C_{22}H_{19}Cl_2NO_3$

相对分子质量（按1997年国际相对原子质量计）　416.3

理化性质　原药为黄色或棕色黏稠半固体物质，60℃时为液体，熔点61～83℃。蒸气压2.0×10^{-4} mPa（20℃）。水中溶解性较小，易溶于常用的有机溶剂。

稳定性　在220℃以下稳定，酸性介质比碱性介质更稳定，在pH 4时最佳，在土壤中降解。

生物活性　杀虫。

毒性　大鼠急性经口为251～4123mg/kg，小鼠急性经口为138mg/kg。兔急性经皮 $LD_{50} > 2400$ mg/kg。对皮肤有轻微的刺激作用，对眼睛有中等刺激作用，有很弱的皮肤过敏性。

作用机制与特点　本品为具触杀和胃毒作用的杀虫剂，无内吸和熏蒸作用，杀虫范围较广。

防治对象　主要防治禾谷类、柑橘、果树、葡萄、大豆、烟草、蔬菜和其它作物上的鳞翅目、鞘翅目和双翅目害虫。

2．溶剂

（1）溶剂　苯、甲苯、二甲苯。

（2）助溶剂　甲醇、乙醇、丁醇、环己酮、DMF、DMSO。

3．乳化剂

（1）阴离子型乳化剂　农乳500。

（2）非离子型乳化剂　农乳600、农乳700、NP-10。

（3）复配乳化剂　0201B、0203B、2201。

4．水　去离子水，自来水，标准硬水342mg/L。

5. 其它 无水氯化钙，带六个结晶水的氯化镁。

6. 实验器材

电子天平（精确至 0.01g）、冰箱、DR-HW-1 型电热恒温水浴箱、DHG-9031A 型电热恒温干燥箱（54±2）℃、SC-15 型数控超级恒温浴槽、酒精喷灯、超声波清洗器。

1mL 微量注射器、50mL 烧杯、250mL 烧杯、50mL 三角瓶、10mL 玻璃试管、100mL 具塞磨口量筒、玻璃棒、胶头滴管、安瓿瓶、容量瓶、移液管、吸水纸、药匙。

三、实验内容

采用不同的溶剂和乳化剂加工 5％氯氰菊酯乳油 50mL，其中氯氰菊酯（折百）5％，乳化剂 5％～10％，溶剂补足 100％。

1. 溶解度的测定

取 5 支试管，每支试管中放入（1.20±0.02）g 被测样品，用移液管取 2mL 溶剂分别放入每支试管中，在室温下轻轻摇动，必要时可微热以加速溶解。如果不能全部溶解，再加 2mL 溶剂，再次微热溶解；如果还不能完全溶解，再加 2mL，重复上述操作，这样直到加至 10mL 溶剂还不能完全溶解时，则弃去，选择另一种溶剂试验。如果在某一溶剂完全溶解时，则将其放入 0℃冰箱，4h 后观察有无沉淀（结晶）或分层。如没有沉淀或分层，仍能全部溶解，则可加入少量晶种再观察；如有沉淀或分层时，则再加 2mL 溶剂，继续试验下去，直到加至 10mL 溶剂为止，记录溶解结果，按表 3-1 计算溶解度。

表 3-1 溶解度的测定

试验序号（每加 2mL 溶剂）	溶质/溶剂	计算溶解度	
	g/mL	mg/mL	质量分数/％
1	1.2/2	600	60
2	1.2/4	300	30
3	1.2/6	200	20
4	1.2/8	150	15
5	1.2/10	120	12

2. 溶剂的选择

选择合适的溶剂是配制乳油的重要方面之一。按步骤 1 测定氯氰菊酯在甲醇、乙醇、丁醇、DMF、DMSO、环己酮、苯、甲苯、二甲苯几种溶剂中的溶解度，并选择溶解度较大的溶剂溶解氯氰菊酯，溶剂用量应尽量少。在选择了溶剂后，进行乳化剂种类和用量的筛选。

3. 乳化剂品种的选择

选择乳化剂农乳 500、农乳 600、农乳 700、NP-10 中的任意一种单体或复配型乳化剂 0201B、0203B、2201 中的任意一种，用量为 5%～10%，观察所制备乳油的外观以及乳液稳定性。若合格，则进行其它性能指标的检测；若不合格，选择一种阴离子与一种非离子乳化剂的复配，重复上述操作。

4. 乳化剂用量的选择

在确定乳化剂的品种后，再进行其用量的筛选。确定乳化剂的用量后，进行乳液稳定性、低温稳定性和热贮稳定性的试验，合格后再测乳油的其它性能指标。

5. 342mg/L 标准硬水的配制

无水氯化钙；带六个结晶水的氯化镁（使用前在 200℃下烘 2h）。

参照 CIPAC MT18.1.4 配制标准水 D，硬度 342mg/L，pH 6.0～7.0，Ca^{2+} : Mg^{2+} = 4 : 1。

称取 30.4g 无水氯化钙和带六个结晶水的氯化镁 13.9g 溶于 1000mL 蒸馏水中，溶液过滤，收集滤液，取 10mL 滤液于 1000mL 容量瓶中，蒸馏水定容至刻度，备用。

6. 乳液稳定性的评价

（1）方法提要　试样用 342mg/L 标准硬水稀释 1h 后观察乳液的稳定性。

（2）测定步骤　按 GB/T 1603—2001 方法测定，在 250mL 烧杯中，加入 100mL 25～30℃标准硬水，用移液管吸取 0.5mL 乳油样品（稀释 200 倍），在不断搅拌的情况下缓缓加入标准硬水中，加完乳油后，继续用 2～3r/s 的速度搅拌 30s，立即将乳状液移至清洁、干燥的 100mL 量筒中，并将量筒置于恒温水浴中，在（30±2）℃范围内静置 1h，观察乳状液分离情况，如在量筒中无浮油（膏）、沉淀和沉油析出，视为乳液稳定性合格。

评价乳油在水中的分散性、乳化性和乳液稳定性时，采用 100mL 量筒，按要求的条件进行。评价标准如下。

① 分散性。盛 99.5mL 蒸馏水于 100mL 量筒中，并移入 0.5mL 乳油，观察其分散状态。

优：能自动分散成带蓝色荧光的乳白雾状，并自动向上翻转，基本无可视粒子，壁上有一层蓝色乳膜。

良：大部分乳油自动分散成乳白雾状，有少量可视粒子或少量浮油。

可：能分散成乳白雾状。

差：不分散，呈油珠或颗粒下沉。

② 乳化性。将乳油滴入量筒后盖上塞子，翻转量筒 15 次，观察初乳态。

优：乳液呈蓝色透明或半透明状，有较强的乳光。

良：乳液呈浓乳白色或稍带蓝色，底部有乳光，乳液附壁有乳膜。

可：乳液呈乳化状态，无光泽。

差：乳液呈灰白色，有可视粒子。

（可以在优、良、可上加"＋"或"－"表示差异）

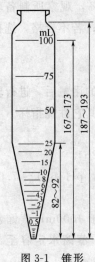

图 3-1 锥形
离心管

③ 稳定性。将乳状液在（30±2）℃静置 1h 观察。

合格：上无浮油，下无沉淀。

不合格：其它情况。

7. 低温稳定性测定

（1）方法提要　样品于 0℃贮存 1h 后，记录分离出的固体或油状物的体积。于 0℃贮存 7d 后，离心沉降固体物，记录其体积。

（2）仪器　冷藏箱：能维持温度（0±1）℃；锥形离心管：100mL，符合 IP 75 或 ASTM 96 规定，见图 3-1；离心机：装有能固定特定管的吊桶；移液管：100mL。

（3）操作步骤　移取（100±1.0）mL 产品样品到离心管中，在冷藏箱中将管和内容物冷却到（0±1）℃。如果样品中含有溶解的结晶农药，向管中加一点纯品或农药原药结晶。将管和内容物于（0±1）℃下维持 1h，期间约每隔 15min 搅拌 1次，每次搅拌约 30s。之后检验管，记录有否固体或油状物出现。再将管放入冷藏箱，在（0±1）℃贮存 7d。

7d 之后从冷藏箱中取出管，在室温下静置 3h，翻转离心管 1 次，离心 15min，速度为管的尖端相对离心力（RCF）约为 550g（重力加速度 $g=981cm/s^2$）时的速度。记录管底分离出的物质的体积，精确至 0.05mL。

8. 热贮稳定性测定

（1）方法提要　将乳油放入带螺旋盖的瓶中，于规定温度下的烘箱中贮存一定时间。

（2）仪器　烘箱：耐火的，能恒温控制指定温度（±2℃）；玻璃瓶：100～125mL，带有螺旋盖和聚乙烯软塞。

（3）操作步骤　将约 50mL 乳油装入瓶中，塞上聚乙烯软塞，将不加盖的装有样品的瓶放入烘箱。0.5h 后，拧上螺旋盖，在烘箱里贮存指定时间。之后从烘箱中取出瓶，开盖，自然冷却到室温，然后再拧上盖。在冷却的 24h 内对乳油按规定方法进行有关检测。

四、结果分析与讨论

1. 如何配制一种合格的乳油？

2. 如何进行乳液稳定性的评价？

3. 如何进行乳化剂的选择？

4. 乳油在现代农药制剂中的作用是什么？

第四章 乳油的特性及指标检测

一、特性

1. 乳化分散性

乳油的乳化分散性是指乳油放入水中自动乳化分散的情况。一般要求乳油倒入水中能自动形成云雾状分散物，徐徐向水中扩散，轻微搅动后能以细微的油珠均匀地分散在水中，形成均一的乳状液，以满足喷洒要求。

乳油的乳化分散性主要取决于乳油的配方，其中最重要的是乳化剂品种选择和搭配，其次是溶剂的种类和农药的品种。

2. 乳液稳定性

乳液稳定性是指乳油用水稀释后形成的乳状液的经时稳定情况。通常要求在施药过程中药液要稳定，即上无浮油，下无沉淀；当药液喷洒到叶面上以后，由于水分蒸发，乳液被破坏，有效成分（包括溶剂）和乳化剂沉积在叶面上，充分发挥药剂的防治效果。

乳状液的稳定性是一个非常复杂的研究课题。许多研究结果证明，乳状液的稳定性与多种影响因子有关，如分散相的组分、极性、油珠大小及其相互间的作用等，连续相的黏度、pH 值、电介质浓度等，乳化剂的化学结构、组分、浓度和性能等，以及环境条件如温度、光照、气流等。其中最重要的是乳化剂的品种、组成和用量。研究表明，通过选用适合的复配型乳化剂，可以有效地改善乳状液的经时稳定性。

3. 贮存稳定性

乳油的贮存稳定性主要包括化学稳定性和物理稳定性。

化学稳定性是指乳油在贮存期间有效成分的变化情况，要求乳油中的有效成分在贮存期间基本不变化或变化不大，不影响药剂的防治效果。其主要取决于农药原药的化学性质，乳油中水分含量或 pH 值，其次是溶剂、乳化剂品种、性质和质量，以及原药的纯度等。对某些化学性质不稳定的农药品种，在配制乳油时，有必要加入适当的稳定剂。

物理稳定性是指乳油经贮存后，乳油的外观、乳化分散性、乳液稳定性等物理性质的变化情况。要求乳油的各种物理性质贮存前后基本不改变或变化不大，完全

19

能满足使用上的要求。

4. 生物活性

实践证明，同一种农药原药加工成不同的剂型，如粉剂、可湿性粉剂、颗粒剂和乳油使用时，在相同剂量时，以乳油的药效最好。这是因为乳油中含有乳化剂和有机溶剂，使有效成分均匀地分布在药液中，并使药液容易在防治靶标上润湿、展着，容易使药剂渗透到作物、虫体和杂草体内，充分发挥药剂的效果。

5. 安全性

由于乳油中含有较多的有机溶剂，因此在生产、贮运和使用过程中，对人畜、环境、作物等的安全性必须引起足够的重视。另外，有机溶剂对作物药害和人畜中毒问题，大量的有机溶剂对环境污染问题等已经引起世界各国农药制剂学家的重视，并已着手改进传统乳油存在的问题。

二、指标检测

农药乳油质量控制的项目和指标，因各个国家的地域和条件不同，要求不完全一致。即使同一国家、不同公司，或同一公司、不同品种也不完全一样。概括起来，主要有下列内容和要求：①外观应为单相透明液体；②有效成分含量应不低于规定范围；③乳化分散性应符合规定标准；④乳液稳定性应符合规定标准；⑤酸/碱度应符合规定标准；⑥水分含量应符合产品标准；⑦热贮稳定性应符合上述各项要求；⑧低温稳定性应符合上述各项要求；⑨闪点应符合贮运安全规定；⑩其它，如表面张力、接触角、渗透性等符合要求。

1. 密度

密度是指某种物质在规定温度下单位体积的质量。相对密度是物质在温度 t_1 时的密度与参考物质在温度 t_2 时的密度之比，符号为 d，无量纲。目前相对密度一般只用于气体，作为参考密度的是标准状态下干燥空气的密度，为 1.2930kg/m^3。液体和固体一般不使用相对密度。当以 1g/cm^3 作为参考密度（水 4℃时的密度）时，过去称为比重（specific gravity）。表观密度（假密度）是单位体积（包括被试材料的内部空隙）内物质的重量。密度是农药的一项重要的理化参数，测定农药的密度，可以帮助了解农药的体积、重量或数量，为农药的运输、验收和存贮等提供参考依据，以保证农药的使用安全有效。

2. pH 值

pH 值即氢离子活度的负对数，是溶液中氢离子活度的一种标度，也就是通常意义上溶液酸碱程度的衡量标准。pH 值越趋向于 0，表示溶液酸性越强，反之，越趋向于 14，表示溶液碱性越强，在常温下，pH＝7 的溶液为中性溶液。农药的pH 值是农药的一项重要理化性质参数，随农药的有效成分、生产工艺、辅料、剂型等不同而不同，测定农药的 pH 值可为农药的包装和使用等提供参考依据，保障农药的使用安全有效。

3. 黏度

黏度是流体物质在发生形变时对应力的吸收特性。剪切应力 τ 和剪切率 D 有如下关系：

$$\tau = \eta D$$

式中　η——动力黏度。

对于牛顿流体，黏度只依赖于温度和压力，在不同剪切率下是恒定的。而非牛顿流体的黏度随剪切率不同而变化。

如果采用毛细管不加压测定黏度，获得的测量值是动力黏度与密度的比值，也称运动黏度 ν。

流体的黏度与物质进入并穿过土壤，并进一步对地下水造成威胁的可能性有一定关系。但其环境移动行为与表面张力、可湿性、混溶性或溶解度都有关系，单独考查黏度是不够的。一般来说，黏度越低，农药进入地下水的可能性越大，但对产品的黏度并没有允许范围的下限。在室温下，某些液体的黏度可低至 0.2mPa·s，相当于 20℃水黏度的 1/5。对黏度范围的上限无需限制，当黏度高达 107mPa·s 时，基本上就不可能进入土壤了。

对于有屈服应力的物质（如膏剂、涂剂等），即使在超过屈服应力后期黏度值可能很低，但它仍然很难进入土壤。而可以乳化或溶于水的物质，即使其黏度很大，仍然可能对环境造成威胁。

4. 水分

水分是指 EC 中含水量的多少。水分对其物理和化学性能都有重要的影响。若 EC 中水分含量过高，有可能会加剧有效成分的分解，从而导致产品质量下降，药效降低。

5. 表面张力

农药要发挥较高的使用效率，首先要在靶标物质上润湿和铺展，这就要求喷施的药液具有良好的润湿性和扩展性，而溶液的表面张力和制剂的扩展面积是其效果评价的重要指标之一。

6. 闪点

闪点又称闪燃点，即在一定稳定的空气环境中，可燃性液体或固体表面产生的蒸气在试验火焰作用下初次发生闪光的温度。闪点就是可燃液体或固体能放出足量的蒸气并在所用容器内的液体或固体表面处与空气组成可燃混合物的最低温度。可燃液体的闪点随其浓度的变化而变化。闪点的测定可用以辅助杀虫剂等农药产品的鉴定，也能反映杀虫剂或其它产品的生产过程；同时液体或气体的闪点表明其发生爆炸或火灾的可能性大小，与运输、贮存和使用的安全有极大的关系。

实验四　乳油的质量控制指标及检测方法

农药乳油的质量控制指标主要包括：有效成分含量、物理性能指标和化学性能指标三个方面的内容。物理性能指标主要包括 pH 值、水分、挥发性、表面张力、黏度、持久泡沫量、乳化分散性、乳液稳定性、贮存稳定性等项内容；化学性能指标是指有效成分的分解率。

一、实验目的

1. 了解乳油的质量控制指标；
2. 掌握乳油质量检测方法。

二、实验材料

配好的 5％氯氰菊酯乳油

三、实验器材

扭力天平、天平、液体比重天平、DHG-9031A 型电热恒温干燥箱、PHS-3c 精密 pH 计、天平（精确至 0.01g）、闪点仪、表面张力仪、黏度计、酒精灯、比重计；

定性滤纸、烧杯、玻璃棒、滴管、量筒。

四、实验内容

测定 5％氯氰菊酯乳油的挥发性、相对密度、表面张力、闪点、黏度、持久起泡性、pH 值、水分等性能指标。

1. 挥发性测定

取带环的直径 11cm 定性滤纸一张，在扭力天平称量后，用滴管加约 1mL 农药乳油，均匀滴在滤纸上，使其全部湿透，加药液量应以悬挂时，滤纸下端看不出多余的药液，更不能有药液滴下为宜。加药后立即称量，计算出加药量。然后，将滤纸悬挂在 30℃室内，20min 后，在扭力天平上再称量。计算农药乳油的挥发率，其挥发率不超过 30％为合格。

$$挥发率 = \frac{W_2 - W_0}{W_2 - W_1} \times 100\% \tag{4-1}$$

式中　W_0——农药乳油挥发后的滤纸质量，g；

　　　W_1——滤纸质量，g；

　　　W_2——滴上农药乳油后立即称出的滤纸质量，g。

平行测定三次，取其平均值。

2. 相对密度的测定

（1）采用比重计测定　比重计是测量相对密度的仪器。它分为两大类：一类用来测定相对密度大于 1 的相对密度，叫重表；另一类用来测定相对密度小于 1 的液体的相对密度，叫轻表。比重计是一支空的玻璃柱，上部有载线，下部为一重锤，内装铅粒。

使用时把它轻轻地放入待测液体中，等它能平稳地在液面上时才能放开手，当比重计不再在液面摇动，并不与容器壁相碰时，即可读数。

比重计的刻度是从上而下增大的，一般可读准到小数点后第三位。读数时应注意视线要与凹液面最低点相切。有的比重计有两行刻度，一行是相对密度，一行是波美度（°Bé）。二者的换算公式如下：

$$\text{重表}\quad d=\frac{145}{145-°Bé}\quad \text{或}\quad °Bé=\frac{145(5-1)}{d} \tag{4-2}$$

$$\text{轻表}\quad d=\frac{145}{145+°Bé}\quad \text{或}\quad °Bé=\frac{145}{d}-145 \tag{4-3}$$

注意事项：

a. 待测液体的深度要够；放平稳后再放手，否则比重计就会弹到容器底部而破裂；另外不要甩动比重计。

b. 比重计是成套的，每套有若干支，每支都有一定的相对密度范围，使用时，根据所测液体的相对密度不同，选用量程不同的比重计。

c. 比重计用完后要用水洗净，装入盒内。

（2）采用液体比重天平仪器测定

① 原理。本天平是有一标准体积与重量的测锤，浸没于液体之中，获得浮力而使横梁失去平衡，然后在横梁的 V 形槽里放置各种定量骑码（砝码），使横梁恢复平衡，就能迅速正确测得该液体的相对密度。

② 天平的安装和调整。使用时先将盒内各种零件顺次取出，将测锤和玻璃量器用纯水或酒精洗净，再将支柱固定螺钉旋松，把托架升至适当高度后旋紧螺钉。横梁置于托架的玛瑙刀座上。用等重砝码挂于横梁右端的小钩上。调整水平调节螺钉，使横梁上指针成水平线，以示平衡。如无法调节平衡时，首先将水平调节器上的定位小螺钉旋紧，严防松动。将等重砝码取下，换上整套测锤，此时必须保持平衡，但允许有 0.0005 的误差存在。如果天平灵敏度高，则将重心调节器旋低，反之旋高。

③ 天平的使用。将需要测试的液体放入玻璃量筒内，进行测试之时测锤浸入欲测液体中央，这时横梁失去平衡，在横梁 V 形槽与小钩上加放各种骑码使之恢复平衡，即测得液体的相对密度数值。

读数方法：横梁上 V 形槽与各种骑码的关系皆为十进位，如表 4-1 所示。

表 4-1　骑码位置与读数

砝码放在各个位置上	砝码的名义值			
	5g	500mg	50mg	5mg
放在第十位（小钩上）	1	0.1	0.01	0.001
放在第九位（横梁 V 形槽上）	0.9	0.09	0.009	0.0009
放在第八位（横梁 V 形槽上）	0.8	0.08	0.008	0.0008

依此类推，温度可在测锤表中的温度计中直接读取。

④ 注意事项：

a. 天平安装在温度正常的室内（20℃），不能在一个方向受热或受冷，并使其免受气流及震动影响，牢固地安装在水泥台上，其周围不得有强力磁源及腐蚀性气体等。

b. 小心做好清洁工作，尤其是各刀刃及玛瑙刀座，应用鹿皮、软刷、纯麻等擦拭清洁。严禁使用麻布、硬刷，并严防擦伤撞坏。

c. 使用前要检查天平各零部件安装是否正确，待横梁正常摆动后方可认为安装完毕。

d. 液体测定完毕，应将横梁 V 形槽和小钩上的骑码全部取下，不可留置在横梁 V 形槽和小钩上。

e. 当天平移动位置时，应把易于分离的零部件及横梁等卸下分离，以免损伤刀口。

f. 根据使用的频繁程度，要定期进行清洁工作和计量性能检定。当发现天平失真或有疑问时，在未清除故障前，应停止使用，待修理检定合格后方可使用。

3. 表面张力的测定

表面张力（surface tension）是作用于一个相表面并指向相内部的张力，它是由表面上的分子与表面下的分子间引力所引起的，以毫牛顿每米（mN/m）表示。测量表面张力常用的方法有三种：滴重法、吊片法和吊环法。

（1）滴重法　此法是当液体自管口滴出时，若液滴的重量小于其表面张力，则液滴不能滴下，若液滴的重量刚刚超过表面张力，液滴即从管口滴下，即根据液滴的重量来测定其表面张力。

如果所测液体的体积为 V，液体的滴数为 n，液体的密度为 d，重力加速度为 g，则每滴液体的重量 a [以 dyu（10^{-5}N）表示] 可按下式计算：

$$a = \frac{Vdg}{n} \tag{4-4}$$

若一滴液体自毛细管流出，我们假设它的开头是一圆柱，其半径与管的外半径

$$a = mg = 2\pi r\sigma \tag{4-5}$$

式中　r——毛细管半径，m；

　　　σ——表面张力，mN/m。

当液滴刚刚离开管口时

$$\frac{Vdg}{n}=2\pi r\sigma \tag{4-6}$$

对同一滴重计来说，$2\pi r$ 是一常数，可以 K 表示。

$$\frac{Vdg}{n}=K\sigma \tag{4-7}$$

$$\sigma=\frac{Vdg}{Kn} \tag{4-8}$$

对同一毛细管而且体积相同时，水的表面张力可用下式表示：

$$\sigma_0=\frac{Kd_0g}{Kn_0} \tag{4-9}$$

式中　d_0——水的密度；

　　　n_0——水的滴数。

以方程式(4-8) 除以方程式(4-9) 则得：

$$\frac{\sigma}{\sigma_0}=\frac{dn}{d_0n} \tag{4-10}$$

被测液体的表面张力：

$$\sigma=\frac{\sigma_0dn_0}{d_0n} \tag{4-11}$$

表面张力的测定方法如下：一根玻璃管，管中部较粗，其上下各有一个刻度，管的下口较阔，呈水平的光滑平面。将此玻璃管以垂直的位置固定在支柱架上，从管下口吸入欲测定的液体，使其液面高于上一个刻度（管内液体应没有气泡），然后让液体从此管滴出，当液体的液面与上一刻度相齐时，开始计算液滴，到液体的液面达到与下一刻度相齐时停止计数，并重复几次，取其平均值。同时要用同一仪器测定蒸馏水的滴数。查得此温度下水的表面张力，并测定该液体的密度，即可根据式(4-11) 求出此液体的表面张力。不同温度下水的密度、黏度及与空气界面上的表面张力见表4-2。

表 4-2　不同温度下水的密度、黏度及与空气界面上的表面张力

温度/℃	密度 /(g/cm³)	黏度 /10⁻³Pa·s	表面张力 /(mN/m)	温度/℃	密度 /(g/cm³)	黏度 /10⁻³Pa·s	表面张力 /(mN/m)
0	0.99987	1.787	75.64	21	0.99802	0.9779	72.59
5	0.99999	1.519	74.92	22	0.99780	0.9548	72.44
10	0.99973	1.307	74.22	23	0.99756	0.9325	72.28
11	0.99963	1.271	74.07	24	0.99732	0.9111	72.13
12	0.99952	1.235	73.93	25	0.99707	0.8904	71.97
13	0.99940	1.202	73.78	26	0.99681	0.8705	71.82
14	0.99927	1.169	73.64	27	0.99654	0.8513	71.66
15	0.99913	1.139	73.49	28	0.99626	0.8327	71.50
16	0.99897	1.109	73.34	29	0.99597	0.8148	71.35
17	0.99880	1.081	73.19	30	0.99567	0.7975	71.18
18	0.99862	1.053	73.05	40	0.99224	0.6529	69.56
19	0.99843	1.027	72.90	50	0.98807	0.5468	67.91
20	0.99823	1.002	72.75	60	0.96534	0.3147	60.75

（2）吊片法

① 打开仪器开关，打开电脑，调出（JK99c全自动张力仪铂金板法.EXE）应用程序，主界面如图4-1所示。

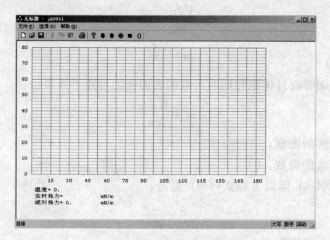

图4-1　主界面示意图

② 在选项菜单中点击"连接"选项，如图4-2所示，连接计算机与仪器，如果连接成功，则屏幕右上角实测数据会不断更新；如果连接失败，会提示"Connect error！"。

③ 将白金板挂在挂钩上，并在选项菜单中点击"设置..."选项，设置白金板周长、触发张力值及中点偏移。如图4-3所示。

图4-2　连接界面

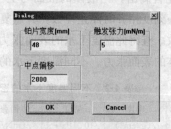

图4-3　设置对话框

注：白金板周长影响到测值，一般设置为48，触发张力值为控制样品台停止的参数，如果测试表面张力值较低或有黏度时请改变本值，一般而言不建议客户进行更改。中点偏移为经常需要更改的项目，它即为软件归零部分，如果显示值较大，请视情况改小本值。如果显示值较小，请酌情增大本值。

④ 调节仪器的粗调和细调旋钮，直到程序屏幕上的重力＝±0.0（注意中点的漂移，正确应该为向左旋时重力减小，向右旋时重力增大；如果相反，则应重新调节中点，即将旋钮旋至最左端或者最右端，直到出现向左旋时重力减小，向右旋时重力增大为止）。或者使用软件界面的0按钮进行软件清零。

⑤ 将白金板作清洗，步骤为：

a. 镊子夹取白金板，并用流水冲洗，冲洗时应注意与水保持一定的角度，原则为尽量做到让水流洗干净板的表面并且不能让水流使得板变形；

b. 用酒精灯烧白金板，一般与水平面呈45°进行，直到白金板变微红为止，时间为20～30s。

注意事项：通常情况用水清洗即可，但遇有机液体或其它污染物用水无法清洗时，请用丙酮清洗或用20％HCl加热15min进行清洗，然后再用水冲洗，烧干即可。

⑥ 在样品皿中加入测量液体，擦干样品皿外壁，在升降平台上垫上垫圈，将烧杯置于垫圈上。（注：在取样时，最好用移液管从待测液中部取样，并确保在取样前样品皿的干净度。）

⑦ 准备就绪后，按红色键●开始记录，仪器会自动绘制整个表面张力值的变化曲线，数据记录完成后将整台曲线显示在屏幕上。可以记录表面张力值，也可以选择"文件"→"另存为…"存储实验结果。

⑧ 重复性操作的方法为先按停止键■，等表面张力仪样品台下降停止后，重新按测试键●测试，看读取值情况。此时不用去理会表面张力仪显示出的残留值。一般情况下如果这个值超过5mN/m时，才需要重新作清洗白金板的动作。

（3）吊环法

① 打开仪器开关，打开电脑。调出（jk99c全自动张力仪铂金环法.EXE）应用程序，主界面如图4-4所示。

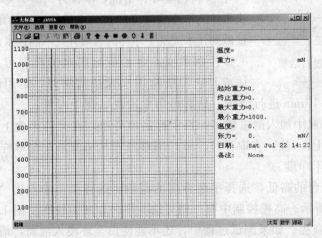

图4-4 主界面示意图

② 在选项菜单中点击"连接"选项，如图4-5所示，连接计算机与仪器，如果连接成功，则屏幕右上角实测数据会不断更新；如果连接失败，会有"Connect error!"。

③ 在选项菜单中点击"自检"选项，如图4-6所示。注意：一般仪器与电脑第一次联机使用或者系统重装以后，必须自检。

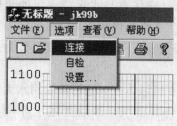

图 4-5 连接界面

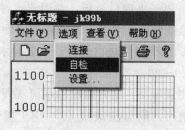

图 4-6 自检界面

④ 将白金环挂在挂钩上，并在选项菜单中点击"设置..."选项，设置铂环外径、中点偏移和密度差（密度差是界面上两种物质的密度之差，例如测纯水表面张

图 4-7 设置对话框

力就是纯水和空气的密度差，测水和苯之间的界面张力就是水和苯的密度差），如图 4-7 所示。注释中可以填入用户所需的信息。

⑤ 调节仪器的粗调和细调 1 旋钮，直到程序屏幕上的重力＝±0.0（注意中点的漂移，正确应该为向左旋时重力减小，向右旋时重力增大；如果相反，则应重新调节中点，即将旋钮旋至最左端或者最右端，直到出现向左旋时重力减小，向右旋时重力增大为止）。或者使用软件界面的 0 按钮进行软件清零。

⑥ 将白金环作清洗，步骤为：镊子夹取白金环，并用流水冲洗，冲洗时应注意与水保持一定的角度，原则为尽量做到让水流洗干净环的表面并且不能让水流使得环变形。

注意事项：通常情况用水清洗即可，但遇有机液体或其它污染物用水无法清洗时，请用丙酮清洗或用 20％HCl 加热 15min 进行清洗。然后再用水冲洗，烧干即可。

⑦ 在样品皿中加入测量液体，擦干样品皿外壁，在升降平台上垫上垫圈，将烧杯置于垫圈上。（注：在取样时，最好用移液管从待测液中部取样，并确保在取样前样品皿的干净度。）

⑧ 根据平台的高低，选择平台升高的范围。选择菜单中点击"设置..."选项，如图 4-7 所示。高程控制中有三档可选，平台和液面较高使用 1/4 高程，否则使用 1/2 或全高程。如果测试过程中，还不能使白金环浸入液面，请增加垫块。

⑨ 准备就绪后，按红色键●开始记录，仪器会自动绘制整个表面张力值的变化曲线，数据记录完成后将整台曲线显示在屏幕上。可以记录表面张力值，也可以选择"文件"→"另存为..."存储实验结果。

⑩ 重复性操作的方法为先按测试键●重新测试，看读取值情况。此时不用去理会表面张力仪显示出的残留值。一般情况下如果重力值超过 50dyn（0.5mN），才需要重新作清洗白金环的动作。

4. 闪点的测定

常用的测定法有闭口式与开口式两种。闭口式多用于测定闪点较低的物质，开口式多用于测定闪点较高的物质。

（1）闭口式闪点测定法

① 仪器：

闭口式闪点测定器　符合 SY 3105—66；

温度计　符合 GB 514—64；

防护屏　用镀锌铁皮制成，高度 550～650mm，宽度以适用为度，屏身内壁涂成黑色。

② 测定手续：

闪点测定器要放在避风较暗的地方，以便于观察闪火。

将样品注入清洁干燥的试验杯中，装满到环状标记处，盖好杯盖。然后将点火器的灯芯或煤气引火点燃。将火焰调整到接近球形，其直径为 3～4mm，再用煤气灯或可调电热装置加热试样。

对于闪点低于 50℃的试样，应从开始到结束不断地进行搅拌，并使试样每分钟升高 1℃。

对于闪点在 50～150℃的试样，开始加热速度为每分钟升高 5～8℃，到预期闪点前 30℃，加热速度应控制在每分钟升高 2℃，并不断进行搅拌。

试样温度到达预期闪点前 10℃时，对闪点低于 50℃的试样，每升高 1℃进行一次点火试验。对闪点高于 50℃的试样，温度每升高 2℃进行一次点火试验。在点火时要停止搅拌，打开盖孔 1s，如看不到闪火，则应继续搅拌和升温，再进行点火。直到试样液面上最初出现蓝色火焰时，立即记下闪火温度。并重复进行点火试验，应能继续闪火。如果在初闪之后，再进行点火却看不到闪火，应更换试样重新试验。只有重复结果依然如此，才能认为测定有效。

平行测定的两个结果与其算术平均值的差，不应超过表 4-3 中的允许差。

表 4-3　闪点允许差

闪点/℃	允许差/℃
50 以下	±1
50 以上	±2

平行测定的两个结果的算术平均值，作为试样的闪点。

大气压力的高低对闪点有影响。所以在大气压力高于 775mmHg（1mmHg=133.322Pa）或低于 745mmHg 时，试验所得的闪点要按照式（4-12）进行修正。

$$T_0 = t + \Delta t \qquad (4\text{-}12)$$

式中　T_0——在 760mmHg 时的闪点，℃；

　　　t——在 P（mmHg）时的闪点，℃；

　　　Δt——修正数，℃。

$$t=0.0345\times(760-P)$$

式中　P——试验时的大气压力，mmHg。

（2）开口式闪点测定法

① 仪器

开口式闪点测定器　符合 SY 3609—66；

温度计　符合 GB 514—65。

② 测定手续

将待测试样放在避风的地方。内坩埚放入装有细砂的外坩埚中，使细砂表层距离内坩埚口部边缘约 12mm，并使内坩埚与外坩埚之间形成厚度为 5～8mm 的砂层。将试样小心注入坩埚中，使液面距离坩埚口部边缘 12mm 处。液面以上的坩埚上不应粘有试样。再将温度计的水银球固定在内坩埚的中央，并与坩埚底部和试样表面距离相等。用煤气灯或电炉加热。开始以每分钟升温（10±2）℃的速度加热，在达到预期闪点前 40℃时，升温控制在每分钟（4±1）℃时，试样温度达到预期闪点前 10℃，将点火器的火焰放到距离试样表面 10～14mm 处，并沿着该处的水平面在坩埚内做直线移动。从坩埚的一边到另一边所经过的时间为 2～3s。试样温度升高 2℃应重复一次点火试验。点火器的火焰长度，应预先调整到 3～4mm。

试样液面上最初出现蓝色火焰时，立即从温度计上读出温度，即为闪点。平行测定结果，闪点差不应超过表 4-4 的允许值。

表 4-4　闪点允许差

闪点/℃	允许差/℃
150℃以下	4℃
150℃以下	8℃

用平行测定的两个结果的算术平均值，作为试样的闪点。

③ 注意事项

a. 测定试样闪点时，关键是控制好温度，升温过程一定要先快后慢。

b. 点火火焰要调好，过大过小都会引起误差。

c. 要有屏风罩，否则火焰会受风的影响，并影响观察其蓝色火焰。

5. 黏度测定

（1）方法原理　测定液体的黏度时，通常测定一定量的液体流经一定垂直长度的毛细管所需的时间，然后根据下式计算其黏度：

$$\eta=\frac{\pi r^4 pt}{8Vl} \tag{4-13}$$

式中　η——液体黏度，Pa·s；

　　　V——在时间 t 内流经毛细管的液体体积，L；

　　　p——毛细管两端的压力差（即液体密度 ρ、重力加速度 g 和流经毛细管的平均液柱高度 h 这三者的乘积）；

　　r——毛细管半径，m；

　　l——毛细管的长度，m。

　　设待测液体 1 和标准液体 2 在重力作用下分别流经同一支毛细管，且维持流出的体积相等，则有：

$$\eta_1 = \frac{\pi r^4 h g \rho_1 t_1}{8Vl} \tag{4-14}$$

$$\eta_2 = \frac{\pi r^4 h g \rho_2 t_2}{8Vl} \tag{4-15}$$

从而得：

$$\frac{\eta_1}{\eta_2} = \frac{\rho_1 t_1}{\rho_2 t_2} \tag{4-16}$$

　　若已知标准液体的黏度 η_2，再分别测定待测液体、标准液体流经毛细管黏度计的时间 t_1、t_2，并查表得到相应温度下的体积质量 ρ_1、ρ_2 后，按上式即可计算待测液体的黏度 η_1。

　　使用奥氏黏度计测定液体黏度还需用到恒温水槽。

　　恒温槽（图 4-8）中温度控制装置是恒温槽控温的关键部分，其作用是控制加热器的工作状态。当恒温槽温度低于指定温度时，加热器开始加热，对恒温介质提供热量，而当恒温槽到达指定温度时，则停止加热。目前普遍使用的控温装置是接触温度计（又称接点式温度计）和继电器。

　　接触温度计（图 4-9）的下部是一普通水银温度计，但水银球内有一导线引出，这是接触温度计的一个极。上半部分装有一根可随管外磁铁旋转的螺杆，螺杆

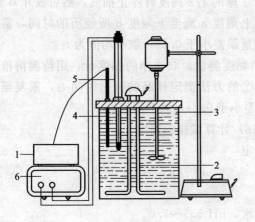

图 4-8　恒温槽

1—数字温度计；2—加热器；3—槽体；4—传感器；5—接点温度计；6—电子继电器

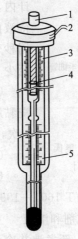

图 4-9　接触温度计

1—磁性螺旋调节器；2—电极引出线；3—上标尺；4—可调电极；5—下标尺

31

上有一标铁，此标铁与插入下半部温度毛细管内的钨丝相连。当螺杆转动时，标铁能够上下移动，并带动钨丝上升或下降，由于钨丝插入下端毛细管内的位置与标铁标明的度数一致，故标铁标明的度数即指明了所要控制的温度（以标铁上沿为准，对使用很长时间的接触温度计，往往会发生标铁指明的度数和实际控制温度之间有差距）。螺杆的顶端另有一根导线引出，这是接触温度计的另一极，当温度升高时，温度计水银球中的水银会膨胀，并沿毛细管上升，到达设定温度时，与钨丝相接触，此时接触温度计导线的两极导通使继电器线圈中的电流断开，加热器停止加热，反之则断路。所以接触温度计能够根据设定的温度和恒温槽的实际温度发出"通"和"断"的讯号。

接触温度计的使用方法：先松开磁帽上的固定螺丝，转动调节磁帽，使螺杆转动，并带着标铁移动至所需温度，一般要先将标铁调至比设定温度低1℃左右的位置，此时加热器会加热，水银柱会上升，当与钨丝相接触，加热器停止，此时温度比设定温度要低1℃左右（可以从精密温度计或数字温度计读出），然后继续将标铁稍稍上升至继电器上"通"的灯亮为止，温度继续上升，这样逐渐接近设定温度。最后使控温器面板上"加热"、"恒温"灯交替闪亮，并且精密温度计的读数在设定温度值上下浮动0.1℃，此时将磁帽上的螺丝固定，恒温槽的温度即调好。

（2）测定步骤

① 调节恒温水浴温度为（30.00±0.05）℃。

② 纯溶剂黏度的测量。先将奥氏黏度计（图4-10）用洗液、自来水及蒸馏水洗净。除去流水，将黏度计垂直固定在恒温槽内，用移液管取固定体积（如5.0mL）的已恒温的纯溶剂水，从A管加入黏度计内，恒温10min，在B管安装乳胶管，用洗耳球慢慢抽气，待液面上升至B管1球的1/2高度时停止抽气，然后放开B管；用秒表记录液面自上刻度a流至下刻度b所经历的时间，重复至少3次，两次测量误差小于0.2s，取平均值为t_1。

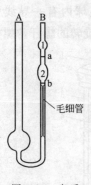

图4-10 奥氏黏度计

③ 样品溶液的黏度测量。取洁净的黏度计，用待测溶液润洗黏度计，按步骤②的方法测定样品的流出时间t_2，重复至少3次，两次测量误差小于0.2s，取平均值。

④ 按公式(4-16)计算试样的黏度。

6. pH值的测定

按GB/T 1601—1993方法测定。

（1）试剂和溶液

① 水：新煮沸并冷至室温的蒸馏水，pH 5.5～7.0。

② $c(C_8H_5KO_4)=0.05mol/L$ 苯二甲酸氢钾pH标准溶液：称取在105～110℃烘至恒重的苯二甲酸氢钾10.21g于1000mL容量瓶中，用水溶解并稀释至刻度，摇匀。此溶液放置时间应不超过一个月。

③ $c(Na_2B_4O_7)＝0.05mol/L$ 四硼酸钠 pH 标准溶液：称取 19.07g 四硼酸钠于 1000mL 容量瓶中，用水溶解并稀释至刻度，摇匀。此溶液放置应不超过一个月。

④ 标准溶液 pH 值的温度校正：

0.05mol/L 苯二甲酸氢钾溶液的 pH 值为 4.00（温度对其影响可忽略不计）。

0.05mol/L 四硼酸钠溶液的温度校正如表 4-5。

表 4-5　pH 值的温度校正

温度/℃	10	15	20	25	30
pH 值	9.29	9.26	9.22	9.18	9.14

（2）仪器

pH 计：需要有温度补偿或温度校正图表；

玻璃电极：使用前需在蒸馏水中浸泡 24h；

饱和甘汞电极：电极的室腔中需注满饱和氯化钾溶液，并保证饱和溶液中总有氯化钾晶体存在。

（3）测定步骤

① pH 计的校正：将 pH 计的指针调整到零点，调整温度补偿旋钮至室温，用上述中一个 pH 标准溶液校正 pH 计，重复校正，直到两次读数不变为止。再测量另一标准溶液的 pH 值，测定值与标准值的绝对差应不大于 0.02。

② 试样溶液的配制：称取 1g 试样于 100mL 烧杯中，加入 100mL 水，剧烈搅拌 1min，静置 1min。

③ 测定：将冲洗干净的玻璃电极和饱和甘汞电极插入试样溶液中，测其 pH 值。至少平行测定三次，测定结果的绝对差值应小于 0.1，取其算术平均值即为该试样的 pH 值。

7. 水分的测定——卡尔·费休法

（1）方法提要　将样品分散在甲醇中，用已知水当量的标准卡尔·费休试剂滴定。

（2）试剂和溶液　无水甲醇：水的质量分数应≤0.03%。取 5～6g 表面光洁的镁（或镁条）及 0.5g 碘，置于圆底烧瓶中，加 70～80mL 甲醇，在水浴上加热回流至镁全部生成絮状的甲醇镁，此时加入 900mL 甲醇，继续回流 30min，然后进行分馏，在 64.5～65℃收集无水甲醇。使用仪器应预先干燥，与大气相同的部分应连接装有氯化钙或硅胶的干燥管。

无水吡啶：水的质量分数应≤0.1%。吡啶通过装有粒状氢氧化钾的玻璃管。管长 40～50cm，直径 1.5～2.0cm，氢氧化钾高度为 30cm 左右。处理后进行分馏，收集 114～116℃的馏分。

碘：重升华，并放在硫酸钠干燥器内 48h 后再用。

硅胶：含变色指示剂。

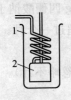

图 4-11　冷阱
1—广口保温瓶；
2—250mL 冷片

二氧化硫：将浓硫酸滴加到盛有亚硫酸钠（或亚硫酸氢钠）的糊状水溶液的支管烧瓶中，生成的二氧化硫经冷阱（图 4-11）冷至液状（冷阱外部加干冰和乙醇或冰的食盐混合）。使用前把盛有液体二氧化硫的冷阱放在空气中气化，并经过浓硫酸和氯化钙干燥塔进行干燥。

酒石酸钠。

卡尔·费休试剂（有吡啶）：将 63g 碘溶解在干燥的 100mL 无水吡啶中，置于冰中冷却，向溶液中通入二氧化硫直至增重 32.3g 为止，避免吸收环境潮气，补充无水甲醇至 500mL 后，放置 24h。此卡尔·费休试剂的水当量约为 5.2mg/mL。也可使用市售的无吡啶卡尔·费休试剂。

（3）仪器　如图 4-12 所示。

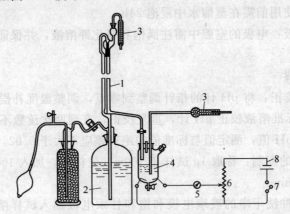

图 4-12　滴定装置
1—10mL 自动滴定管；2—试剂瓶；3—干燥管；4—滴定瓶；5—电流计或检流计；6—可变电阻；7—开关；8—1.5~2.0V 电池组

试剂瓶：250mL，配有 10mL 自动滴定管，用吸球将卡尔·费休试剂压入滴定管中，通过安装适当的干燥管防止吸潮。

反应瓶：约 60mL，装有两个铂电极，一个调节滴定管尖的瓶塞，一个用干燥剂保护的放空管，待滴定的样品通过入口管或可以用磨口塞开闭的侧口加入，在滴定过程中，用电磁搅拌。

1.5V 或 2.0V 电池组：同一个约 2000Ω 的可变电阻并联。铂电极上串联一个微安表。调节可变电阻，使 0.2mL 过量的卡尔·费休试剂流过铂电极的适宜初电流应不超过 20mV 产生的电流。每加一次卡尔·费休试剂，电流表指针偏转一次，但很快恢复到原来的位置，达到终点时，偏转的时间持续较长。

电流表：满刻度偏转不大于 100μA。

（4）卡尔·费休试剂的标定

① 二水酒石酸钠为基准物。加 20mL 甲醇于滴定容器中，用卡尔·费休试剂

滴定至终点，不记录需要的体积，此时迅速加入 $0.15\sim0.20g$（精确至 $0.0002g$）酒石酸钠，搅拌至完全溶解（约 3min），然后以 1mL/min 的速度滴加卡尔·费休试剂至终点。

卡尔·费休试剂的水当量 c_1(mg/mL) 按式(4-17) 计算：

$$c_1 = \frac{36 \times m \times 1000}{230 \times V}$$ (4-17)

式中　230——酒石酸钠的相对分子质量；

36——水的相对分子质量的 2 倍；

m——酒石酸钠的质量，g；

V——消耗卡尔·费休试剂的体积，mL。

② 水为基准物。加 20mL 甲醇于滴定容器中，用卡尔·费休试剂滴定至终点，迅速用 0.25mL 注射器向滴定瓶中加入 $35\sim40mg$（精确至 $0.0002g$）水，搅拌 1min 后，用卡尔·费休试剂滴定至终点。

卡尔·费休试剂的水当量 c_2(mg/mL) 按式(4-18) 计算：

$$c_2 = \frac{m \times 1000}{V}$$ (4-18)

式中　m——水的质量，g；

V——消耗卡尔·费休试剂的体积，mL。

（5）测定步骤　加 20mL 甲醇于滴瓶中，用卡尔·费休试剂滴定至终点，迅速加入已称量的试样（精确至 $0.01g$，含水约 $5\sim15mg$），搅拌 1min，然后以 1mL/min 的速度滴加卡尔·费休试剂至终点。

试样中水的质量分数 X_1（%）按式(4-19) 计算：

$$X_1 = \frac{c \times V \times 100}{m \times 1000}$$ (4-19)

式中　c——卡尔·费休试剂的水当量，mg/mL；

V——消耗卡尔·费休试剂的体积，mL；

m——试样的质量，g。

五、结果分析与讨论

1. 乳油的技术控制指标有哪些？

2. 相对密度对乳油有何影响？

3. 水分对乳油的影响大吗？为什么？

4. pH 值在乳油中有何作用？

5. 乳油闪点的高低有何影响？

第五章 可湿性粉剂

一、概述

可湿性粉剂（wettable powder，WP）是指可分散于水中形成稳定悬浮液的粉状制剂。据统计，1969 年至今，WP 的产值始终占农药剂型总产值的 1/4 左右，产量比例占 15％～20％。WP 从 20 世纪 50 年代出现起，就一直在稳定中向前发展。近几年我国登记的农药制剂的数量也可说明这一点，具体分布见表 5-1。

表 5-1　近几年登记的常用农药制剂品种数量

剂　　型	2004	2005	2006	2007
乳油	464	278	1716	6807
可湿性粉剂	292	173	1213	3875
水剂	63	77	347	1122
悬浮剂	14	32	229	670
微乳剂	13	3	69	374
水分散粒剂	1	4	38	224
水乳剂	5	1	44	216
可溶粉剂	7	8	56	165
悬乳剂	0	0	27	116
粉剂	5	10	57	114
油悬浮剂	0	0	2	7
微胶囊剂	0	0	0	5

从表 5-1 可知，传统剂型 EC 和 WP 的登记数量仍然高居榜首，仍然在现代农药制剂中占有重要地位。近年来，尽管我国农药悬浮剂、水分散粒剂等新剂型发展很快，但无论从产品登记数量还是产量来看，都难与传统剂型相比。WP 生产和使用中问题较乳油多，同时 WP 也是研发悬浮剂、水分散粒剂、可乳化粉剂等众多新剂型的基础。因此，我们有必要在加快新剂型研究开发的同时，全面提升乳油和 WP 的质量，尤其是 WP 的质量。

二、可湿性粉剂的特点及原药加工成可湿性粉剂的条件

1. WP 的特点

不溶于水的原药，都可加工成 WP；附着性强，飘移少，对环境污染轻；不含有机溶剂，环境相容性好；便于贮存、运输；生产成本低，生产技术、设备配套成

熟；有效成分含量比粉剂高；加工中有一定的粉尘污染；是研发新剂型悬浮剂（SC）、水分散粒剂（WG）、可乳化粉剂（EP）、可乳化粒剂（EG）、可分散片剂（WT）等的基础。

2. 原药加工成 WP 的条件

一种原药如为固体，熔点较高，易粉碎，则适宜加工粉剂（DP）或 WP。如需制成高浓度或喷雾使用，一般加工成 WP；如原药不溶于常用的有机溶剂或溶解度很小，那该原药大多加工成 WP，例如杀菌剂、除草剂；原油或低熔点固体原药，一般不加工成 WP；对于防治卫生害虫用的杀虫剂，多加工成 WP；研制和开发农药新品种时，一般多加工成 WP。

三、配方组成

（1）农药原药　原药是 WP 中有效成分的主体，它对最终配成的 WP 有很大的影响。因此，在配制前，要全面了解原药本身的各种理化性质、生物活性及毒性等。同时对原药中重要的生产杂质应加以限制并提供分析方法。FAO 农药规格给出了相关杂质的定义：①如超过了规定的限量，对人类和环境会造成不可接受的危害性；②影响加工制剂的质量，如造成有效成分的分解，或损坏包装物，或腐蚀施药器械；③对施药作物产生药害或污染食品作物的杂质。为使我国农药产品走向国际市场，规定和限制相关杂质势在必行。

（2）润湿剂　润湿剂是指能降低液-固表面张力、增加液体在固体上的扩展性和渗透力，使其润湿或加速润湿的物质。润湿剂的作用主要有两个：其一是降低固体与水的界面张力；其二是降低水的表面张力。

润湿剂的选择原则有以下几点：WP 水溶液 pH 值为弱酸、弱碱、中性时，几乎所有的润湿剂均可使用；WP 水溶液 pH 值为强酸性时，多使用非离子表面活性剂；WP 水溶液 pH 值为强碱性时，多使用阴离子表面活性剂；润湿效果不好或不满意时，增加润湿剂的用量或更换品种；润湿效果好时，应注意，一是确实选出优良的润湿剂，二是"假润湿"，即由于颗粒过大，因重力作用而不是真正的润湿下沉。总之，要选择公认的、效果好的、来源丰富的、物美价廉的润湿剂，一方面通过经验来选择，另一方面通过测定系统的表面张力和接触角来选择。

（3）分散剂　分散剂是指能阻止固-液分散体系中固体粒子的相互凝集，使固体微粒在液相中较长时间保持均匀分散的一类物质。分散剂要能够使聚集或结块的粉末破碎成小的碎块，随即在研磨过程中起辅助作用，即制成平均粒径为 $2\sim5\mu m$ 的粉体颗粒；不会促进农药有效成分分解，最好还具有一定的稳定作用。

分散剂的选择应遵循如下原则：了解分散剂的用量对产品性能的影响；了解分散剂的种类、性能、来源、价格；当分散性好，悬浮率低时，增加分散剂用量或改用其它分散剂；分散性好，悬浮率高，再悬浮性低时，减少分散剂用量或改用其它分散剂；分散性差，悬浮率低，再悬浮率高时，增加分散剂和/或润湿剂的用量。

（4）载体　载体是指用于表示吸附、稀释农药用的惰性成分。载体是农药 WP 必不可少的原料，尽管载体本身不具有生物活性，但载体的性质将直接影响 WP 的性能和使用效果。因此，在使用前要了解载体的吸附容量、流动性、松密度、细度、活性等指标，同时还要考虑原料易得、贮量丰富、运输方便、价格低廉等经济因素。

四、性能要求

根据药效、使用、贮藏、运输等方面的要求及评价 WP 质量的主要因素，提出 WP 的性能要求，主要有以下几个方面。

1. 流动性

流动性是生产和使用时首先遇到的一个问题。即药粉是否容易从贮料仓流至包装袋，从包装袋流至加料器或施药的喷雾器中。因此，它是 WP 加工和使用中必不可少的一个重要指标。好的流动性有利于生产过程中的输送、包装和防止在料仓内架桥堵塞，同时在使用时，容易倒出，易于称量。

影响流动性的主要因素是载体的吸附能力以及原药的含量和黏度。如果载体的吸附能力低，则流动性差。若原药加入的数量多，黏度又高，则产品的流动性就更差；反之，流动性好。

流动性一般以坡度角表示，坡度角越大，流动性越差；反之，流动性越好。可湿性粉剂的流动性通常用流动数来表示，流动数越高，流动性越差；反之，流动性越好。

2. 润湿性

润湿性一般是指微粉被水浸湿的能力。针对可湿性粉剂而言，润湿性包括两个内容：一是指药粉倒入水中，能自然润湿下降，而不是漂浮在水面；二是指药剂的稀释悬浮液对植株、虫体及其它防治对象表面的润湿能力。由于植株、虫体等表面上有一层蜡质，如果润湿性不好，则药剂就不能均匀地覆盖在施用作物和防治对象上，并造成药液流失，甚至影响到防治效果。因此，润湿性是 WP 的一个重要性能指标。

由于农药原药大多为有机物，不溶于水。如果不加任何助剂，其制剂的润湿性就很差。影响润湿性的主要因素是原药的类型及含量，载体的类型、用量和润湿剂的类型、用量。为了解决药粉微粒的润湿性，必须加入润湿剂。合适的润湿剂可以克服表面张力的影响，从而获得良好的润湿性。

润湿性通常以润湿时间来表示，润湿时间越长，润湿性越差；反之，润湿性越好。联合国粮农组织（FAO）的标准为 1～2min（完全润湿时间），我国也采用 ≤120s 的标准。

3. 分散性

分散性是指药粒悬浮于介质水中，保持分散成细微个体粒子的能力。分散性与悬浮性有直接关系，分散性好，悬浮性就好；反之，悬浮性就差。可湿性粉剂要求粒子要细，而粒子越细，表面的自由能就越大，就越容易发生团聚现象，从而降低悬浮能力。要提高细微粒子在悬浮液中的分散性，就必须克服团聚现象。其主要手段是加入分散剂。影响分散性的主要因素是原药和载体的表面性质及分散剂的种类、用量。分散剂选择适当，就可以阻止药粒之间的凝集，从而获得良好的分散性。分散性的好坏可从悬浮率高低来衡量，悬浮率越高表示分散性越好。

4. 悬浮性

悬浮性是指分散的药粒在悬浮液中保持悬浮一定时间的能力。悬浮性好的制剂，在兑水使用时，可使所有的药粒均匀地悬浮在水中，从贮液罐中喷出。影响悬浮性的主要因素是制剂的粒径大小和粒度分布范围。粒径越小，粒谱越窄，悬浮性就越好。

对 WP 来说，$5\mu m$ 以下的粒子越多，就越有好的悬浮性。但是多数农药都是有机物质，黏韧性较大，不易粉碎成很细的粒子，所以采用气流粉碎机进行粉碎是提高悬浮性的重要途径之一。此外，选择适合的分散剂，也可以达到提高悬浮性的目的。

悬浮性的高低以悬浮率来表示。悬浮率越高，悬浮性越好；反之，悬浮性越差。悬浮率的表示有两种：有效悬浮率和质量悬浮率。有效悬浮率是指可湿性粉剂中有效成分的悬浮率，而质量悬浮率是指可湿性粉剂固体物的悬浮率。

在理想情况下，质量悬浮率和有效悬浮率应该是一致的。实际上，由于加工混合的不均匀性及不同大小粒子吸附原药的数量不等，大粒子总是先沉降，二者的值往往不等。WP 要求两种悬浮率都要高，才能避免喷雾不均匀和堵塞喷头的现象。若原药为水溶性，则必须以质量悬浮率来衡量悬浮性的好坏。

5. 细度

在实际使用中，随着技术的发展，对 WP 的悬浮率要求越来越高，因此对其农药颗粒细度要求更细。我国一般要求 WP 细度，通过 325 目标准筛（即粒径 $<44\mu m$）$>95\%$。WP 的细度（即粒径大小和分布）直接与悬浮率有关。一般来说，细度越小，悬浮率越高。

6. 水分

水分是指 WP 中含水量的多少。水分对其物理性能和化学性能都有重要的影响。若 WP 中水分含量过高，在堆放期间不仅易结块，而且流动性降低，给使用带来不便；过高的水分还可能会加剧有效成分的分解，从而导致产品质量下降，药效降低。

FAO 一般要求可湿性粉剂中水分含量 $\leqslant2\%\sim2.5\%$，我国采用 $\leqslant2\%$ 的指标。

7. 起泡性

起泡性是可湿性粉剂在兑水稀释成悬浮液时产生泡沫的能力。泡沫越多，起泡性越大，则喷雾效果越差。因为悬浮液中的泡沫都带有大量空气，而空气能在喷雾器的喷雾管道中产生气阻，使喷雾混合不均匀。对大的喷雾器来说，器内需配有搅拌和循环装置，防止泡沫过多，使药液溢出贮罐。

WP 的起泡性，可以通过选择合适的润湿剂和分散剂来解决；必要时，可加入抑泡剂或消泡剂。

起泡性通常以 WP 配制成稀释液，搅拌均匀后 1min 产生的泡沫体积来表示。泡沫体积越多，起泡性越大；反之，起泡性就越小。WP 要求低起泡性。FAO 标准为泡沫体积＜25mL，个别制剂有＜45mL 的。

8. 贮存稳定性

贮存稳定性是指制剂贮存一定时间后，其物理、化学性能变化的大小。变化越小，贮存稳定性越好；反之，贮存稳定性越差。通常将其分为物理贮存稳定性和化学贮存稳定性。

物理贮存稳定性是指产品在存放过程中，药粒间互相黏结或团聚所引起的流动性、分散性和悬浮性的降低。提高物理贮存稳定性的办法是选择吸附性能高、流动性好的载体，确定适当的原药浓度并加入合适的润湿剂和分散剂。

化学贮存稳定性是指产品在存放过程中，由于原药与载体的不相容性，及其它原因引起原药的分解，使制剂的有效成分含量降低，降低得越多，说明化学贮存稳定性越差。提高化学贮存稳定性的方法是选择活性小的载体，提高原药浓度和加入合适的稳定剂。

通常用热贮稳定性来检验产品的质量，FAO 一般规定（54±2）℃存放 14d，其悬浮率、润湿性均应合格，有效成分含量与贮前含量相差在允许范围内，分解率一般不得超过 5%。

五、理论基础

1. 固液分散体系的稳定性

原药不论是固态还是液态，都必须被分散成为一定细度的微小粉粒或油珠，才能被均匀喷布到作物和靶标生物上，这一过程即农药原药的分散过程。分散过程完成后所得到的产品是一种达到物理化学稳定状态的多组分混合物，这种产品就是农药的某种特定的"分散体系"。农药的分散体系实际包含两方面含义，即农药制剂本身所具有的分散体系，以及农药喷施后药剂微粒或雾滴在空气中所形成的以空气为分散介质的分散体系。WP 悬浮液作为一种固液分散体系，它的粒子沉降速度基本上符合斯托克斯定律：

$$v = \frac{d^2(\rho_s - \rho)g}{18\eta} \tag{5-1}$$

式中 　ρ_s——粒子的密度，g/cm³；

　　　ρ——分散液密度，g/cm³（对可湿性粉剂悬浮液来说，分散液是水，水的密度为 1g/cm³）；

　　　d——粒子的直径，cm；

　　　η——分散液的黏度，mPa·s；

　　　g——重力加速度，cm/s²；

水在 20℃时，黏度为 1.002mPa·s。

从斯托克斯公式可以看出，粒子的沉降速度与粒子的直径、粒子的密度和悬浮液的密度差成正比，与悬浮液的黏度成反比。在影响粒子沉降速度的三个因素中，主要因素是粒子直径。因此，合理地控制 WP 的粒度分布是提高固液分散体系的稳定性的重要途径之一。

同时，WP 悬浮液符合胶体稳定性理论（即 DLVO 理论）。当 WP 在不同温度条件下贮存不同的时间（1~2a）时，为防止其聚合和凝聚，就需要提供能防止聚合的能量壁垒的高性能分散剂。这种作用可通过离子型表面活性剂或聚合电解质的吸附来完成，主要是由于这些分子的离解发生电离，从而在固/液界面形成双电层。表面活性剂离子在颗粒表面的吸附通常会产生高 zeta 电势（50~100mV）。如果电解质浓度一直处于较低值，就会产生高能量壁垒，防止任何颗粒的聚集。因此，离子型表面活性剂可以产生较好的降凝聚体系，它可以使电解质浓度保持最小值，使 WP 悬浮液长时间稳定。

2. BOD 理论

一个农药的有效活性是指它本身的活性和它发挥作用的有效浓度。在农药制剂的配制过程中，可通过控制农药的物理、化学和生物学性质以降低农药在防治病虫草害时的使用量和延长对靶标生物的持效期，从而提高农药的生物活性。例如，可选择最佳生物粒径。

最易被生物体捕获并能取得最佳防治效果的农药雾滴直径或尺度称为生物最佳粒径。不同农药雾化方法可形成不同细度的雾滴，但对于某种特定的生物体或生物体上某一特定部位，只有一定细度的雾滴才能被捕获并产生有效的致毒作用。这种现象发现于 20 世纪 50 年代，经过多年的研究后，于 20 世纪 70 年代中期由 Himel 和 Uk 总结为生物最佳粒径理论（简称 BOD 理论），为农药的科学使用提供了重要的理论依据。

据报道，农药最佳活性的重要参数是粒度大小和在植物表面的分布情况。粒度范围为 $1~2\mu m$ 的硫磺防治大麦霉病的活性是粒度范围为 $15~16\mu m$ 的硫磺活性的 100 倍左右，其原因在于小粒度的硫磺能很好地附着在叶片上，且耐雨水冲刷。与杀菌剂相比，DDT 和西维因等杀虫剂也有最佳粒度，但却不是最小粒度。DDT 防治豹脚蚊的最佳粒度范围是 $10~20\mu m$。同样，用西维因防治卷心菜白蝶幼虫时，最佳粒度范围是 $10~20\mu m$。可见，在研制 WP 时，可根据不同的防治对象，控制不同的粒度范围，发挥农药的生物活性。

六、发展趋势

WP作为传统的四大剂型之一，正在向高产值、高浓度、高质量的方向发展，同时也在向可分散性、可乳化性、高悬浮性的新剂型发展。

为进一步提高制剂的安全性，避免使用者直接接触农药，用水溶性薄膜来包装WP的技术已引起人们足够的重视。在施药过程中，使用者直接把整小袋产品放入喷雾容器内，水溶性薄膜溶解后，药品就能在水中均匀分散。

实验五　可湿性粉剂的配制

可湿性粉剂也是我国最基本的农药剂型之一，尽管近年来，一些新剂型不断发展和涌现，但可湿性粉剂是配制固体剂型的基础。

一、实验目的

1. 了解用于制备可湿性粉剂的常用助剂及载体种类；
2. 学习可湿性粉剂的制备步骤及技术；
3. 练习高速粉碎机、气流粉碎机的操作；
4. 了解可湿性粉剂的质量控制指标并学习其检测方法；
5. 制备合格的20%多菌灵可湿性粉剂。

二、实验材料

1. 农药品种　多菌灵

通用名称　carbendazim

化学名称　N-苯并咪唑-2-基氨基甲酸酯

结构式

分子式　$C_9H_9N_3O_2$

相对分子质量（按1997国际相对原子质量计）　191.2

生物活性　杀菌

理化性质　纯品为无色结晶粉末，熔点302～307℃（分解）。蒸气压0.09mPa（20℃），1.3mPa（50℃）。溶解度（24℃）：水29mg/L（pH 4）、8mg/L（pH 7）、

7mg/L（pH 8），二甲基甲酰胺 5g/L，丙酮 0.3g/L，乙醇 0.3g/L，氯仿 0.1g/L，乙酸乙酯 0.135g/L，二氯甲烷 0.068g/L，苯 0.036g/L，环己烷 $<$0.01g/L，正己烷 0.0005g/L。稳定性：熔点以下不分解，在 20000 lx 光线下稳定 7d，在碱性溶液中缓慢分解（22℃），DT_{50} $>$350d（pH 5 和 pH 7）、124d（pH 9）；在酸性介质中稳定，可形成水溶性盐。

毒性 大鼠急性经口 LD_{50} 为 15000mg/kg，狗为 2500mg/kg。对大鼠急性经皮 LD_{50} $>$2000mg/kg，兔为 10000mg/kg。对兔皮肤和眼睛无刺激性，对豚鼠皮肤无致敏性。鹌鹑急性经口 LD_{50} 5826～15595mg/kg。对虹鳟鱼 96h 的 LC_{50} 为 0.83mg/L，鲤鱼 0.61mg/L，大翻车鱼 $>$17.25mg/L。

作用机理与特点 广谱内吸性杀菌剂。主要干扰细胞的有丝分裂过程，对子囊菌纲和半知菌类中的大多数病原真菌有效。

防治对象 用于防治由立枯丝核菌引起的棉花苗期立枯病、黑根霉引起的棉花烂铃病，小麦网腥黑穗病、散黑穗病，燕麦散黑穗病，小麦颖枯病，谷类茎腐病，麦类白粉病，苹果、梨、葡萄、桃的白粉病，烟草炭疽病，番茄褐斑病、灰霉病，甘蔗凤梨病，水稻稻瘟病、纹枯病和胡麻斑病等。

2. 载体和助剂

（1）载体 拉开粉、茶枯、硅藻土、高岭土、白炭黑、轻质碳酸钙、陶土、凹凸棒土、活性白土。

（2）润湿剂 十二烷基硫酸钠、十二烷基磺酸钠、茶枯、Morwet EFW（烷基萘磺酸盐与阴离子润湿剂混合物）、TERWET 1004（阴离子润湿剂）。

（3）分散剂 NNO（萘磺酸甲醛缩聚物）、木质素磺酸钠、聚氧乙烯聚氧丙烯嵌段共聚物、羧甲基纤维素、聚乙烯醇、聚乙烯吡咯烷酮、三聚磷酸钠、六偏磷酸钠、Morwet D-425（烷基萘磺酸盐缩聚物）、Morwet D-110（烷基萘磺酸盐缩聚物与羧酸盐混合物）。

（4）其它助剂 白炭黑（防结块剂）、SAG-630（消泡剂）、JFC（渗透剂）。

3. 实验器材

天平（精确至 0.01g）、高速万能粉碎机、气流粉碎机、电热恒温干燥箱；研钵、秒表、药匙、滤纸、具塞磨口量筒（250mL）、烧杯（250mL）、玻璃棒、胶头滴管、自封袋（5 号）。

三、实验内容

本实验主要内容是采用润湿剂、分散剂和载体配制 20% 多菌灵可湿性粉剂，并测定其质量控制指标。实验具体步骤如下。

1. 拟订配方

（1）载体的筛选 根据多菌灵原药的理化性质、制剂中有效成分含量的高低和载体的性能选择合适的载体。

（2）助剂的筛选

① 润湿剂的筛选。润湿剂在农药可湿性粉剂中的作用不仅是保证产品遇水时能够被快速润湿，而且要能够协助分散剂与原药粒子迅速结合，从而保证产品获得理想的悬浮性能。采用试验法选择合适的润湿剂品种及用量，润湿剂的用量通常为1%～2%。

② 分散剂的筛选。选择合适的分散剂，能够阻止固液分散体系中固体粒子的相互聚集，并使固体微粒在液相中能够较长时间地保持均匀分布的状态。根据实验材料中所提供的分散剂选择其中一种或几种以制备分散性良好的悬浮剂，分散剂的用量通常为3%～6%。

③ 其它辅助剂的筛选。根据不同的原药及制剂含量，选择合适的渗透剂、消泡剂、防结块剂、稳定剂等，以制备出理化性能合格、药效好的可湿性粉剂。

2. 小样的配制

根据拟订的不同载体、助剂，进行不同配方的小样加工试制，以测定可湿性粉剂样品的理化性能，以此确定性能优良、价格低廉的配方。具体操作步骤如下：

按配方要求，分别称取一定比例的95%多菌灵原药、润湿剂、分散剂、其它辅助剂和载体共计50g样品，将样品先在研钵中初步磨细、混匀，然后分别于小型高速粉碎机中粉碎大约1min，气流粉碎机中粉碎，制成20%多菌灵可湿性粉剂，测定其物理性能指标。详见图5-1。

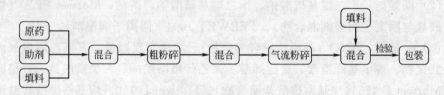

图 5-1　可湿性粉剂加工流程

3. 检验

检测20%多菌灵可湿性粉剂的各项质量控制指标。

四、可湿性粉剂物理性能的测定

1. 湿润性能的测定

按 GB/T 5451 进行。

（1）方法提要　将一定量的可湿性粉剂从规定的高度倾入盛有一定量标准硬水的烧杯中，测定其完全润湿的时间。

（2）仪器和设备

烧杯：250mL（内径为 6.5cm±0.5cm、高为 9.0cm±0.5cm）；

秒表；

量筒：100mL±1mL；

恒温水浴。

（3）测定步骤　取 342mg/L 标准硬水（100±1）mL，注入 250mL 烧杯中，将此烧杯置于（25±1）℃的恒温水浴中，使其液面与水浴的水平面平齐。待硬水至（25±1）℃时用表面皿称取（5.0±0.1）g 试样，将试样从与烧杯口齐平位置一次均匀地倾倒在该烧杯的液面上，但不要过分地扰动液面。加样时立即用秒表计时，直至试样全部湿润为止，记下润湿时间。如此重复三次，作为该样品的润湿时间。对比用高速粉碎机、气流粉碎机粉碎样品润湿性结果的不同。

（4）结果　依润湿时间，衡量质量好坏。一般润湿时间小于 120s 为合格，在 40～60s 之间润湿性较好。

2. 质量悬浮率的测定

按 GB/T 14825 进行。

（1）方法提要　用标准硬水将待测试样配制成适当浓度的悬浮液，在规定的条件下，于量筒中静置 30min，测定量筒底部 1/10 悬浮液中有效成分含量，计算其悬浮率。

（2）实验仪器

① 量筒：250mL，带磨口玻璃塞，0～250mL 刻度间距为 25.0～21.5cm，250mL 刻度线与塞子底部之间的距离应为 4～6cm；

② 玻璃吸管：长约 40cm，内径约为 5mm，一端尖处有约 2～3mm 的孔，管的另一端连接在相应的抽气源上；

③ 恒温水浴：（30±1）℃；

④ 秒表。

（3）测定步骤　称取 1g 试样，精确至 0.0001g，置于盛有 50mL 标准硬水（30±2）℃的 200mL 烧杯中，用手摇荡作圆周运动，约每分钟 120 次，进行 2min。将该悬浮液在同一温度的水浴中放置 4min，然后用（30±2）℃的标准硬水将其全部洗入 250mL 量筒中，并稀释至刻度，盖上塞子，以量筒底部为轴心，将量筒在 1min 内上下翻转 30 次。将量筒垂直浸入水浴至量筒颈部，无振动。静置 30min 后，从恒温水浴取出量筒，迅速插入玻璃管，用真空泵或适宜的吸气装置抽去 9/10（225mL）悬浮液，维持管尖恰好在悬浮液水平面之下，小心操作，使对悬浮液的干扰达最低程度。在 10～15s 内完成操作。留在量筒中的（25±1）mL 稀释液采用重量法，用过滤方式分离固体物，干燥，称量。平行测定三次，取其平均值。

（4）计算

$$悬浮率（\%）=1.11 \times \frac{w-w_1}{w} \times 100\% \tag{5-2}$$

式中　w——配制悬浮液所取试样中有效成分质量，g；

　　　w_1——留在量筒底部 25mL 悬浮液中有效成分质量，g。

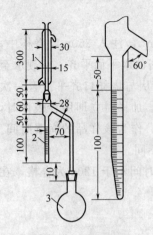

图 5-2 水分测定仪
1—直型冷凝管;2—接
收器,有效体积 2mL,
每刻度为 0.05mL;
3—圆底烧瓶

3. 水分的测定

按 GB/T 1600—2001 中的"共沸蒸馏法"进行。

(1) 方法提要 试样中的水与甲苯形成共沸二元混合物,一起被蒸馏出来,根据蒸出水的体积,计算水含量。

(2) 试剂 甲苯。

(3) 仪器 如图 5-2 所示。

(4) 测定步骤 称取含水约 0.3～1.0g 的试样(精确至 0.01g),置于圆底烧瓶中,加入 100mL 甲苯和数支长 1cm 左右的毛细管,按图 5-2 所示安装仪器,在冷凝器顶部塞一个疏松的棉花团,以防大气中水分的冷凝,加热回流速度为每秒 2～5 滴,继续蒸馏直到在仪器的任何部位,除刻度管底部以外,不再见到冷凝水,而且接收器内水的体积不再增加时,再保持 5min 后,停止加热。用甲苯冲洗冷凝器,直至没有水珠落下为止,冷却至室温,读取接收器内水的体积。

试样中水的质量分数 X_2(%)按式(5-3)计算:

$$X_2 = V \times 100 / m \tag{5-3}$$

式中 V——接收器中水的体积,mL;

m——试样的质量,g。

4. pH 值的测定

按 GB/T 1601—1993 中方法进行。

5. 细度测定

按 GB/T 16150 中的"湿筛法"测定。

(1) 方法提要 将称好的试样置于烧杯中润湿、稀释,倒入润湿的试验筛中,用平缓的自来水流直接冲洗,再将试验筛置于盛水的盆中继续洗涤,将筛中剩余物转移至烧杯中,干燥残余物,称量,计算细度。

(2) 实验仪器

试验筛:适当孔径,并有配套的接受盘和盖子;

烧杯:250mL,100mL;

烘箱:100℃以内控制精度为±2℃;

玻璃棒:具橡皮套;

干燥器。

(3) 测定步骤

① 试样的润湿。称取 20g 试样(精确至 0.1g),置于 250mL 烧杯中,加入约 80mL 自来水,用玻璃棒搅动,使其完全润湿。如果试样抗润湿,可以加入适量非

极性润湿剂。

② 试验筛的润湿。将试验筛浸入水中，使金属丝布完全润湿，必要时在水中加入适量的非极性润湿剂。

③ 测定。用自来水将烧杯中润湿的试样稀释至约 150mL，搅拌均匀，然后全部倒入润湿的标准筛中，用自来水洗涤烧杯，洗涤水也倒入筛中，直至烧杯中粗颗粒完全移至筛中为止。用直径为 9～10mm 的橡皮管导出的平缓自来水流冲洗筛上试样，水流速度控制在 4～5L/min，橡皮管末端出水口保持与筛沿平齐为度。在筛洗过程中，保持水流对准筛上的试样，使其充分洗涤（如果试样中有软团块，可用玻璃棒轻压，使其分散），一直洗到通过试验筛的水清亮透明为止。再将试验筛移至盛有自来水的盆中，上下移动洗涤筛沿始终保持在水面之上，重复至 2min 内无物料过筛为止。弃去过筛物，将筛中残余物先冲至一角再转移至已恒重的 100mL 烧杯中。静置，待烧杯中颗粒沉降至底部后，倾去大部分水。加热，将残余物蒸发近干，于 100℃（或根据产品的物化性能，采用其它适当温度）烘箱中至恒重，取出烧杯置于干燥器中冷却至室温，称量。

(4) 计算。可湿性粉剂的细度 $X(\%)$ 按式(5-4) 计算：

$$X(\%)=\frac{m_1-m_2}{m_1}\times100\%\qquad(5\text{-}4)$$

式中　　m_1——可湿性粉剂试样的质量，g；

　　　　m_2——烧杯中残余物的质量，g。

(5) 允许差　两次平行测定结果之差应在 0.8% 以内。

6．持久泡沫量

(1) 方法提要　将规定量的试样与标准硬水混合，静置后记录泡沫体积。

(2) 试剂　标准硬水：$\rho(Ca^{2+}+Mg^{2+})=342mg/L$，pH=6.0～7.0，按 GB/T 14825 配制。

(3) 仪器

具塞量筒：250mL（分度值 2mL，0～250mL 刻度线 20～21.5cm，250mL 刻度线到塞子底部 4～6cm）。

工业天平：感量 0.1g，载量 500g。

(4) 测定步骤　将量筒加标准硬水至 180mL 刻度线处，置量筒于天平上，称入试样 1.0g（精确至 0.1g），加硬水至距量筒塞底部 9cm 处，盖上塞，以量筒底部为中心，上下颠倒 30 次（每次 2s）。放在实验台上静置 1min，记录泡沫体积。

7．热贮稳定性

(1) 方法提要　通过加压热贮试验，使产品加速老化，预测常温贮存产品性能的变化。

(2) 仪器

恒温箱（或恒温水浴）：（54±2）℃。

烧杯：250mL，内径 6.0~6.5cm。

圆盘：直径大小应与烧杯配套，恰好产生 2.45kPa 的平均压力。

（3）操作步骤　加 20g 样品到烧杯中，不加任何压力，使其铺成等厚度的平滑均匀层。将圆盘压在试样上面，置烧杯于烘箱中。在（54±2）℃下贮存 14d。取出烧杯，拿出圆盘，将烧杯放入干燥器中，使试样冷却至室温，在 24h 之内按照规定的分析方法对可湿粉剂进行有关检测，例如对悬浮率的检测等。

五、结果分析与讨论

1. 根据个人实验结果，评价所配制 20% 多菌灵可湿性粉剂的性能优劣并探讨其原因。

2. 影响可湿性粉剂理化性能的因素有哪些？

3. 试比较不同加工器械的优缺点。

4. 若将其配方应用于工业生产，除了其质量控制指标之外，还应考虑的其它因素有哪些？

第六章 悬浮剂

一、概述

悬浮剂（aqueous suspension concentrate，SC）是非水溶性的固体有效成分与相关助剂在水中形成的高分散度的黏稠悬浮液制剂，用水稀释后使用。

本章中农药悬浮剂是指以水为分散介质，将原药、助剂（润湿分散剂、增稠剂、稳定剂、pH调整剂和消泡剂等）经湿法超微粉碎制得的农药剂型。其基本原理是在表面活性剂和其它助剂作用下，将不溶于或难溶于水的原药分散到水中，形成均匀稳定的粗悬浮体系。

悬浮剂是现代农药中十分重要的农药剂型，具有较好的生物活性，并具有巨大的研究开发前景。许多具有油水双憎性的原药都适合加工成悬浮剂。目前，我国已登记农药品种近200个，国外农化公司在我国登记的农药品种也有50多个，而且发展趋势还在不断增长。悬浮剂已成为乳油（EC）和可湿性粉剂（WP）之外的主要的基本剂型，也逐渐成为替代粉状制剂的优良剂型。

二、悬浮剂的特点及原药加工成悬浮剂的条件

1. SC的特点

优点：一般具有较高的药效；使用便利，易于量取，对操作者安全；无粉尘且可以很快分散于水中；以水为介质，适合于生物功效的有效利用；无闪点问题，对植物药害低。缺点：作为热力学不稳定体系，悬浮剂的稳定性问题，尤其是长期物理稳定性是影响农药悬浮剂质量的关键，由于颗粒的密度比介质水的密度大，所以沉积作用易使悬浮剂分层，同时沉积的颗粒会形成一个紧密的黏土层，很难重新分散。

2. 原药加工成悬浮剂的条件

在水中的溶解度不得＞100mg/L，最好不溶，否则制剂在贮存时易产生结晶长大；在水中的化学稳定性高，对于某些不太稳定的有效成分可通过稳定剂来改善；熔点最好不低于100℃，这是因为制剂贮存时的温度变化大，且加入的表面活性剂和助剂可降低有效成分的熔点，一旦熔化，表面能增大，会引起粒子凝聚，破坏制剂的稳定性。

三、配方组成

1. 农药原药

原药是 SC 中有效成分的主体，它对最终配成的 SC 有很大的影响。因此，在配制前，要全面了解原药本身的各种理化性质、生物活性及毒性等。同时对原药中重要的生产杂质应加以限制并提供分析方法。

2. 分散剂

一般用量 0.3%～3%。悬浮剂是不稳定的多相分散体系，为保持原药颗粒已磨细的分散程度、防止粒子重新凝集成块、保证使用条件下的悬浮性能，必须添加分散剂。分散剂能在农药粒子表面形成强有力的吸附层和保护屏障，为此既可使用提供静电斥力的离子型分散剂，又可使用提供空间位阻的非离子型分散剂。常见的分散剂有木质素磺酸盐、烷基萘磺酸盐甲醛缩聚物、羧酸盐高分子聚合物、EO-PO 嵌段共聚物等。

3. 润湿剂

一般用量 0.2%～1%。出色的分散性能和优良的润湿性能对于确保有效而均匀地向田间喷洒农药制剂至关重要。除了降低表面张力以外，润湿剂使水分能够渗入原药颗粒中。随着水分到达颗粒的内部，颗粒将以更快的速度润湿、崩解。在实际应用中，由于药剂表面张力的降低，可增大雾滴的分散程度，易于喷洒，促使活性成分迅速进入作用部位，发挥生物效应。因此要求润湿剂的分子结构中既有亲水较强的基团，又有与原药亲和力较强的亲油基团。常见的润湿剂有十二烷基硫酸钠、十二烷基苯磺酸钠、二丁基萘磺酸钠、琥珀酸二辛酯磺酸钠等。

4. 增稠剂

一般用量 0.2%～5%。适宜的黏度是保证悬浮剂质量和施用效果十分重要的因素。根据斯托克斯定律：固-液分散体系中粒子的沉降速度与粒子直径、粒子密度与悬浮液密度之差、悬浮液的黏度三个因素有关。研磨中黏度若大，剪切力就大，易磨细。增黏剂还可增大 zeta 电位，利于形成保护膜，改变介质黏度，减少密度差，有助于制剂的稳定悬浮。常用的增稠剂有黄原胶、羧甲基纤维素钠、聚乙烯醇、硅酸铝镁、海藻酸钠、阿拉伯树胶等。

5. 防冻剂

一般用量 5%～10%。以水为介质的悬浮剂若在低温地区生产和使用，要考虑防冻问题，否则制剂会因冻结使物性破坏而难以复原，影响防效。常用的防冻剂多为非离子的多元醇类化合物等吸水性和水合性强的物质，用以降低体系的冰点，如乙二醇、丙三醇、聚乙二醇、尿素、山梨醇等。

6. 稳定剂

一般用量 0.1%～10%。稳定剂通常有两个作用，其一是使制剂的物理性质稳定，即保持悬浮剂在长期贮存中悬浮性能稳定，减少分层，杜绝结块。其二是使制剂的化学性质稳定，即保持悬浮剂的活性成分在长期贮存中不分解或分解很少，用以保证田间应用时的效果。在悬浮剂中常用的有膨润土、白炭黑、轻质碳酸钙、甲醛等。

7. 消泡剂

用量 0～5%。农药悬浮剂的生产工艺多采用湿式超微粉碎，高速旋转的分散盘把大量的空气带入并分散成极微小的气泡，影响生产过程的顺利进行。为此，需加入适宜的消泡剂，并要求必须能同制剂的各组分有很好的相容性。常用的消泡剂有：有机硅酮类、C_{8-10} 的脂肪醇、C_{10-20} 的饱和脂肪酸类及酯醚类等。有时亦可通过调整加料顺序或设备选型，或真空机械脱泡，避免泡沫产生，此时可不加消泡剂。

四、性能要求

1. 流动性

流动性是 SC 重要的表征指标。它不仅影响加工过程的难易，而且直接影响计量、包装和应用等。流动性好，加工容易，应用也方便。影响 SC 流动性的主要因素是制剂中原药含量和制剂的黏度。原药含量占的百分比越大，即意味着体系中干物质量越多，黏度越大，流动性越差。

2. 分散性

分散性是指原药粒子悬浮于水中保持分散成微细个体粒子的能力。分散性与悬浮性有密切关系。分散性好，一般悬浮性就好；反之，悬浮性就差。悬浮剂要求原药粒子有足够的细度，原药粒子越大，越易受地心引力作用加速沉降，破坏分散性；反之，原药粒子过小，粒子表面的自由能就越大，越易受范德华引力的作用，相互吸引发生团聚现象而加速沉降，因而也降低了悬浮性。要提高原药微细粒子在悬浮液中的分散性，除了要保证足够的细度外，重要的是克服团聚现象，主要办法是加入分散剂。因此，影响分散性的主要因素是原药和分散剂的种类和用量。选择适当，不仅可以阻止原药粒子的团聚，而且还可以获得较好的分散性。

3. 悬浮性

悬浮性是指分散的原药粒子在悬浮液中保持悬浮时间长短的能力。一个好的悬浮剂，不仅兑水使用时，可使所有原药粒子均匀地悬浮在介质水中，达到方便应用的目的，而且在制剂贮存期内也具有良好的悬浮性。由于悬浮剂是一个悬浮分散体系，故具有胶体的某些性质，如分散液具有聚结不稳定性与不均匀态，也具有和溶胶系统相近似的特性。

由于农药悬浮剂也属于动力学不稳定体系，分散液中的农药粒子必然在重力场的作用下发生自由下降，使体系稳定性发生变化。如果把农药粒子视为球体，那么，其稳定（即粒子沉降速度）与诸因素之间的关系应符合斯托克斯定律。即粒子的沉降速度与三个因素，即粒子直径、黏度和密度差有直接关系。

4. 细度

细度是指悬浮剂中悬浮粒子的大小。悬浮粒子的细度是通过机械粉碎完成的。任何悬浮剂无论用什么型号的粉碎设备，进行何种形式或多长时间的粉碎，都不可能得到均一粒径、形状相同的粒子，而只能是一种不均匀的具有一定粒度分布的粒子群体。采用粒子平均直径和粒度分布的方法，才能比较客观地反映出悬浮剂中粒子的大小。平均粒径从宏观上说明悬浮剂的平均细度，粒度分布进一步说明粒子的群体结构。

粒径的测定方法多种多样，归纳起来分为两种。一种是目测法，借助显微镜观察统计，计算出该悬浮剂粒径的算术平均值，具有相对的准确性。精确的测定方法是采用先进的仪器测定，如激光衍射式粒度分布测定仪。

悬浮剂的细度（粒径大小和分布）直接与悬浮率有关，一般说来细度越细，分布越均匀，悬浮率越高。故在加工过程中应严格控制悬浮剂的细度，我国一般控制在 $1\sim5\mu m$。

5. 黏度

黏度是悬浮剂的重要指标之一。黏度大，体系稳定性好；反之，稳定性差。然而，黏度过大容易造成流动性差，甚至不能流动，给加工、计量、倾倒等带来一系列困难。因此，要有一个适当的黏度。由于制剂品种不同黏度各异，一般在 400～3000mPa·s 之间。

6. pH 值

农药有效成分通常在中性介质中比较稳定，在较强的酸性或碱性条件下容易分解，一般 pH 值在 6～8 之间为宜。

7. 起泡性

起泡性是指悬浮剂在生产和兑水稀释时产生泡沫的能力。泡沫多，说明起泡性强。泡沫不仅给加工带来困难（如冲料、降低生产效率、不易计量），而且也会影响喷雾效果，进而影响药效。悬浮剂的泡沫可以通过选择合适的助剂得到解决，必要时还可以加抑泡剂或消泡剂。

8. 贮存稳定性

贮存稳定性是悬浮剂一项重要的性能指标，它直接关系产品的性能和应用效果。它是指制剂在贮存一定时间后，理化性能变化大小的指标。变化越小，说明贮存稳定性越好；反之，则差。贮存稳定性通常包括贮存物理稳定性和贮存化学稳定性。

贮存物理稳定性是指制剂在贮存过程中原药粒子互相黏结或团聚而形成的分层、析水和沉淀，及由此引起的流动性、分散性和悬浮性的降低或破坏。提高贮存物理稳定性的方法是选择适合的有效浓度和助剂。

贮存化学稳定性是指制剂在贮存过程中，由于原药与连续相（水）和助剂的不相容性或 pH 值变化而引起的原药分解，使有效成分含量降低。提高贮存化学稳定性的方法是选择好助剂和适宜的 pH 值。

贮存稳定性的测定，通常采用加速试验法，即热贮稳定性、低温稳定性试验。

五、理论基础

农药悬浮剂是液体制剂中的一种剂型，但又不同于真溶液，它是一种可流动的多相分散体系，介于胶体分散体系和粗分散体系之间，属于一种不稳定的分散体系。虽然有部分粒子达到了布朗运动的细度，但多数粒子直径大于胶体粒子直径。因此悬浮剂在存放过程中易发生分层、絮凝、沉淀、晶体长大等，在此过程中涉及多种学科和理论基础。

1. 悬浮剂稳定性的控制

SC 的稳定性通常是指其物理稳定性，即在各种温度条件下（$-10 \sim 50 ℃$），$2 \sim 3a$ 时间内不絮凝和凝聚。SC 的稳定性是其质量好坏的重要指标，也是 SC 制备的难点与重点。近年来对其进行了大量的研究，一般来说，可以应用两种稳定性机理形式：第一种形式是基于在固液界面形成双电层，通过离子型表面活性剂或聚合电解质的吸附完成。第二种形式是基于非离子型表面活性剂或高分子物质的吸附来实现。

2. 静电稳定性

阴离子型或阳离子型表面活性剂可用于悬浮剂稳定性方面，最常用的是烷基、烷基苯磺酸及阳离子烷基环乙基胺。当把其加入到连续相中，这些表面活性剂离子会在颗粒表面发生吸附，并且反离子在溶液中会产生伸缩层。部分反离子可紧密接触颗粒表面，余下的部分产生出一个扩散层，它会延伸到离颗粒表面较远的距离。表面活性剂离子和反离子的这种排布被称为双电层。靠近表面活性剂离子首层的反离子被称作 Stern 平面，而剩下的扩散层被称作 Gouy 扩散层。吸附于表面的表面活性剂离子形成的电位被称作表面电位，而在反离子首层上形成的电位被称作 Stern 电位，后者常与测得 zeta 电位相同。

由离子型表面活性剂稳定的悬浮剂，它的稳定性可由 DLVO 理论来解释。表面活性剂离子在颗粒表面的吸附通常会合理地产生高 zeta 电势（$50 \sim 100 mV$）。如果电解质浓度一直处于较低值，就会产生高能量壁垒，防止任何颗粒的聚集。这样的壁垒通常大于 $25kT$（kT 代表颗粒的热能），如此一来悬浮物可稳定很长时间。因此，离子型表面活性剂可以产生较好的降凝聚体系，能使电解质浓度保持最小值。然而，在实际生产过程中，由于所用的水含有一定浓度的电解质，特别是含有 Ca^{2+} 和 Mg^{2+}，它将会导致双电层的压缩。在这种情况下，能量的最大值会明显地减小或被全部削减掉，从而导致颗粒的凝聚。因此，生产悬浮剂时，最好使用去离子水，避免应用离子型表面活性剂的限制，或者使用聚合电解质，尤其是萘磺酸盐甲醛聚合物和木质素磺酸盐。这些材料的聚合电解质特性可使它们不易受缓冲电解质浓度的影响。同时这类分散剂受静电和空间稳定机理的联合作用，即使存在电解质，对于双电层的压缩也可由空间稳定性进行补偿。

3. 空间稳定性

非离子型表面活性剂和高分子化合物普遍用于制造悬浮剂。应用最多的非离子型表面活性剂是烷基和烷苯基乙氧基化合物。由于此类表面活性剂既含有厌水基团，又含有亲水基团，因此分子吸附于颗粒表面的厌水部分，聚乙基长链置于溶液中。通常厌水部分的烷基链长要＞12，才有强烈吸附。在某些情况下可引入一个苯基或者聚丙烯氧化物链，尤其是后者常被选用，因其有足够的长度，具空间阻碍作用，从而可提供足够的斥力。在选择非离子型表面活性剂过程中，一个非常重要的经验指数就是亲水亲油平衡值（HLB 值），它是表面活性剂分子中亲水基团、亲油基团所具有的综合效应。通常，选择 HLB 值为 8～18 的表面活性剂，这取决于农药的特性。一旦选择了具有最佳 HLB 值的表面活性剂，应用高分子量的表面活性剂是非常有用的。

对于非离子聚合物来说，应用最普遍的阻碍共聚物是以环氧乙烷和环氧丙烷为基础的阻碍物。通常使用包含有一个中央环氧丙烷并且每边都带有两个环氧乙烷长链的聚合物链。这些聚合物（被称为 A-B-A 阻碍聚合物）已有商品化产品，BASF 公司命名它为 Pluronic，而 ICI 命名它为 Synperomia。它们具有较宽的组成范围，在这个范围中环氧丙烷和环氧乙烷链的长度是不同的。最近，ICI 已制备出了高效接合型分散剂，被命名为 Hyermers 在市场上销售。这些制剂中应用的典型产品就是一种带有许多环氧乙烷支链并包含聚甲基丙烯酸甲酯主干的接合物（Hypermer CG-6 ex ICI 表面活性剂）。最近研究显示，这种接合聚合物对于农药颗粒具有强力的吸附性（这是根据一旦发生吸附则主链的解吸附作用减少而确定的）。聚乙烯支链的多样性导致产生了有效的空间阻碍作用。

4. 黏度与沉淀作用的有效控制

（1）悬浮剂的沉淀作用　对于具有稳定的、不相互作用的稀悬浮剂来说，沉淀作用的速率 v 可由斯托克斯定律描述：

$$v = \frac{d^2(\rho_s - \rho)g}{18\eta}$$

从斯托克斯公式可以看出，粒子的沉降速度与粒子的直径、粒子密度与悬浮液的密度差成正比，与悬浮液的黏度成反比。在影响粒子沉降速度的三个因素中，主要因素是粒子直径。因此，合理地控制 SC 的粒度分布是提高固液分散体系的稳定性的重要途径之一。

（2）减少沉淀作用和防止黏土层的形成　用于减少 SC 沉淀作用的方法有多种，其中大部分都是基于在连续相中添加钝化材料。这种材料会以较低的削减率导致黏度有一个较大的提高。然而，在高削减率下，黏度越小，SC 的分散越容易。在某些情况下，SC 不应应用在稀溶液中，例如在种子包衣过程中。再有，悬浮剂的黏度在较低削减率下应高一些，从而减少沉淀作用并防止形成黏土层。但在种子包衣应用过程中以及为了使其较易流出并且使种子有足够的包衣，黏度应低一些。因此，为了减少沉淀作用而添加的材料应具有所要求的液流学流动特性。要求的最基本的流动功效是削减稀悬浮剂，由此在低削减率时黏度非常高，但其随着削减率的升高而快速降低，这种行为有时被称为假塑流。

（3）分散相和介质密度的形成　从斯托克斯公式可以看出，如果 $\rho_1 = \rho_2$ 即 $\Delta\rho = 0$，那么 $v = 0$。因此，如果能够提高介质对颗粒的密度，那么在理论上就可能消除沉淀作用。然而，这种方法应用很有限。首先，因为介质的密度只能有少量的提高，因此，只有当颗粒密度稍大于水的密度时才有可能。其次，只有相同温度下匹配密度才是有可能的，因为密度随温度的改变对于固体和液体是不同的。

（4）水溶性聚合物的应用　高分子量的水溶性材料，例如羟乙基纤维素和多糖物质，常常应用于农药悬浮剂中，用以减少沉淀作用并防止形成黏土层。这些聚合物在某个浓度下发生非牛顿溶解，该浓度取决于聚合物的分子量，该值有时被称为半稀薄值。在此浓度之上，溶液的黏度与浓度呈正相关。聚合物溶液表现出了黏性和弹性特征。由于聚合物溶液的黏弹性使得在此溶液中悬浮的颗粒在沉淀作用方面表现出了明显的降低，就像凝胶一样。应用最普遍的聚合物是市售的名为 Kelzan 或 Keltrol（Kelco Co.，United States）和 Rhodopol（Rhone-Poulenc，France）的产品。这些聚合物在相当低的浓度时（>0.05%）表现出明显的非牛顿特性，这是由它们的高分子量（>10^6）决定的。大多数情况下，0.1%～0.2%的浓度已足够防止形成悬浮剂黏土层了。但有时需要较高的浓度来防止悬浮剂的分散。然而，在高削减情况下升高了的黏度会阻止悬浮剂在稀溶液中的自发分散，由此就需要喷雾器要有较强的搅动性。

（5）有效钝化颗粒的使用　当以水为介质悬浮时，诸如钠化高岭石这样的胶质状黏土，会由于黏土层间相互作用而生成一种黏弹性的凝胶。后者在所有 pH 值时都带表面负电。黏土层表面的负电是通过像 Si^{4+} 这样的高化合价离子被 Al^{3+} 这样的低化合价离子同形替代生成的。在黏土层晶格中的这种取代导致了正电的缺失，这就相当于在黏土颗粒表面层上获得了正电。因此，双电层在黏土颗粒周围生成（反离子为 Na^+ 或其它单价离子）。在较低电解质浓度时，双电层会扩大，因此黏土颗粒间就产生了强斥力。这样就导致形成了黏弹性系统（即凝胶），这种凝胶可被用来减少 SC 中的沉淀作用。但其重要的前提是低电解质浓度，它能使黏土层充分膨胀并且双层膨胀到颗粒间相互作用的最大值。

（6）聚合物和优质分离物质的混合应用　正如上文所提到的，聚合物可以把 SC 的高削减黏度升高到一个不可接受的水平，它使得在没有充分搅拌情况下稀释变得很困难。但应用像 Kelzan 这样的聚合物与钠化高岭石的混合物可避免这种现象的产生。通过加入 1‰~2‰ 的钠化高岭石，即可降低较多的聚合物的量，从而生成较理想的凝胶。通常聚合物浓度不超过 0.1%，所生成的凝胶就有了足够高的剩余（零削减）黏度，用最小的搅拌就能使 SC 较容易分散于水中，这样的抗沉淀系统可能会比那些单一成分更加强力。

(7) 可控凝聚　对于通过静电稳定的悬浮剂来说，能量距离曲线显示出在较远的分离距离（次最小值）下具有较弱的吸引。如果通过使次最小值足够大（1~5kT 单体），即这种吸引足够强时，由于颗粒间的相互作用就有可能生成较弱的凝胶，这样的凝胶可足以防止沉淀作用以及悬浮剂黏土层生成。次最小值的大小是由颗粒大小和电解质浓度控制的，通过向阳离子聚合电解质稳定的悬浮剂中加入电解质（NaCl、$CaCl_2$ 或 $AlCl_3$）可证实这一点。在某一电解质浓度之上（它低于较高的电解质的化合价）会发生悬浮剂的弱凝聚并生成弱的凝胶，于是生成了一个相对高的沉淀体积，并且通过轻微搅动可轻易地使悬浮剂重新分散。

空间稳定的悬浮剂也能通过控制能量-距离曲线中的最小值的大小来凝聚，主要是通过对吸附层厚度的控制来实现。如果后者足够小，那么能量的最小值对于弱吸引的发生也已经足够小了。所生成的凝胶也是非常强力的，以至于可以防止黏土层的生成并且 SC 也能通过摇动而重新分散。

5. 保持悬浮剂长期的稳定性

(1) 颗粒大小分布的测量　用于颗粒大小分析最通用的方法有两种。一种是目测法，借助显微镜观察统计，计算出悬浮剂粒径的算术平均值，具有相对的准确性。另一种较精确的方法是采用先进的仪器测定，例如用 Coulter 计算机来确定悬浮剂颗粒大小分布是一种较快的方法。Coulter 计算机的原理非常简单。稀释的悬浮剂可以通过一个小孔流入电解质溶液中（1mol/L NaCl），两个电极置于孔的两边并且电解质的传导系数可以被检测到。当一个颗粒通过小孔时，它会占据相同的电解液的体积，通过检测颗粒通过小孔时传导系数的变化，就可以获得相同的分布体积，多波段分析仪可用于检测通过小孔的成千上万的颗粒。这种方法相当精确，但它对于颗粒大小的检测有一个较低的限制，通常为 $0.6\mu m$。

最近，激光粒度分布仪也被用于颗粒大小分析，它可以在适当测量时间中，对 $0.1\sim5\mu m$ 范围内的颗粒大小分布进行测定，尤其是英国 Malvern 公司的激光粒度分布仪可测量几十纳米。

(2) 凝聚作用的测定　测定悬浮剂凝聚作用最简单的方法就是在不同时间间隔下，对于颗粒数量直接进行显微计算。很明显这种方法很繁冗并且只能应用于稀悬浮剂中。对于通过加入非离子型表面活性剂和带有 PEO 的亲水基团或带有聚乙烯醇的非离子型聚合物并且稳定的分散剂来说，悬浮剂的凝聚常在临界温度以上发生，这个温度被称为临界凝聚温度（c.f.t.），可通过简单的浊度计来确定。悬浮剂样品常被置于一个具有一定比率的可加热样品装置的分光光度计中，通过测定浊度系数作为温度的参数，就可以确定 c.f.t.，也就是浊度快速升高的温度。c.f.t.

点也可在没有稀释的悬浮剂中通过应用液流学测量方法测定，它是液流学参数中快速升高的点。

（3）晶体增长的测定　为了测定晶体生长率，颗粒大小分布可作为时间参数而被测定。这可由 Coulter 计算机实现，它能测出大于 $0.6\mu m$ 的颗粒。另一种更敏感的测定方法是使用光学盘型离心机，它可以获得小至 $0.1\mu m$ 的颗粒的大小分布。从以时间作为参数的平均颗粒大小分布图中可获得晶体的生长率，它在许多情况下由首次确定的动力学数值决定。任何晶体特性的改变都会受到光学显微镜的跟踪，这可在贮存间隔期内进行操作。温度循环也可作为晶体生长研究的加速试验来进行，这个比率通常随温度的改变而升高，特别是当温度循环在宽间隔中进行时。

（4）液流学的测定　对于悬浮剂长期物理稳定性的估计，例如它的沉淀作用、黏土层的形成和在稀溶液中的分散，不同的液流学测定是可以同时进行的。例如恒定削减应力-削减率的测定和低变形情况下短暂的和动态的测定。

六、发展趋势

悬浮剂是现代农药中十分重要的剂型之一，已成为乳油和可湿性粉剂之外的主要的基本剂型，也逐渐成为替代粉状制剂的优良剂型。但悬浮剂的长期物理稳定性问题，一直是影响悬浮剂制剂质量提升的关键。因此，我们有必要引用表面活性剂、物理化学、研磨技术、检测技术等领域最新的方法和设备，从宏观上深入研究影响悬浮剂的不同因子，从微观上重点进行电离保护和空间保护对悬浮剂稳定性的理化表征，这对开发高质量的悬浮剂很有意义。

实验六　悬浮剂的配制

悬浮剂是现代农药中备受关注的环保型液体剂型，也是国外农药的基本剂型，悬浮剂的长期物理稳定性是影响其质量提升的关键。

一、实验目的

1. 掌握悬浮剂的制备方法；
2. 了解悬浮剂配方筛选的步骤及其常用的助剂种类；
3. 配制合格的 40% 硫磺悬浮剂；
4. 了解悬浮剂的质量控制指标并学习其测定方法。

二、实验材料

1. 农药品种　硫磺

通用名称　sulfur

化学名称　硫

结构式　S_x

分子式　S_x

相对分子质量（按 1997 国际相对原子质量计）　$(32.06)_x$

生物活性　杀菌

理化性质　纯品为黄色粉末，有几种同素异形体。熔点：114℃（斜方晶体 112.8℃，单斜晶体 119℃）。沸点 444.6℃。蒸气压：0.527mPa（30.4℃），8.6mPa（59.4℃）。相对密度 2.07（斜方晶体）。难溶于水，结晶状物溶于二硫化碳中，无定形物则不溶于二硫化碳中，不溶于乙醚和石油醚中，溶于热苯和丙酮中。

稳定性　易燃，并易被水缓慢分解。

毒性　硫对人畜无毒，但对皮肤和黏膜有刺激性。

作用机理　呼吸抑制剂，作用于病菌氧化还原体系细胞色素 b 和 c 之间电子传递过程，夺取电子，干扰正常"氧化-还原"。具有保护和治疗作用，但没有内吸活性。

防治对象　用于防治小麦白粉病、锈病、黑穗病、赤霉病，瓜类白粉病，苹果、梨、桃黑星病，葡萄白粉病等。除了具有杀菌活性外，硫磺还具有杀螨作用，用于防治柑橘锈螨等。

2. 助剂和填料

（1）润湿剂　十二烷基硫酸钠、Morwet EFW、Terspense 4896（烷基酚聚醚类润湿分散剂）

（2）分散剂　木质素磺酸钠、Morwet D-425、Terspense 2500（非离子型专用分散剂）

（3）增稠剂　黄原胶、硅酸铝镁、聚乙二醇

（4）防冻剂　乙二醇、丙二醇

（5）其它助剂　有机硅消泡剂

（6）去离子水

3. 实验器材

200mL 立式砂磨机、FA25 型实验室高剪切分散乳化机、冰箱、激光粒度分布仪、电热恒温干燥箱、PHS-3C 精密 pH 计、NDJ-1 型黏度计、1～10μL 微量注射器、天平（精确至 0.01g）、CH41-12L02 显微镜；

玻璃珠（d 2.0mm、d 0.8mm）、三角瓶、药匙、玻璃棒、烧杯、纱布、玻璃漏斗、铁架台、铁圈、载玻片、盖玻片、胶头滴管、具塞量筒（25mL、250mL）、血清瓶（50mL）。

三、实验内容

本实验采用两种不同直径的玻璃珠搅拌加工 100g 40%硫磺悬浮剂；采用激光粒度分布仪和显微镜两种方法比较粒度的差异。具体实验步骤如下。

1. 拟订 40%硫磺悬浮剂配方

(1) 润湿分散剂的筛选 农药悬浮剂属于一种热力学不稳定的分散体系，通常应用湿法超微粉碎工艺制造，制造过程中添加润湿分散剂。润湿分散剂应符合如下规则：

① 使聚集起来的或结块的粉末的内外表面都可以自发润湿，降低表面张力，并确保制剂在整个应用过程中都能得到快速而均匀的崩解。

② 优良的分散剂应该可以使聚集或成结块的粉末破碎成小的碎块，随即在研磨过程中起辅助作用，即制成平均粒径为 $1\sim2\mu m$ 的悬浮剂颗粒。

③ 不会促进农药有效成分分解，最好还具有一定的稳定作用。

一般润湿剂的用量为 0.2%～1%，分散剂用量为 0.3%～3%。

(2) 防冻剂的筛选 农药悬浮剂中有相当数量的水存在，可能引起贮藏和运输过程中受冷凝因而有破坏其性能的危险，为防止破坏和提高制剂承受冷冻熔融能力，通常在配方中加入防冻剂。符合要求的防冻剂须具备以下三个条件：①防冻性能好；②挥发性低；③对有效成分的溶解越少越好，最好不溶解。

防冻剂的用量一般不超过 10%，常用量为 5%左右。

(3) 增稠剂的筛选 增稠剂是农药悬浮剂不可缺少的主要成分之一。合适的增稠剂能调节悬浮剂的黏度，有效地阻止粒子聚集。符合要求的防冻剂须具备以下三个条件：①用量少，增稠作用强；②制剂稀释时能自动分散，其黏度不应随温度和聚合物溶液老化而变化；③价格适中而易得。

增稠剂最大用量一般不超过 3%，常用量为 0.2%～5%。

(4) 消泡剂的筛选 农药悬浮剂在加工过程中不可避免地会产生大量气泡，这些气泡会对制剂加工、计量、包装和使用带来严重影响。选择合适的消泡剂能有效消除气泡。

2. 40%硫磺悬浮剂的加工

根据拟订的不同润湿剂、分散剂、增稠剂、防冻剂等，进行不同配方的小样加工试制，以测定悬浮剂样品的理化性能，以此确定性能优良、价格低廉的配方。

3. 试验步骤

按设计配方，将称量好的试验原药、分散剂、润湿剂、增稠剂和水加入到砂磨筒中，搅拌均匀，高速搅拌下预分散 30min，停止预分散。加入砂磨介质，启动电机，开始砂磨。2h 后停止砂磨，过滤，除去玻璃珠，加入其它助剂进行调配，得到 40%硫磺悬浮剂，测定其物理性能指标。此过程需一直保持冷凝状态。具体操作流程如图 6-1 所示。

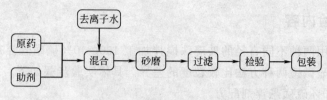

图 6-1　超微粉碎法工艺流程

4. 检验

检测 40％硫磺悬浮剂的各项质量控制指标。

四、质量控制指标的测定

1. pH 值的测定

pH 值的测定按 GB/T 1601—1993 中方法进行。

2. 悬浮率的测定

按 GB/T 14825 进行。

（1）方法提要　用标准硬水将待测试样配制成适当浓度的悬浮液，在规定的条件下，于量筒中静置 30min，测定量筒底部 1/10 悬浮液中有效成分含量，计算其悬浮率。

（2）实验仪器

① 量筒：250mL，带磨口玻璃塞，0～250mL 刻度间距为 25.0～21.5cm，250mL 刻度线与塞子底部之间的距离应为 4～6cm；

② 玻璃吸管：长约 40cm，内径约为 5mm，一端尖处有约 2～3mm 的孔，管的另一端连接在相应的抽气源上；

③ 恒温水浴：（30±1）℃；

④ 秒表。

（3）测定步骤　称取 1g 试样，精确至 0.0001g，置于盛有 50mL 标准硬水（30±2）℃的 200mL 烧杯中，用手摇荡作圆周运动，约每分钟 120 次，进行 2min，将该悬浮液在同一温度的水浴中放置 4min，然后用（30±2）℃的标准硬水将其全部洗入 250mL 量筒中，并稀释至刻度，盖上塞子，以量筒底部为轴心，将量筒在 1min 内上下翻转 30 次。将量筒垂直浸入水浴至量筒颈部，无振动。静置 30min 后，从恒温水浴取出量筒，迅速插入玻璃管，用真空泵或适宜的吸气装置抽去 9/10（225mL）悬浮液，维持管尖恰好在悬浮液水平面之下，小心操作，使对悬浮液的干扰达最低程度。在 10～15s 内完成操作。留在量筒中的（25±1）mL 稀释液采用重量法，用过滤方式分离固体物，干燥，称量。平行测定三次，取其平均值。

（4）计算

$$悬浮率(\%)=1.11\times\frac{w-w_1}{w}\times100\%\tag{6-1}$$

式中　w——配制悬浮液所取试样中有效成分质量，g；

　　　w_1——留在量筒底部 25mL 悬浮液中有效成分质量，g。

3. 倾倒性试验

（1）方法提要　将置于容器中的悬浮剂试样放置一定时间后，按照规定程序进行倾倒，测定滞留在容器内试样的量；将容器用水洗涤后，再测定容器内的试样量。

（2）仪器　具磨口塞量筒：500mL±2mL；量筒高度 39cm，上、下刻度间距离 25cm（或相当的适用于测定倾倒性的其它容器）。

（3）试验步骤　混合好足量试样，及时将其中的一部分置于已称量的量筒中（包括塞子），装到量筒体积的 8/10 处，塞紧磨口塞，称量，放置 24h，打开塞子，将量筒由直立位置旋转 135°，倾倒 60s，再倒置 60s，重新称量量筒和塞子。

将相当于 80% 量筒体积的水（20℃）倒入量筒中，塞紧磨口塞，将量筒颠倒 10 次后，按上述操作倾倒内容物，第三次称量量筒和塞子。

（4）计算　倾倒后的残余物质量分数 X_{1-1}（%）和洗涤后的残余物质量分数 X_{1-2}（%）分别按式(6-2)和式(6-3)计算。

$$X_{1-1}=\frac{m_2-m_0}{m_1-m_0}\times100 \tag{6-2}$$

$$X_{1-2}=\frac{m_3-m_0}{m_1-m_0}\times100 \tag{6-3}$$

式中　m_1——量筒、磨口塞和试样的质量，g；

　　　m_2——倾倒后，量筒、磨口塞和残余物的质量，g；

　　　m_3——洗涤后，量筒、磨口塞和残余物的质量，g；

　　　m_0——量筒、磨口塞恒重后的质量，g。

4. 湿筛试验

按 GB/T 16150 中"湿筛法"进行。

5. 持久泡沫量试验

（1）方法提要　将规定量的试样与标准硬水混合，静置后记录泡沫体积。

（2）试剂　标准硬水：$\rho(Ca^{2+}+Mg^{2+})=342mg/L$，pH=6.0～7.0，按 GB/T 14825 配制。

（3）仪器　具塞量筒：250mL（分度值 2mL，0～250mL 刻度线 20～21.5cm，250mL 刻度线到塞子底部 4～6cm）。工业天平：感量 0.1g，载量 500g。

（4）测定步骤　将量筒加标准硬水至 180mL 刻度线处，置量筒于天平上，称入试样 1.0g（精确至 0.1g），加硬水至距量筒塞底部 9cm 处，盖上塞，以量筒底部为中心，上下颠倒 30 次（每次 2s）。放在实验台上静置 1min，记录泡沫体积。

6. 低温稳定性试验

（1）方法提要　试样在 0℃ 保持 1h，观察外观有无变化。继续在 0℃ 贮存 7d，测试其物性指标是否符合标准要求。

（2）仪器　制冷器：保持 0℃±2℃。

（3）试验步骤　取 80mL 试样置于 100mL 烧杯中，在制冷器冷却至（0±2)℃，保持 1h，期间每隔 15min 搅拌 1 次，每次 15s，观察外观有无变化。将烧杯放回制冷器，在（0±2)℃继续放置 7d。7d 后，将烧杯取出，恢复至室温，按 2 和 4 完成悬浮率和湿筛试验的测定，悬浮率和湿筛试验符合要求为合格。

7. 热贮稳定性试验

（1）仪器

恒温箱：(54±2)℃；

安瓿瓶（或 54℃仍能密封的具塞玻璃瓶）：50mL；

医用注射器：50mL。

（2）测定步骤　用注射器将约 30mL 试样，注入洁净的安瓿瓶中（避免试样接触瓶颈），置此安瓿瓶于冰盐浴中制冷。用高温火焰封口（避免溶剂挥发），至少封 3 瓶，分别称量。将封好的安瓿瓶置于金属容器内，再将金属容器放入（54±2)℃恒温箱中，放置 14d。取出，冷却至室温，将安瓿瓶外面擦净后，分别称量，质量未发生变化的试样，于 24h 内对有效成分含量及悬浮率进行测定。贮后测得的有效成分含量应不低于贮前测得平均含量的 95%，悬浮率应符合要求。

8. 细度测定

采用激光粒度分布仪和显微镜测量，取其平均粒径。

（1）目测法

① 仪器：

载玻片，盖玻片；

烧杯　250mL；

微量注射器　1mL；

显微镜　放大倍数不低于 600 倍，附目镜测微尺，每格代表 $1.33\mu m$。

② 操作步骤：用注射器准确取 1mL 待测悬浮液于烧杯中，加蒸馏水稀释 250 倍，搅拌均匀。取一滴稀释液滴在载玻片上，加盖盖玻片后放在显微镜下观察，每旋转 120°观察记录一次，共观察三个视野，记录每个视野中超过 $3\mu m$ 的颗粒数，取其算术平均值。

（2）激光粒度分布仪法

① 仪器：

试管　10mL；

激光粒度分布仪。

② 操作步骤：取一滴样品，加入含有 10mL 蒸馏水的试管中，摇匀。倒入激光粒度分布仪测量器中，超声搅拌 2s，测量，取其平均值。

9. 分散性的测定

于 250mL 量筒中，装入 249mL 自来水，用注射器取 1mL 待测悬浮剂，从距量筒水面 5cm 处滴入水中。观察其分散情况。按其分散状况的好坏分为优、良、劣三级。

优级：在水中呈云雾状自动分散，无可见颗粒下沉。

良级：在水中能自动分散，有颗粒下沉，下沉颗粒可慢慢分散或轻微摇动后分散。

劣级：在水中不能自动分散，呈颗粒状或絮状下沉，经强烈摇动后才能分散。

10. 黏度的测定

（1）主要仪器如图 6-2 所示。

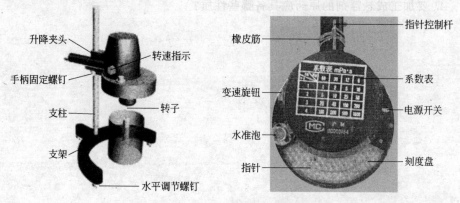

图 6-2 NDJ-1A 型旋转式黏度计

（2）操作步骤

① 准备 40％硫磺悬浮剂，置于不小于 70mm 的烧杯或直形桶中，准确地控制被测液体温度。

② 将保护架装在仪器上。

③ 将选配好的转子旋入连接螺杆。旋转升降旋钮，使仪器缓慢地下降，转子逐渐浸入被测液体中，直至转子液面标志和液面相平为止，调整仪器水平。按下指针控制杆，开启电机开关，转动变速旋钮，使所需转速向上，对准速度指示点，放松指针控制杆，使转子在液体中旋转，经过多次旋转（一般 20～30s）待指针趋于稳定。按下指针控制杆，使读数固定下来再关闭电机，使指针停在指示窗内，读取读数。当电机停后如指针不处于读数窗内时，可继续按住指针控制杆，反复开启和关闭电机，经几次练习即能熟练掌握，使指针停于读数窗内，读取读数。

④ 当指针所指的数值过高或过低时，可变换转子和转速，务使读数约在 30～90 格之间为佳。

⑤ 量程，系数及转子、转速的选择：

a. 先大约估计被测液体的黏度范围，然后根据量程表选择适当的转子或转速。

b. 当估计不出被测液体的大致黏度时，应假定为较高黏度，试用由小到大的转子和由慢到快的转速。原则是高黏度的液体选用小的转子和慢的转速；低黏度的液体选用大的转子和快的转速。

c. 系数，测定时指针在刻度盘上指示的读数必须乘上系数表上的特定系数才为测得的绝对黏度（mPa·s）。

五、结果分析与讨论

1. 比较两种不同直径玻璃珠对制剂的影响，并讨论其原因。
2. 比较两种不同方法测细度有何不同。
3. 影响悬浮剂物理稳定性的因素有哪些？
4. 要加工成悬浮剂的原药应具备哪些性质？

第七章 水 乳 剂

一、概述

1. 水乳剂的概念

农药水乳剂（emulsion in water，EW），也称浓乳剂（concentratedemulsion，CE），是有效成分溶于有机溶剂中，并以微小的液珠分散在连续相水中，成非均相乳状液制剂。农药水乳剂与固体有效成分分散在水中的悬浮剂不同，也与用水稀释后形成乳状液的乳油不同，是乳状液的浓溶液。水乳剂喷洒雾滴比乳油大，漂移减轻，没有可湿性粉剂喷施后的残迹等现象，药效与同剂量相应乳油相当，但对温血动物的毒性大大降低，对植物的毒性也比乳油安全，是目前国内外主要研究和推广的农药剂型之一。

2. 乳液类型与水乳剂

乳状液有水包油型（O/W）和油包水型（W/O）两类，其类型可以根据油与水的一些不同特点加以鉴别，以下是几种比较简便的方法。

① 稀释法　乳状液能与其外相液体相混溶，所以能和乳状液混合的液体应与外相相同。例如，牛奶能被水稀释，而不能与植物油混合，故牛奶是 O/W 型乳状液。

② 染色法　将少量油溶性染料加入乳状液中充分混合、搅拌。若乳状液整体带色，并且色泽较深，则为 W/O 型；若色泽较淡，而且观察出只是液珠带色，则为 O/W 型。用水溶性染料时则情形相反。同时使用油溶性和水溶性染料进行试验，可提高乳状液类型鉴别的可靠性。

③ 电导法　乳状液中的油大多数导电性都很差，而水（一般水中常含有电解质）的导电性较好，故电导的粗略定性测量即可确定连续相（外相）：导电性好的为 O/W 型乳状液，连续相为水；导电性差的为 W/O 型乳状液，连续相为油。但有时当 W/O 乳状液内相（水相）所占比例很大，或油相中离子性乳化剂含量较多时，则 W/O 型乳状液也可能有相当好的导电性。还应注意，当用非离子型乳化剂时，即使是 O/W 型乳状液，导电性也可能较差。加入少量 NaCl 可提高此种乳状液的电导，但要小心，有时 NaCl 的加入会引起乳状液的变型。

④ 滤纸润湿法　对于某些重油与水构成的乳状液可以使用此法：在滤纸上滴一滴乳状液，若液体快速展开，并在中心留下一小滴油，则为 O/W 型乳状液；若

液滴不展开，则为 W/O 型乳状液。但此法对于某些易在滤纸上铺展的油（如苯、环己烷、甲苯等清油）所形成的乳状液则不适用。

通常农药水乳剂是一种水包油型的乳状液，即油为分散相，水为连续相，农药有效成分在油相。水乳剂的外观通常呈乳白色不透明液状，其油珠粒径一般为 $0.7\sim20\mu m$，比较理想的是 $1.5\sim3.5\mu m$。乳状液的外观与油珠的大小密切相关，具体如表 7-1 所示。

表 7-1　乳状液的油珠大小与外观

液 珠 大 小	外 观	液 珠 大 小	外 观
大液滴（$\geqslant100\mu m$）	可分辨出两相	$0.05\sim0.1\mu m$	灰白半透明液
$>1\mu m$	乳白色乳状液	$<0.05\mu m$	透明液体
$0.1\sim1\mu m$	蓝白色乳状液		

3. 水乳剂的特点

与乳油相比，由于不含或只含有少量有毒易燃的苯类等溶剂，无着火危险，无难闻的有毒的气味，对眼睛刺激性小，减少了对环境的污染，大大提高了对生产、贮运和使用者的安全性。以廉价水为基质，乳化剂用量 2%～10%，与乳油的乳化剂用量近似，虽然增加了一些共乳化剂、抗冻剂等助剂，但有些配方在经济上已经可以与相应的乳油竞争。大量试验证明，药效与同剂量相应乳油相当，而对温血动物的毒性大大降低，对植物比乳油安全，与其它农药或肥料的可混性好。由于制剂中含有大量的水，容易水解的农药较难或不能加工成水乳剂。贮存过程中，随着温度和时间的变化，油珠可能逐渐长大而破乳，有效成分也可能因水解而失效。一般来说，油珠细度高的乳状液稳定性好，为了提高细度，有时需要特殊的乳化设备，水乳剂在选择配方和加工技术方面比乳油难。

二、配方组成

1. 农药原药

农药剂型种类很多。一种农药能否加工成水乳剂，加工成水乳剂之后，与其它剂型比较，在经济上和应用方面是否有优越性，应认真考虑。水溶性高的农药对乳状液稳定性影响很大，不能加工成水乳剂。一般而言，用于加工水乳剂的农药的水溶性最好在 1000mg/L 以下。因制剂中含有大量的水，对水解不敏感的农药容易加工成化学上稳定的水乳剂。有机磷、氨基甲酸酯等类农药容易水解，但通过乳化剂、共乳化剂及其它助剂的选择，如能解决水解问题，也可加工成水乳剂。1994年，赫彻斯特股份公司的专利介绍，马拉硫磷、对硫磷水乳剂在 50℃ 条件下贮存 3 个月仍然稳定。熔点很低的液态原药可直接加工成水乳剂。熔点较高者溶于适当溶剂，也可加工成水乳剂。适合加工成乳油的农药，如能以水全部或部分代替溶剂而加工成水乳剂是受欢迎的。

2. 溶剂

乳油中常用的溶剂有甲苯、二甲苯等芳烃类溶剂，其缺点是易燃、挥发性强、污染环境，对人的健康有害。将乳油配成水乳剂，是不用或减少这类溶剂用量的好办法。有些液态农药在低温条件下会析出结晶，有的常温下就是固体，要将它们配成水乳剂，还需借助于溶剂。如吡螨胺熔点 $61\sim62℃$，禾草灵熔点 $39\sim41℃$，若将它们配制成水乳剂必须使用溶剂，使之成为低温下也不析出结晶的有机溶液。所用溶剂应当理化性质稳定、不溶于水、闪点高、挥发性小、无恶臭、低毒、不污染环境和廉价，且容易得到。虽然农药制剂工作者正在积极寻找甲苯、二甲苯等有害溶剂的代用品，但目前二甲苯等芳烃溶剂仍为主选溶剂。N-长链烷基吡咯烷酮溶解能力强，有表面活性，低毒，可生物降解，对环境安全，是一类值得注意的优良溶剂。

3. 乳化剂

农药乳化剂是制备农药乳状液并赋予它一个最低的稳定度所用的物质，是必不可少的组分。农药乳化剂除了满足农药助剂必备条件之外，还应具备五个方面的基本性能：①乳化性能好，适用农药品种多，用量较少。②与原药、溶剂及其它组分有良好的互溶性。③对水质硬度、水温、稀释液的有效成分浓度，有较广泛的适应能力。④黏度好，流动性好，闪点较高，生产管理和使用方便、安全。⑤有两年或两年以上的有效期。

农药水乳剂中，乳化剂的作用是降低表面和界面张力，将油相分散乳化成微小油珠，悬浮于水相中，形成乳状液。乳化剂在油珠表面有序排列成膜，极性一端向水，非极性一端向油，依靠空间阻隔和静电效应，使油珠不能合并和长大，从而使乳状液稳定化。该膜的结构、牢固和致密程度以及对温度的敏感性决定着水乳剂的物理和化学稳定性。因此，乳化剂的选择是水乳剂配方研究的关键。据报道，环氧乙烷-环氧丙烷嵌段共聚物的混合物能使水乳剂具有长期稳定性和优良的稀释性。表面活性剂中的聚氧丙烯嵌段被吸附在油珠表面，聚氧乙烯嵌段伸向水相，与水分子以氢键形成圆筒状，排列在聚氧乙烯嵌段周围，称水合鞘（hydrationsheath），加长聚氧乙烯嵌段可提高稳定性。

某公司 1979 年的专利报道，用乙氧化烷基苯醚、乙氧化烷基醚、烷基苯磺酸钙、环氧乙烷-脂肪伯胺缩合物或其混合物做表面活性剂配制的二硝基苯胺类除草剂水乳剂的热贮稳定性和冻熔稳定性好。如纯度 90% 的氟乐灵 500g，二甲苯 230g，壬基苯酚聚（30）乙二醇醚 24.4g，壬基苯酚聚乙二醇醚 15.6g，$15\%NaCl$ 水溶液 310g 配制的水乳剂，在 $-10℃$ 和 $50℃$ 条件下贮存 1 个月无沉淀，稀释性好，稍加搅动即能分散于水中。

孟山都公司专利报道，用 $HLB\geqslant18$ 的烷基聚乙二醇醚、烷基苯基聚乙二醇醚、聚氧乙烯山梨糖醇酐酯、聚氧乙烯脂肪酸酯等乳化剂，加上高级醇和盐水溶液，配制的甲草胺、野燕畏等除草剂的水乳剂抗低温结晶性好。推荐乳化剂用量

2.5%～10%。如含甲草胺42.8%、一氯苯20%、十四烷醇0.3%、十六烷醇2.4%、十八烷醇0.8%、乳化剂聚氧乙烯山梨糖醇酐酯2.6%、13%CaCl$_2$水溶液补至100%的水乳剂于-9℃两周无结晶。

专利介绍，2,4,6-三(1-苯乙基)苯酚聚（20）乙二醇醚磷酸单酯或单酯和双酯混合物的三乙醇胺盐是一种非常优良的水乳剂用乳化剂，用它配制的对硫磷、马拉硫磷、杀螟松水乳剂50℃贮存3个月，无论物理性状还是有效成分含量都是稳定的，且乳化剂用量10%以内。

4. 分散剂

聚乙烯醇、阿拉伯树胶等分散剂与增稠剂配合也可配制低温和冻熔稳定性良好的水乳剂。10g氰戊菊酯溶于10g 1-苯基-1-二甲苯基乙烷，加到30g 13.3%聚乙烯醇（聚合度1000以下，皂化度86.5%～89.0%）水溶液中，加热到70℃，于T.K.均化器中，7000r/min搅拌5min。冷到常温，加入50g 0.8%硅酸铝镁的水溶液，搅匀，得10%氰戊菊酯水乳剂，5℃贮存90d无结晶。

5. 共乳化剂

共乳化剂是小的极性分子，因有极性头，在水乳剂中被吸附在油水界面上。它们不是乳化剂，但有助于油水间界面张力的降低，并能降低界面膜的弹性模量，改善乳化剂性能。丁醇、异丁醇、1-十二烷醇、1-十四烷醇、1-十八烷醇、1-十九烷醇、1-二十烷醇等链烷醇类均可作共乳化剂，用量0.2%～5%。

6. 防冻剂

为提高低温稳定性，可向水乳剂中加入防冻剂。常用的防冻剂有乙二醇、丙二醇、甘油、尿素、硫酸铵、NaCl、CaCl$_2$等。

7. 消泡剂

有时为了消除加工过程中的泡沫，需要加入消泡剂，常用的是有机硅消泡剂。

8. 抗微生物剂

如果配方中含有容易被微生物降解的物质如糖类等，需加入抗微生物剂，以防变质。常用抗微生物剂有2-羟基联苯、山梨酸、苯甲酸、苯甲醛、对羟基苯甲醛、对羟基苯甲酯。1,2-苯并噻唑啉-3-酮（BIT）抗微生物谱广，不含甲醛，在广泛的pH范围内有效，对温度稳定性好，不和增稠剂反应，已被EPA和FDA批准用于水乳剂和悬浮剂作抗微生物剂。

9. pH调节剂

许多农药的化学稳定性与环境的pH值关系很大，多数在中性或稍稍偏酸性条件下稳定。容易水解的有机磷和氨基甲酸酯类农药在贮存过程中因水解而使pH值逐渐降低。为了抑制水解，保持pH值稳定，需用缓冲剂和pH调节剂。除了一般的无机和有机酸碱作pH调节剂外，用磷酸化表面活性剂调节pH值稳定效果好，不容易出现结晶。

10. 增稠剂

有的水乳剂配方需要增稠剂。如以聚乙烯醇为分散剂时，需加黄原胶、硅酸铝镁等增稠剂以增加水乳剂的稳定性。常用增稠剂有聚丙烯酸酯、天然多糖、无机增稠剂。一些研究表明，水乳剂的黏度与稳定性没有相关性。有专利报道，不用增稠剂也能配制稳定性相当好的水乳剂。产品黏度高不利于分装，水稀释性差。

11. 水质

水质对水乳剂的配制影响较大，当用去离子水时，有可能会提高制剂的稳定性。

三、加工工艺和质量检测方法

1. 水乳剂的加工工艺

水乳剂的加工工艺比较简单，通常有以下两种方法。

（1）**直接乳化法** 将表面活性剂、助表面活性剂和水混合成水相，然后将油相（即用溶剂将原药溶解）在搅拌下直接加入水相，形成 O/W 型乳剂，或者将表面活性剂、助表面活性剂和溶剂混合制成油相，然后将水相在搅拌下直接加入油相中，自发形成 W/O 型乳剂，具体操作流程见图 7-1。

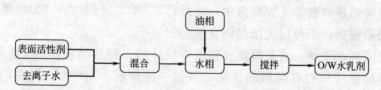

图 7-1 直接乳化法加工水乳剂流程

（2）**转相法** 将表面活性剂加入油相中，搅拌成透明溶液，然后将水慢慢滴入油相中，边滴加边搅拌，刚开始时形成的是 W/O 型乳剂，随着水量的增加，发生转相，最终形成 O/W 型水乳剂，具体操作流程见图 7-2。

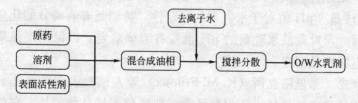

图 7-2 转相法加工水乳剂流程

日本专利介绍，边搅拌边将水相慢慢滴入油相，使先成高黏度油包水型水乳剂，之后再加入其余水相，使转相成水包油型水乳剂，所得的产品分散相细度高，稳定性好。而将油相加入水相的直接乳化法所得产品分散相细度低，稳定性较差。

同时，需要根据配方分散乳化难易程度选择加工设备。分散相细度对水乳剂稳定性影响很大，一般来说，油珠越小稳定性越好。配方中的乳化剂系统分散乳化能力强，常规搅拌即可使分散相达到要求细度，配制设备可选用带普通搅拌的搪瓷釜。若分散乳化能力弱，则需选用具有高剪切搅拌能力的均化器和胶体磨。

加工通常在常温下进行，是否加热由配方分散难易情况决定。

2. 水乳剂的质量控制指标及检测方法

（1）有效成分含量 根据原药理化性质、生物活性及其与溶剂、乳化剂、共乳化剂的溶解情况，加工成水乳剂的稳定情况来确定制剂的有效含量。原则上有效成分含量越高越好，这有利于减少包装和运输量，有利于成本的降低。具体分析方法参照原药及其它制剂的分析方法，结合本制剂具体情况研究制订。

（2）热贮稳定性 作为农药商品，保质期要求至少两年。(54 ± 2)℃贮存14d，有效成分分解率低于5%是合理的。作为水乳剂还应不分出油层，维持良好的乳状液状态，只分出乳状液和水，轻轻摇动仍能成均匀乳状液即为合格。

（3）低温稳定性 为保证水乳剂不受低温的影响，需进行低温贮存稳定性试验。可将适量样品装入安瓿瓶中，密封后于0℃、-5℃或-9℃冰箱中贮存1周或2周后观察，不分层无结晶为合格。

（4）冻熔稳定性 这是模拟仓储条件设计的一种预测水乳剂在恶劣环境下长期贮存稳定性和贮存期限的方法。可制一冻熔箱，24h为一周期，于-5～50℃波动一次，每24h检查一次，发现样品分层，即停止试验。如不分层继续试验，记录不分层的循环天数。循环数5以上可认为是稳定的。有人于-15℃贮存16h，之后于24℃贮存8h为一循环，三次循环后检查，样品无油或固体析出为合格。还有人于-10～5℃下贮存24h，之后室温下升到常温，再于55℃贮存24h为一循环，三次循环后无分离现象为稳定。

（5）pH值 pH值对于水乳剂的稳定性，特别是有效成分的化学稳定性影响很大。因此，对商品水乳剂的pH值应有明确规定，以保证产品质量。具体数值应视不同产品而定。

（6）细度 弗里洛克斯（K. M. Friloux）等人试验表明，水乳剂油珠平均粒度小的样品稳定性最好，认为有可能用细度预测样品稳定性。在他们的试验中，油珠平均粒径为 $0.7～20\mu m$ 的样品稳定性好。也有人认为平均粒径3～5μm 较好。对水乳剂产品可不强调细度指标，只要其它指标能达到就行。在产品的研究开发过程中，了解细度变化是十分有用的。

（7）黏度 有的配方必须加增稠剂产品才能稳定。但黏度高不利于分装，稀释性能不好，容器中残留物多。为保证质量，应对产品黏度做适当规定。

（8）水稀释性　商品水乳剂浓度较高，田间喷施时需兑水稀释，不同地区水质差别很大，因此，要求水乳剂必须能用各种水质的水稀释使用而不影响药效。

四、理论基础

1. 界面膜理论

在油/水体系中加入表面活性剂后，界面张力降低，同时在界面上发生吸附，形成界面膜。界面膜具有一定强度，对分散相液珠有保护作用，使得液珠在相互碰撞时不易聚结，界面膜的机械强度是决定乳状液稳定性的主要因素。

单一、纯净的表面活性剂所形成的界面吸附膜的膜排列不够紧密，膜强度不高。而非单一的、混合表面活性剂，以及混有杂质的表面活性剂，则表面活性比单一、纯净者高，同时膜强度大为提高，界面吸附分子排列紧密。吸附的表面活性剂在强的横向分子间作用力下被"压缩"，但形成的膜还应有很高的弹性，由一种水溶性的表面活性剂和一种油溶性的表面活性剂组成的混合物最适合于达到这样的目的。油溶性的表面活性剂一般含有长的碳氢直链和弱极性头基，与膜结合降低了水溶性的表面活性剂分子之间的静电斥力，并通过色散力提高了膜的强度，这种膜称为复合膜，是一种非常致密的膜。

当具有相同链长的两种乳化剂，以相同的摩尔浓度混合成混合乳化剂，可得到最稳定的 O/W 型乳状液。下面是几种混合乳化剂以及乳状液稳定性的例子和几种排列紧密程度与混合膜致密程度的关系。

一种常用的混合乳化剂是由油溶性的失水山梨醇酯（Span）和水溶性的聚氧乙烯失水山梨醇酯（Tween）组成的。由于聚氧乙烯失水山梨醇和水溶液相有较强的相互作用，所以它与不含聚氧乙烯基的酯相比较，这种分子中的亲水基能够更进一步地伸展到水中，结果使得两种不同类型分子中的憎水基在界面层上彼此靠得更近，甚至比只用一种表面活性剂时，憎水基的相互作用更加强烈。分子中比较强烈的相互作用的结果常常使界面张力降低更甚，例如，当甲苯与 $0.01mol/L\ C_{10}H_{21}SO_4Na$ 水溶液的混合体系中十六醇的量增加时，界面张力不断下降，甚至达到接近零的程度。苯与油酸钾水溶液体系中加入正己醇也有类似的情况。

以混合表面活性剂作为乳化剂的乳状液体系中，在适宜的浓度与温度条件时常有液晶形成，液晶的存在提高了乳状液的稳定性。对于液滴的聚结不存在电子势垒，乳状液的稳定性完全依赖于保护层的机械强度。

2. 静电势垒和空间势垒

大部分稳定的乳状液均带有电荷，以离子表面活性剂作为乳化剂时，乳状液液滴带电更是必然的现象。表面活性剂的表面活性离子吸附于界面时，疏水部分插入油相，而极性部分朝向水相中，与无机反离子（如 Na^+、Br^- 等）形成扩散双电层。由于乳状液液滴接近时就相互排斥，从而防止聚结，提高了乳状液的稳定性。

在用非离子型表面活性剂稳定的乳状液中，分散相的电荷既可来源于水溶液相中离子的吸附，又可来源于液滴在分散相介质中的运动和摩擦，分离成双电层。在后一种情况中，具有较高介电常数的一项带正电荷。高分子量乳化剂主要通过空间斥力来稳定乳状液。

3. 黏度的影响

乳状液分散介质的黏度对乳状液稳定性有影响，黏度影响液滴的扩散。分散介质黏度越大，分散相液珠运动速度越慢，当扩散系数降低时，碰撞频率降低，所以聚结速度变慢；液滴数目增加时，连续相的黏度也随之增大，使扩散减慢，这是浓乳状液常比稀乳状液更稳定的原因。因此，许多能溶于分散介质中的高分子物质常用作增稠剂，以提高乳状液的稳定性。常用的增稠剂有纤维素衍生物、凝胶、酪蛋白、淀粉、糊精、长豆角（刺槐豆）粉、聚乙烯醇（PVA）、聚乙烯基吡咯烷酮（PVP）、黄原胶、丙烯酸聚合物、微晶纤维素和藻酸盐。实际上高分子物质的作用还在于，它往往还能形成比较坚固的界面膜，增加乳状液的稳定性。

4. 相体积比

一般乳状液分散相为大小比较均匀的圆球，可以计算出均匀圆球最密堆积时，分散相的体积占乳状液总体的 74.02%，其余 25.98% 应为分散介质。因此，若水相体积＞74%总体体积时，只能形成 O/W 型乳状液；若＜26%，则只能形成 W/O 型；若水相体积为 26%～74% 时，则 O/W 型和 W/O 型乳状液均可形成。橄榄油在 0.001mol/L KOH 水溶液中的乳状液就服从这个规律。然而分散相也不一定是均匀的圆球，多数情况是不均匀的。所以，相体积和乳状液类型的关系就不能仅限于上述范围了，乳状液内相体积可以大大超过 74%，甚至有分散相体积达 99% 及以上的情况。

和连续相相比，分散相的体积增加时，使界面膜面积扩大，造成体系稳定性下降。如果分散相的体积超过连续相的体积，那么该乳状液相对于其变型的乳状液变得越来越不稳定。此时用于包围分散相的表面活性剂膜比要包围连续相所需的表面活性剂膜大，所以相对于较小的乳化剂膜来说是不稳定的。如果使用的乳化剂可能形成两种类型的乳状液，那么将会发生相转变。

5. 液滴的大小分布

乳状液中的液珠大小并不均匀，一般各种大小都有，而且有一定的分布。质点大小分布随时间的变化关系，经常被用来衡量乳状液的稳定性。一般是从小质点较多的分布，向大质点较多的分布变化，这是由于大液滴在单位面积内所具有的界面积比小液滴的小，所以在乳状液中大液滴的热力学稳定性比小液滴要好。有一种石蜡油在 0.1mol/L 油酸钠中的乳状液，其液滴大小分布放置四年基本没有发生变化，表现出很高的稳定性。有些情况下，质点随时间变得越来越大，但却变得更为均匀，其稳定性也较好。因此，液滴的大小分布越窄，乳状液越稳定。

五、发展概况及展望

水乳剂是农药制剂中发展历史较短，并处于不断完善中的一种新剂型。20世纪 20 年代，有人为降低溶剂引起的药害，将对硫磷加工成了水乳剂。近年来，随着人们环境意识的增强，希望革除乳油中有机溶剂的呼声越来越高。因此，不用或者少用有机溶剂的水乳剂受到重视，发展速度加快，专利报道增多，商品化水乳剂品种日益增多。国外农用商品化的有矿油、氰戊菊酯、氯菊酯、氟氯氰菊酯、醚菊酯、乙硫苯威、禾草灵、吡螨胺等水乳剂，在卫生害虫防治方面也广泛使用水乳剂。

国内 1993 年开始有水乳剂登记注册：10％速灭灵（J-苯醚菊酯）水乳剂、10％喷杀克（5％J-丙烯菊酯＋5％d-苯醚菊酯）水乳剂、2.1％虫毙亡（0.1％高效氯氰菊酯＋1.0％d-胺菊酯＋1.0％氯菊酯）水乳剂。1994 年又登记 4 个品种，都是拟除虫菊酯类的防治卫生害虫用药。

我国已广泛使用的乙·阿乳悬剂可以看成是乙草胺水乳剂和莠去津悬浮剂组成的混合制剂，这也是水乳剂的一个重要用途。

水乳剂无闪点问题，对人、畜和植物低毒，对环境安全，随着配方技术的发展，经济上的竞争力日益增强，水乳剂将获得较快发展。

实验七　水乳剂的配制

水乳剂是以水代替传统的有机溶剂的一类农药新剂型，因其对环境安全、成本低，也是乳油的替代剂型之一。

一、实验目的

1. 掌握水乳剂的加工原理与加工方法；
2. 熟悉水乳剂的加工过程；
3. 了解水乳剂的先进性及加工难点；
4. 了解水乳剂质量检测方法，会判断水乳剂产品是否合格；

5. 配制合格的 10％氰戊菊酯水乳剂。

二、实验材料

1. 农药品种　氰戊菊酯

通用名称　fenvalerate

化学名称　(RS)-α-氰基-3-苯氧基苄基-(RS)-2-(4-氯苯基)-3-甲基丁酸酯

结构式

分子式　$C_{25}H_{22}ClNO_3$

相对分子质量（按 1997 国际相对原子质量计）　419.9

理化性质　原药为黄色或棕色黏稠液体，有时在室温下析出部分结晶，相对密度 1.175，蒸气压为 1.92×10^{-2} mPa（20℃）。溶解性（20℃）：水＜1mg/L；（25℃）丙酮、氯仿、环己酮、乙醇、二甲苯＞1kg/kg，已烷 155g/kg。

稳定性　对热和日光稳定，在酸性介质中比在碱性介质中稳定，最佳为 pH 4。

生物活性　杀虫。

毒性　急性经口 LD_{50}：大白鼠 451mg/kg，家禽＞1600mg/kg。大白鼠急性经皮 LD_{50}＞5000mg/kg。大白鼠两年饲喂试验的无作用剂量为 250mg/kg 饲料。虹鳟 LC_{50}（96h）为 0.0036mg/L。

防治对象　本品为高效广谱杀虫剂，其中包括对有机氯、有机磷和氨基甲酸酯产生抗性的害虫，以 25～250g/hm² 防治各种作物（包括棉花）、果树、蔬菜和葡萄上危害叶或果实的害虫。在各种不同田间条件下，是持效的。也可用来防治公共卫生害虫和动物饲养中的害虫，如以 100mg/m² 剂量防治牛舍中的蝇达 60d，以 200～300mg/L 剂量对牛蜱也有很好防效。

2. 助剂

（1）助溶剂　甲醇、乙醇、DMF、DMSO、二甲苯

（2）乳化剂　0203B、2201、农乳 500、农乳 600、农乳 1601、OP-7、OP-10

（3）增稠剂　黄原胶、硅酸铝镁、聚乙二醇

（4）防冻剂　乙二醇、丙二醇、二甘醇

（5）水　自来水、342μg/g 标准硬水、去离子水

3. 实验器材

DLSB-10/30 型低温冷却液循环泵、FA25 型实验室高剪切分散乳化机、DR-HW-1 型电热恒温水浴箱、DHG-9031A 型电热恒温干燥箱、NDJ-1 型旋转黏度计、PHS-3c 精密 pH 计；

天平（精确至0.01g）、药匙、烧杯、三角瓶、试管、玻璃棒、滴管、安瓿瓶、胶头滴管、移液管、量筒。

三、实验内容

采用不同的助溶剂和乳化剂加工100g 10％氰戊菊酯水乳剂，采用不同的加工工艺和加料顺序比较水乳剂稳定性的差异，具体步骤如下。

1. 配方的筛选

（1）溶解度的测定　设备：5～25mL滴定管或2mL移液管；天平（0.01g）；15mL试管；热水浴、冰箱或冰水浴。

测定：取5支试管，每支试管中放入（1.20±0.02）g被测样品，用移液管取2mL溶剂分别放入每个试管中，在室温下轻轻摇动，必要时可微热以加速溶解。如果不能全部溶解，再加2mL溶剂，再次微热溶解；如果还不能完全溶解，再加2mL，重复上述操作，这样直到加至10mL溶剂还不能完全溶解时，则弃去，选择另一种溶剂试验。如果在某一溶剂完全溶解时，则将其放入0℃冰箱，4h后观察有无沉淀（结晶）或分层。如没有沉淀或分层，仍能全部溶解，则可加入少量晶种再观察；如有沉淀或分层时，则再加2mL溶剂，继续试验下去，直到加至10mL溶剂为止，记录溶解结果。

（2）溶剂的选择　溶剂筛选原则：①原药在该溶剂中有较大的溶解度；②原药在溶剂中有较好的理化稳定性；③毒性低，药害小；④用量应尽量少；⑤对环境污染小，廉价易得。

按步骤（1）测定氰戊菊酯在甲醇、乙醇、DMF、DMSO、二甲苯几种溶剂中的溶解度，并选择溶解度较大的溶剂溶解氰戊菊酯，溶剂用量应尽量少。

（3）乳化剂的选择　乳化剂是水乳剂的重要组成成分，也是水乳剂能否稳定的关键。根据水乳剂的要求，乳化剂应至少具备乳化、增溶和润湿三种作用。乳化作用主要是使原药和溶剂能以极微细的液滴均匀地分散在水中，形成稳定的乳状液。增溶作用主要是改善和提高原药在溶剂中的溶解度，增加原药和溶剂的水合度。润湿作用主要是使药液喷洒到靶标上能完全润湿、展着，不会流失，以充分发挥药剂的防治效果。

本实验选择乳化剂0203B、2201、农乳500、农乳600、农乳1601、OP-7、OP-10中的任意一种单体，用量为5％～10％，分别用玻璃棒、磁力搅拌器和高剪切分散乳化机高速混合5min，观察制得水乳剂的外观以及乳液稳定性，并进行比较。如果单体表面活性剂能制得外观和乳液稳定性都合格的水乳剂，则进行其它性能指标的检测；若不能，选择一种阴离子与一种非离子乳化剂的复配，重复上述操作。

（4）增稠剂的选择　有些水乳剂需要加入一定的增稠剂才能够稳定，合适的增稠剂能调节悬浮剂的黏度，有效地阻止粒子聚集。符合要求的防冻剂须具备以下三个条件：①用量少，增稠作用强；②制剂稀释时能自动分散，其黏度不应随温度和聚合物溶液老化而变化；③价格适中而易得。

增稠剂最大用量一般不超过 3%，常用量为 0.2%～5%。

（5）防冻剂 由于水乳剂中存在大量的水，在低温贮运过程中容易产生结冻现象，在配方中加入一定的防冻剂可以解决这个问题。水乳剂常用的防冻剂有乙二醇、丙二醇、NaCl 等物质。防冻剂的用量一般不超过 10%，常用量为 5% 左右。

2. 检验

检测 10% 氰戊菊酯水乳剂的各项质量控制指标。

四、质量控制指标及检测方法

1. 有效成分含量

具体方法参照原药及其它制剂的分析方法。

2. 外观

要求外观始终保持为均相的乳白色或蓝白色的乳状液。

3. 乳液稳定性

（1）试剂和溶液 无水氯化钙；带六个结晶水的氯化镁：使用前在 200℃ 下烘 2h。

标准硬水：称取无水氯化钙 0.304g 和带结晶水的氯化镁 0.139g 于 1000mL 的容量瓶中，用蒸馏水溶解稀释至刻度。

（2）仪器

量筒：100mL，内径（28±2)mm，高（250±5)mm；

烧杯：250mL，直径 60～65mm；

玻璃搅拌棒：直径 6～8mm；

移液管：刻度精确至 0.02mL；

恒温水浴。

（3）测定方法 在 250mL 烧杯中，加入 100mL 30℃±2℃ 标准硬水，用移液管吸取适量水乳剂试样，在不断搅拌的情况下慢慢加入硬水中（按各产品规定的稀释浓度），使其配成 100mL 乳状液。加完水乳剂后，继续用 2～3r/s 的速度搅拌 30s，立即将乳状液移至清洁、干燥的 100mL 量筒中，并将量筒置于恒温水浴内，在 30℃±2℃ 范围内，静置 1h，取出，观察乳状液分离情况，如在量筒中无浮油（膏）、沉油和沉淀析出，则判定乳液稳定性合格。

4. pH 值的测定

pH 值的测定按 GB/T 1601—1993 中方法进行。

5. 黏度的测定

用 NDJ-1 型旋转黏度计测定。

6. 持久起泡性试验

（1）试剂　标准硬水：$\rho(Ca^{2+}+Mg^{2+})=342mg/L$，$pH=6.0\sim7.0$。按GB/T 14825 配制。

（2）仪器　具塞量筒：250mL（分度值 2mL，$0\sim250mL$ 刻度线 $20\sim21.5cm$，250mL 刻度线到塞子底部 $4\sim6cm$）。工业天平：感量 0.1g，载量 500g。

（3）测定步骤　将量筒加标准硬水至 180mL 刻度线处，置量筒于天平上，称入试样 1.0g（精确至 0.1g），加硬水至距量筒底部 9cm 的刻度线处，盖上塞，以量筒底部为中心，上下颠倒 30 次（每次 2s）。放在试验台上静置 1min，记录泡沫体积。

7. 低温稳定性试验

（1）仪器

制冷器：$0℃\pm2℃$；

离心管：100mL，管底刻度精确至 0.05mL；

离心机：与离心管配套；

移液管：100mL。

（2）试验步骤　移取 100mL 的样品加入离心管中，在制冷器中冷却至 $(0\pm2)℃$，让离心管及内容物在 $(0\pm2)℃$ 下保持 1h，其间每隔 15min 搅拌一次，每次 15s，检查并记录有无固体物或油状物析出。将离心管放回制冷器，在 $(0\pm2)℃$ 下继续放置 7d，将离心管取出，在室温（不超过 20℃）下静置 3h，离心分离 15min（管子顶部相对离心力为 $500g\sim600g$，g 为重力加速度）。记录管子底部析出物的体积（精确至 0.05mL）。析出物不超过 0.3mL 为合格。

8. 热贮稳定性试验

（1）仪器

恒温箱（或恒温水浴）：$54℃\pm2℃$；

安瓿瓶（或 54℃ 仍能密封的具塞玻璃瓶）：50mL；

医用注射器：50mL。

（2）试验步骤　用注射器将约 30mL 试样注入洁净的安瓿瓶中（避免试样接触瓶颈），置此安瓿瓶于冰盐浴中制冷，用高温火焰迅速封口（避免溶剂挥发），至少封 3 瓶，冷却至室温称量。将封好的安瓿瓶置于金属容器内，再将金属容器放入 $54℃\pm2℃$ 恒温箱（或恒温水浴）中，放置 14d。取出冷至室温，将安瓿瓶外面拭净分别称量，质量未发生变化的试样，于 24h 内对规定的项目进行检验。

五、结果分析与讨论

1. 何种农药原药适合加工成为水乳剂？

2. 水乳剂和乳油的异同有哪些？

3. 水乳剂较乳油等其它传统剂型的先进性在哪里？

4. 水乳剂的加工难点是什么？存在的问题主要有哪些？

5. 查阅相关资料，谈谈你对国内外农药水乳剂发展状况的看法。

第八章 微 乳 剂

一、概述

微乳剂（micro-emulsion，ME）是透明或半透明的均一液体，用水稀释后成为微乳状液体的制剂。它是一个自发形成的热力学稳定的分散体系，是由油-水-表面活性剂构成的透明或半透明的单相体系，是热力学稳定的、胀大了的胶团分散体系。

微乳剂外观为透明均匀液体，液滴微细，其半径一般在 $0.01\sim0.1\mu m$ 之间，比可见光波长（400nm）小。现代技术确认，直径小于可见光波长 1/4 的颗粒不折射光线，因而该制剂肉眼观测似乎透明，只能借激光粒度分布仪或电子显微镜才能测其颗粒大小及形状。因为微乳状液的微粒性质使其在重力场中的行为与一般乳状液有显著差别，组成合适的微乳剂不会发生液滴凝聚作用，而且加热时液滴增大的过程是可逆的，所以微乳剂的物理稳定性好。

农药微乳剂具备以下特点：①闪点高，不燃不爆炸，生产、贮运和使用安全。②不用或少用有机溶剂，环境污染小，对生产者和使用者的毒害大为减轻，有利于生态环境质量的改善。③粒子超微细，比通常的乳油粒子小，对植物和昆虫细胞有良好渗透性，吸收率高，因此低剂量就能发生药效。④水为基质，资源丰富价廉，产品成本低，包装容易。⑤喷洒臭味较轻，对作物药害及果树落花落果现象明显减小。

然而，农药微乳剂的开发毕竟较晚，其在农业领域中的实际应用还较少，也未在农药加工中得到普遍推广。关于该剂型的生物活性、安全性、药害特征以及微乳理论和配制加工技术、贮存稳定性等问题，还有待通过理论和实践，进一步完善和深化。

二、配方组成

有效成分、乳化剂和水是微乳剂的三个基本组分。为了制得符合质量标准的微乳剂产品，有时还得加入适量溶剂、助溶剂、稳定剂和增效剂等。

1. 农药原药

在选择有效成分时，首先要考察有效成分在水中的稳定性，微乳剂是将农药原药分散在水中的制剂。在这种特定的环境条件下，有效成分能否稳定，或是否能用有效措施来达到稳定，这是制备微乳剂的前提。拟除虫菊酯类农药比较稳定，是较佳的选择对象；有机磷类杀虫剂因其易水解、氧化而导致严重分解，故须考虑防分解的可能性及措施。有专利介绍，加入稳定剂后，可使之稳定，如用稳定剂和 pH 缓冲溶液等成分后，就可以制得倍硫磷、二嗪磷等易水解的有机磷类农药稳定的微乳剂。由此可知，在选择有效成分品种时，必须对考察对象在不同介质中的化学稳定性作深入了解，这往往需借助实验测定手段来取舍。其次，生物活性是衡量一切农药有效价值的基本依据。作为配制微乳剂的有效成分，无论是单组分，还是两种组分复配，都必须具有良好的生物活性，且水的存在不会影响药效结果。如果农药原药是液态，因其流动性好，可直接配制，也可辅以一定的助溶剂；如原药为黏稠状或固态时，则可选择溶解度大而不会影响药效和配制效果的溶剂，将其溶解为溶液后再用。第三，原药含量高时，体系中油相比例相对变化较小，有利于配制，且乳化剂用量相应减少，成本降低。尤其要求原药质量稳定，含量高低相差不大，配方才能相对稳定，这对保证微乳剂产品质量也非常关键。因此，在选择有效成分品种时，要进行充分调研，摸清原药生产情况，确定正常可靠的货源，力求避免原药的不稳定弊端。第四，微乳剂中有效成分的浓度大小，主要取决于制剂的药效、成本、稳定性和配制可行性几方面。在确定有效成分含量时，首先必须保证制剂的使用效果，在此基础上尽量提高。但随着农药成分，特别是油溶性成分的增加，乳化剂的用量也随之升高，不仅加大了成本，而且体系黏度增大，稳定性差。因此，必须通过试验综合考虑后确定最佳含量，具体数值视品种、用途而异。一般来说，卫生防疫用微乳剂有效成分为 $0.1\% \sim 2\%$，农用微乳剂有效成分为 $5\% \sim 50\%$。

2. 乳化剂

在微乳剂中，乳化剂是关键的组分，是制备微乳剂的先决条件，选择不当，就不能制成稳定透明的微乳剂。

关于微乳剂中乳化剂的选择，目前还没有成熟完整的理论模式来测算指导，可以混合膜理论和加溶作用理论为配方选择的基础，并参考表面活性剂的 HLB 值法和临界胶束浓度 cmc 理论进行综合考虑和选择，但最终还是靠试验实践、靠知识和经验积累来确定最佳品种。

生产微乳剂最重要的一步是从成千上万种不同的商业乳化剂中选择合适的乳化剂，应用最普遍的乳化剂就是非离子乳化剂和阴离子乳化剂或者是二者的混合物。由于非离子型和离子型表面活性剂在配制微乳剂时情况不同，在试验选择时可考虑以下几点。

（1）非离子型表面活性剂　非离子型表面活性剂的亲水亲油性对温度非常敏感。如果使体系温度靠近三相区浊点线而略低于浊点线时可形成 O/W 型微乳。若使体系的温度靠近三相区的雾点线而又略高于雾点线则可形成 W/O 型微乳。亲水亲油基团大小的影响：如果保持非离子表面活性剂的 HLB 值不变，增加分子中非极性基团和极性基团的大小，则 cmc 下降，胶团聚集数增加，加溶量增加，因而易形成微乳状液。分子中 EO 链节数分布愈窄，三相区愈小，形成微乳的范围愈大。

（2）离子型表面活性剂　离子型表面活性剂亲水亲油性对温度不敏感，可用加助表面活性剂的方法来调节。一般使用中等链长的极性有机物，常用的是醇。用强亲水和强亲油或用弱亲水和弱亲油作表面活性剂和助表面活性剂，均可组成亲水亲油接近平衡的混合膜，而后者形成微乳的范围比前者大得多。非极性基的支链化可以使表面活性剂的亲水亲油接近平衡。如琥珀酸二异辛酯磺酸钠是其中一例，可单独形成微乳。

乳化剂的用量多少与农药的品种、纯度及配成制剂的浓度都有关，在配方设计时应予以考虑。一般来说，为获得稳定的微乳，需要加入较多的乳化剂，其用量通常是油相的 2～5 倍量，如果原药特性适宜，且选择得当、配比合理，也可使用量降至 1～1.5 倍。

3. 溶剂

当配制微乳剂的农药成分在常温下为液体时，一般不用有机溶剂，若农药为固体或黏稠状时，需加入一种或多种溶剂，将其溶解成可流动的液体，既便于操作，又达到提高制剂贮存稳定性的目的。

选择溶剂的依据如下：①溶解性能好，希望能以少量溶解度大的溶剂，获得稳定流动性好的溶液。②溶剂挥发性小，毒性低。若溶剂容易挥发，在配制和贮存过程中易破坏体系平衡，稳定性差。③溶剂的添加不会导致体系的物理化学稳定性下降，不和体系中其它组分发生反应。④来源丰富，价格较便宜。溶剂的种类视有效成分而异，需通过试验确定。一般较多使用醇类、酮类、酯类，有时也添加芳香烃溶剂等。

4. 稳定剂

微乳剂的物理稳定性和化学稳定性是两个重要的指标，解决微乳剂理化稳定性通常有以下几种办法：

① 添加 pH 缓冲溶液，使体系的 pH 值控制在原药所适宜的范围内，以抑制其分解率。

② 添加各种稳定剂，减缓分解。一般用量为 0.5%～3.0%。常用的稳定剂有 3-氯-1,2-环氧丙烷、2,6-二叔丁基-4-甲基苯酚（BHT）、丁基缩水甘油醚、苯基缩水甘油醚、甲苯基缩水甘油醚、聚乙烯基乙二醇二缩水甘油醚、山梨酸钠等。

③ 选择具有稳定作用的表面活性剂，使物理稳定性和化学稳定性同时提高，或增加表面活性剂的用量，使药物完全被胶束保护，与水隔离而达到稳定效果。

④ 对于两种以上农药有效成分的混合微乳剂，必须弄清分解机理或分析造

成分解的原因后，有针对性地采用稳定措施。

⑤ 通过助溶剂的选择，提高物理稳定性。

无论采取何种稳定方法，均需根据原药的理化特性，反复通过试验确定，综合考虑物理和化学稳定性。

5. 防冻剂

因微乳剂中含有大量水分，如果在低温地区生产和使用，需考虑防冻问题。一般加入 5%～10% 的防冻剂，如乙二醇、丙二醇、丙三醇、聚乙二醇、山梨醇等。这些醇类既有防冻作用，又可调节体系透明温度区域的作用。因此，如果一个配方设计合理，低温贮藏不析出结晶，或冰冻后能于室温恢复正常，也可不另加防冻剂。选择何种防冻剂为宜，需通过试验，测定其对制剂物理化学稳定性的影响和防冻效果来决定。在寒冷地区，要使透明温度区域的下限控制在较低温度，上限在使用季节的气温为宜。

6. 水及水质要求

水是微乳剂的主要组分，水量多少决定微乳剂的种类和有效成分含量。一般来说，水包油型微乳剂中含水量较大，大约 18%～70%；含水量低时，只能生成油包水型微乳剂。

水质是影响微乳剂微乳化程度及物理稳定性的要素。硬度是反映水质的一个具体指标，硬度高低表明水中所含钙、镁离子的多少，这些无机盐电解质的存在，将影响体系的亲水亲油性，破坏其平衡。水的硬度增高，则要求选择亲水性强的乳化剂，硬度低时，乳化剂的亲油性要大。因此，当微乳剂体系的乳化剂确定之后，配方中的水质也应相对稳定，水质改变，配方也需相应调整。

三、配制方法及生产工艺

1. 配制方法

根据微乳剂的配方组成特点及类型要求，可选择相应的制备方法，使体系达到稳定。综合国内外文献，可归纳为以下几种方法。

① 将乳化剂和水混合后制成水相（此时要求乳化剂在水中有一定的溶解度，有时也将高级醇加入其中），然后将油溶性的农药在搅拌下加入水相，制成透明的 O/W 型微乳剂，具体过程如图 8-1。

② 可乳化油法。将乳化剂溶于农药油相中，形成透明溶液（有时需加入部分溶剂），然后将油相滴入水中，搅拌成透明的 O/W 型微乳剂。或者相反，将水滴入油相中，形成 W/O 型微乳剂。形成何种类型的微乳剂还需看乳化剂的亲水亲油性及水量的多少，亲水性强时形成 O/W 型，水量太少只能形成 W/O 型，具体过程如图 8-2。

③ 转相法（反相法）。将农药与乳化剂、溶剂充分混合成均匀透明的油相，

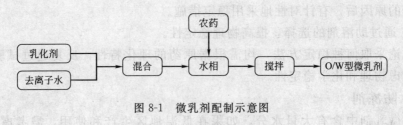

图 8-1　微乳剂配制示意图

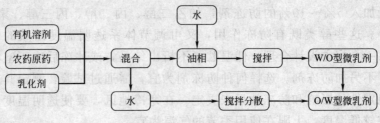

图 8-2　可乳化油法示意图

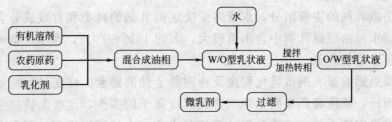

图 8-3　转相法示意图

在搅拌下慢慢加入蒸馏水或去离子水，形成油包水型乳状液，再经搅拌加热，使之迅速转相成水包油型，冷至室温使之达到平衡，经过滤制得稳定的 O/W 型微乳剂，具体过程如图 8-3。

④ 二次乳化法。当体系中存在水溶性和油溶性两种不同性质的农药时，美国 ICI 公司采用二次乳化法调制成 W/O/W 型乳状液用于农药剂型。首先，将农药水溶液和低 HLB 值的乳化剂或 A-n-A 嵌段聚合物混合，使它在油相中乳化，经过强烈搅拌，得到粒子在 $1\,\mu m$ 以下的 W/O 乳状液，再将它加到含有高 HLB 值乳化剂的水溶液中，平稳混合，制得 W/O/W 型乳状液，具体过程如图 8-4。

对于已确定的配方，选择何种制备方法、搅拌方式、制备温度、平衡时间等，均需通过试验，视物理稳定性的结果来确定，特别是含有多种农药的复杂体系，需比较不同方法的优劣后，确定最佳方法。

2. 生产工艺及设备

上述介绍的几种配制方法，在加工工艺上都属于分散、混合等物理过程，因此工艺比较简单。分散、混合效果除取决于配方中乳化剂的种类和用量外，

图 8-4 二次乳化法示意图

与工艺上所选取的调制设备、搅拌器形式、搅拌速度、时间、温度等也有一定关系。一般来说，当配方恰当时，生产乳油的搪瓷反应釜也适用于微乳剂，将所选组分按程序在釜中搅拌成透明制剂即可。但高速混合的匀质混合机和中速搅拌混合釜效果更好，制剂稳定，生产周期短。

四、质量标准及检测方法

1. 外观

要求外观为透明或近似透明的均相液体，这一特征实际上是反映了体系中农药液滴的分散度或粒径，是保证制剂物理稳定性的先决条件。微乳剂的色泽视农药品种、制剂含量不同而异，不必统一规定。但对具体品种而言，应有一定要求，以免在贮藏中因变质造成色泽变化。

外观的测定方法主要是目测。微乳剂之所以透明，是由于液滴分散微细，其粒径一般为 $0.01\sim0.1\mu m$，比可见光波长（400nm）小，因此为确保产品的外观稳定性，最好用粒度仪如 Malvern 激光粒度仪或动态光散射仪测定产品的粒度。

2. 有效成分含量

含量是对所有农药制剂的基本要求，是必须严格控制的指标，一般要求等于或大于标明含量。对于微乳剂而言，含量大小是根据该农药品种配制 ME 的可行性和适用性而确定的。一般情况下，微乳剂产品的含量都不太高，大约是 $10\%\sim30\%$，太高时配制困难，乳化剂用量大，体系黏度大，使用不便，且成本高。只有在有效成分有较大水溶性时，才可配成高浓度的微乳剂产品。如对草快和杀草丹的复合微乳剂，有效含量高达 65%。有效成分含量的测定方法随农药品种不同而异。

3. 乳液稳定性

按农药乳油的国家标准规定的乳液稳定性的测试方法进行，用 342mg/L 标准硬水将微乳剂样品稀释后，于 30℃ 下静置 1h，保持透明状态，无油状物悬浮或固体物沉淀，并能与水以任何比例混合，视为乳液稳定。

4. pH 值

在微乳剂中，pH 值往往是影响化学稳定性的重要因素，必须通过试验寻找最适宜的 pH 值范围，生产中应严加控制。

测定方法按 GB/T 1601—1993《农药 pH 值测定方法》进行。

5. 低温稳定性

微乳剂样品在低温时不产生不可逆的结块或浑浊视为合格，因此需进行冰冻-融化试验。取样品约 30mL，装在透明无色玻璃磨口瓶中，密封后置于 $-10\sim0℃$ 冰箱中冷贮，24 h 后取出，在室温下放置，观察外观情况，若结块或浑浊现象渐渐消失，能恢复透明状态则为合格。反复试验多次，重复性好，即为可逆性变化。为满足这一指标，除注意乳化剂的品种选择外，必要时可加入防冻剂。

6. 热贮稳定性

微乳剂的热贮稳定性包含物理稳定性和化学稳定性两层含义。即将样品装入安瓿瓶中，在 $(54\pm2)℃$ 的恒温箱里贮存两周，要求外观保持均相透明，若出现分层，于室温振摇后能恢复原状。分析有效成分含量，其分解率一般应小于 5%，也可视具体品种而定。

（1）短期贮存试验　将 10mL 样品装入 25mL 试管中，用橡皮塞塞紧（或于磨口玻璃瓶中），在恒温箱中，于 10℃、25℃、10℃保存 1～3 个月，观察试样有无浑浊、沉淀及相分离等现象。

（2）经时稳定性试验　将样品装入具塞磨口瓶中，密封后于室温条件下保存一年或两年，经过春夏秋冬不同季节的气温变化和长时间贮存的考验，气温范围约为 $-5\sim40℃$，观察外观的经时变化情况，记录不同时间状态，有无结晶、浑浊、沉淀等现象。

7. 透明温度范围

由于非离子表面活性剂对温度的敏感性很大，因而微乳剂只能在一定温度范围内保持稳定透明。为使微乳剂产品有一定适用性，在配方研究中，必须利用各种方法扩大这个温度范围，一般要求 $0\sim40℃$ 保持透明不变，好的可达到 $-5\sim60℃$，这个范围与农药品种、配方组成有一定关系。

具体测定方法：取 ME 样品 10mL 于 25mL 试管中，用小型环型搅拌器上下搅动，于冰浴上渐渐降温，至出现浑浊或冻结为止，记录此转折点的温度，作为透明温度下限 t_1，再将试管置于水浴中，以每分钟 2℃的速度慢慢加热，记录出现浑浊时的温度，即为温度上限 t_2，则透明温度区域 ΔT 为 $t_1\sim t_2$。该测定项目是否作为微乳剂的质量指标还未见统一规定，但它确是物理稳定性的一种反映。

五、理论基础

对微乳剂形成机理的研究是微乳剂研究的热点之一，目前比较成熟的有以下几种理论。

1. 瞬时负界面张力学说

关于微乳液的自发形成，Schulman 和 Prince 等提出了顺时负界面张力形成理论。此理论认为：油/水界面张力在表面活性剂的存在下大大降低，一般为几毫牛每米，这样低的界面张力只能形成普通乳状液。但在助表面活性剂的存在下，由于产生混合吸附，界面张力进一步下降至超低（$10^{-3} \sim 10^{-5}$ mN/m），以至产生瞬时负界面张力（$\gamma < 0$）。由于负界面张力是不能存在的，因此体系将自发扩张界面，使更多的表面活性剂和助表面活性剂吸附于界面而使其体积浓度降低，直至界面张力恢复至零或微小的正值。这种由瞬时负界面张力导致的体系界面自发扩张的结果就形成了微乳液。如果微乳液发生聚结，则界面面积缩小，又产生负界面张力，从而对抗微乳液的聚结，这就解释了微乳液的稳定性。但因为负界面张力无法用试验测定，因此这一机理尚缺乏实验基础。

2. 混合膜理论

1955 年，Schulman 和 Bowcott 提出吸附单层是第三相或中间相的概念，并由此发展到混合膜理论：作为第三相，混合膜具有两个面，分别与水和油相接触。这两个面分别与水、油的相互作用的相对强度决定了界面的弯曲及其方向，因而决定了微乳体系的类型。当有醇存在时，表面活性剂与醇形成混合膜，使混合膜液化，具有更高的柔性，因而易于弯曲。当有油、水共存时，弯曲即自发进行。因此，醇对微乳液形成的一个重要贡献是使界面的柔性得到改善。

3. 界面膜学说

微乳剂的主要组成成分是水、表面活性剂和油。其中表面活性剂对微乳剂的形成起关键作用，依靠表面活性剂的增溶作用将油增溶在水中或将水增溶在油中。增溶过程之所以能发生，是因为在体系中形成了表面活性剂胶团，它主要是靠表面活性剂间的疏水相互作用形成的。

4. 几何排列理论

Robbins、Mitchell 和 Ninham 等从双亲物聚集体中分子的几何排列考虑，提出了界面膜排列的几何模型，并成功地解释了界面膜的优先弯曲和微乳液的结构问题。几何排列模型认为界面膜在性质上是一个双重膜，即极性的亲水基头和非极性的烷基链分别与水和油构成分开的均匀界面。在水侧界面，极性头水化形成水化层；而在油侧界面，油分子是穿透到烷基链中的。该模型考虑的核心问题是表面活性剂在界面上的几何填充，用一个参数即所谓的填充系数 $V/(a_0 l_c)$ 来说明问题，其中 V 为表面活性剂分子中烷基链的体积，a_0 为平界面上每个表面活性剂极性头的最佳截面积，l_c 为烷基链的长度（为充分伸展的

链长的 $80\% \sim 90\%$）。于是界面的优先弯曲就取决于此填充系数，而此填充系数受到水和油分别对极性头和烷基链溶胀的影响。当 $V/(a_0 l_c)=1$ 时，界面是平的，形成的是层状液晶相；当 $V/(a_0 l_c)>1$ 时，烷基链的横截面积大于极性头的横截面积，界面发生凸向油相的优先弯曲，导致形成反胶团或 W/O 型微乳液；反之，当 $V/(a_0 l_c)<1$ 时，有利于形成 O/W 型微乳液。W/O 型和 O/W 型微乳液之间的转相即是填充系数变化的结果。

5. R 比理论

与混合膜理论及几何填充理论不同，R 比理论直接从最基本的分子间相互作用考虑问题。既然任何物质间都存在相互作用，因此作为双亲物质，表面活性剂必然同时与水和油之间有相互作用。这些相互作用的叠加决定了界面膜的性质。该理论的核心是定义了一个内聚作用能比值，并将其变化与微乳液的结构和性质相关联。Winsor 最初将 A_{co} 和 A_{cw} 之间的比值定义为 R 比：$R=A_{co}/A_{cw}$，后来将 R 比修正为：$R=A_{co}-A_{oo}-A_{ll}/(A_{cw}-A_{ww}-A_{hh})$。根据 R 比理论，油、水、表面活性剂达到最大互溶度的条件是 $R=1$，并对应于平的界面。当 $R=1$ 时，理论上界面区既不向水侧，也不向油侧优先弯曲，即形成无限伸展的胶团。当 R 的平均值不为 1 时，界面区将发生优先弯曲。当 $R<1$ 时，随着 R 的减小，界面区与水区的混溶性增大，而与油区的混溶性减小，界面区将趋向于铺展于水区，结果界面区弯曲以凸面朝向水区。随着 R 比的增大，界面区的曲率半径增大，导致胶团膨胀而形成 O/W 型微乳液。当 $R>1$ 时，变化正好相反，界面区趋向于在油区铺展，反胶团膨胀成为 W/O 型微乳液。

六、微观结构

微乳剂有三种结构类型：W/O 型、O/W 型、双连续型。其中 W/O 型微乳液由水核、油连续相及表面活性剂与助表面活性剂组成的界面膜三相组成，微乳液滴的化学组成及微乳液的结构参数可通过稀释法来确定。O/W 型微乳液由油核、水连续相及表面活性剂与助表面活性剂组成的界面膜组成。在双连续相的微乳液中，油和水同时作为连续相，没有明显的油滴或水滴，此结构最早由 Friberg 提出。该学说的无序层状结构模型形象地反映了双连续型的结构，得出了双连续相结构具有 W/O 和 O/W 两种结构特性的结论。用于研究微乳结构和性质的实验技术已很多，较早采用的有光散射、双折射、电导、沉降、离心沉降及黏度测量等方法。目前，光散射已从静态发展到动态，还有小角度中子散射和 X 射线散射。沉降法也已发展到超离心沉降。一些新的实验方法如电子显微镜、正电子湮灭、静态和动态荧光探针和 NMR 等亦已用于微乳的研究。此外，NMR、ESR（电子自旋共振）、超声吸附、电子双折射等技术还被用于探测微乳液的动态性质。

七、发展概况及展望

从 20 世纪 70 年代开始，美国、德国、日本、印度、法国就有农药微乳剂的报道，涉及的农药包括杀虫剂、杀菌剂、除草剂和卫生用药等。1991 年美国专利报道了燕麦枯和 2,4-D 丁酯的微乳剂组合。1994 年美国专利报道了用两种非离子表面活性剂组合而制得三唑类杀菌剂微乳剂；瑞士山道士化学公司研究了烯虫磷水乳剂贮藏期产生恶臭的问题；德国赫斯特公司采用磷酸化乳化剂和非磷酸化乳化剂的复配制得乐杀螨微乳剂。1984 年日本专利利用阴离子和非离子表面活性剂复配制得除草、杀虫和杀菌微乳剂。目前，国外农药微乳剂的研究已经涉及卫生用药、农用杀虫剂、杀菌剂、除草剂等各领域，且正在深化和扩展。

实验八　微乳剂的制备

微乳剂以水为连续相，不用或少用有机溶剂，减轻对有害生物和环境的污染；粒径小，对植物和昆虫具有良好的通透性，可提高药效；不可燃，便于运输和贮藏；经皮毒性低、无刺激性。药效比同剂量 EC 和 WP 高，有较长的货架寿命，是替代乳油的环保型农药新剂型之一。

一、实验目的

1. 掌握微乳剂的加工方法与加工原理；
2. 了解微乳剂质量检测方法；
3. 了解微乳剂的加工难点；
4. 制备合格的 5% 高效氯氰菊酯微乳剂。

二、实验材料

1. 农药品种　高效氯氰菊酯

通用名称　bata-cypermethrin

化学名称　本品是两对外消旋体混合物，其顺反比约 2:3。即 (S)-α-氰基-3-苯氧基苄基 $(1R,3R)$-3-$(2,2$-二氯乙烯基)-2,2-二甲基环丙烷羧酸酯和 (R)-α-氰基-3-苯氧基苄基 $(1S,3S)$-3-$(2,2$-二氯乙烯基)-2,2-二甲基环丙烷羧酸酯与 (S)-α-氰基-3-苯氧基苄基 $(1R,3S)$-3-$(2,2$-二氯乙烯基)-2,2-二甲基环丙烷羧酸酯和 (R)-α-氰基-3-苯氧基苄基 $(1S,3R)$-3-$(2,2$-二氯乙烯基)-2,2-二甲基环丙烷羧酸酯。

结构式

(S)(1R,3R)-异构体

(R)(1S,3S)-异构体

(S)(1R,3S)-异构体

(R)(1S,3R)-异构体

分子式　$C_{22}H_{19}Cl_2NO_3$

相对分子质量（按 1997 国际相对原子质量计）　416.3

理化性质　该品原药含高效顺、反氯氰菊酯 90％以上，外观为白色至奶油色结晶体，20℃时密度 1.12，熔点 80.5℃，易溶于芳烃、酮类和醇类。20℃时在水中溶解度 0.01～0.2mg/L。

毒性　据《中国农药毒性分级标准》，高效氯氰菊酯属中等毒杀虫剂。该品原药大鼠急性经口 LD_{50} 60～80mg/kg，小鼠急性经口 LD_{50} 126.38mg/kg，大鼠急性经皮 LD_{50} 大于 500mg/kg，对新西兰家兔眼睛及皮肤无刺激性；人体接触时对有些人有致敏作用。

作用特点　高效氯氰菊酯是一种拟除虫菊酯类杀虫剂，生物活性较高，是氯氰菊酯的高效异构体，具有触杀和胃毒作用。杀虫谱广，击倒速度快，杀虫活性较氯氰菊酯高。

防治对象　该药主要用于防治棉花、蔬菜、果树、茶等多种作物上的菜青虫、菜蚜、斜纹夜蛾、甘蓝夜蛾、介壳虫、棉铃虫、蚜虫等害虫及卫生害虫。

生物活性　杀虫。

2. 助剂

（1）助溶剂　甲醇、乙醇、DMF、DMSO、二甲苯

（2）乳化剂　0203B、2201、农乳 500、农乳 600、农乳 1601、OP-7、OP-10

（3）防冻剂　乙二醇、丙二醇、二甘醇

（4）水 自来水、342μg/g 标准硬水、去离子水

3. 实验器材

DLSB-10/30 型低温冷却液循环泵、FA25 型实验室高剪切分散乳化机、DR-HW-1 型电热恒温水浴箱、DHG-9031A 型电热恒温干燥箱、NDJ-1 型旋转黏度计、PHS-3c 精密 pH 计；

天平（精确至 0.01g）、药匙、烧杯、三角瓶、试管、玻璃棒、滴管、安瓿瓶、胶头滴管、移液管、量筒。

三、实验内容

采用不同的助溶剂和乳化剂加工 100g 5％高效氯氰菊酯微乳剂。

1. 溶解度的测定

取 5 支试管，每只试管中放入 (1.20±0.02)g 被测样品，用移液管取 2mL 溶剂分别放入每支试管中，在室温下轻轻摇动，必要时可微热以加速溶解。如果不能全部溶解，再加 2mL 溶剂，再次微热溶解；如果还不能完全溶解，再加 2mL，重复上述操作，直到加至 10mL 溶剂还不能完全溶解时，则弃去，选择另一种溶剂试验。如果在某一溶剂完全溶解时，则将其放入 0℃冰箱，4h 后观察有无沉淀（结晶）或分层。如没有沉淀或分层，仍能全部溶解，则可加入少量晶种再观察；如有沉淀或分层时，则再加 2mL 溶剂，继续试验下去，直到加至 10mL 溶剂为止，记录溶解结果，按表 8-1 计算溶解度。

表 8-1　溶解度的测定

试验序号 （每加 2mL 溶剂）	溶质/溶剂	计算溶解度	
	g/mL	mg/mL	质量分数/％
1	1.2/2	600	60
2	1.2/4	300	30
3	1.2/6	200	20
4	1.2/8	150	15
5	1.2/10	120	12

2. 溶剂的选择

选择合适的溶剂是制备合格微乳剂的前提条件。按步骤 1 测定高效氯氰菊酯在甲醇、乙醇、DMF、DMSO、二甲苯几种溶剂中的溶解度，并选择溶解度较大的溶剂溶解氯氰菊酯。在能完全溶解原药的前提下，溶剂用量应尽量少。

3. 乳化剂品种的选择

在选择微乳剂中的乳化剂时，还应考虑以下几点：①不会促进活性成分分解，最好还具有一定的稳定作用，因此必须进行不同乳化剂配方的热贮稳定性试验；②非离子表面活性剂在水中的浊点要高，以保证制剂在贮藏温度下均相稳定；③表面活性剂在油相和水相中的溶解性能；④尽量选择配制效果好、添加量少、来源丰

富、质量稳定的乳化剂，最好是专用产品；⑤成本因素。

本实验中，选择乳化剂农乳 500、农乳 600、农乳 700、NP-10 中的任意一种单体或复配型乳化剂 0201B、0203B、2201 中的任意一种，用量为 15％～25％，观察所制备微乳剂的外观以及乳液稳定性。若合格，则进行其它性能指标的检测；若不合格，选择一种阴离子与一种非离子乳化剂的复配，重复上述操作。

4. 乳化剂用量的选择

在确定乳化剂的品种后，再进行其用量的筛选。确定乳化剂的用量后，进行乳液稳定性、低温稳定性和热贮稳定性的试验，合格后再测微乳剂的其它性能指标。

5. 防冻剂的选择

由于微乳剂中存在大量的水，在低温贮运过程中容易产生结冻现象。对于低温稳定性和冻融稳定性出现结冻现象的配方，需要在配方中加入一定量的防冻剂，微乳剂中常用的防冻剂为乙二醇、丙二醇、NaCl 等物质。防冻剂的用量一般不超过 10％，常用量为 5％左右。

6. 检测

对所制备 5％高效氯氰菊酯微乳剂进行各项质量控制指标的检测。

四、质量控制指标及检测方法

1. 外观

透明或近似透明的均相液体。

2. pH 值

pH 值的测定按 GB/T 1601—1993 进行。

（1）pH 计的校正　将 pH 计的指针调整到零点，调整温度补偿旋钮至室温，用 pH 标准溶液校正 pH 计，重复校正，直到两次读数不变为止。再测量另一 pH 标准溶液的 pH 值，测定值与标准值的绝对差值应不小于 0.02。

（2）试样溶液的配制　称取 1g 试样于 100mL 烧杯中，加入 100mL 水，剧烈搅拌 1min，静置 1min。

（3）测定　将冲洗干净的玻璃电极和饱和甘汞电极插入试样溶液中，测其 pH 值。至少平行测定三次，测定结果的绝对差值应小于 0.1，取其算术平均值即为该试样的 pH 值。

3. 透明温度区域的测定

取 10mL 样品于 25mL 试管中，用搅拌棒上下搅动，于冰浴上渐渐降温，至出现浑浊或冻结为止，此转折点的温度为透明温度下限 t_1，再将试管置于水浴中，以 $2℃/min$ 的速度慢慢加热，记录出现浑浊时的温度，即透明温度上限 t_2，则透明温度范围为 $t_1 \sim t_2$。

4. 浊点的测定

透明温度区域的测定中，t_2 即为浊点。

5. 乳液稳定性

(1) 试剂和溶液 无水氯化钙；带六个结晶水的氯化镁，使用前在200℃下烘2h。

标准硬水：称取无水氯化钙0.304g和带结晶水的氯化镁0.139g于1000mL的容量瓶中，用蒸馏水溶解稀释至刻度。

(2) 仪器

量筒：100mL，内径（28±2）mm，高（250±5）mm；

烧杯：250mL，直径60～65mm；

玻璃搅拌棒：直径6～8mm；

移液管：刻度精确至0.02mL；

恒温水浴。

(3) 测定方法 在250mL烧杯中，加入100mL（30±2）℃标准硬水，用移液管吸取适量微乳剂试样，在不断搅拌的情况下慢慢加入硬水中（按各产品规定的稀释浓度），使其配成100mL乳状液。加完水乳剂后，继续用2～3r/s的速度搅拌30s，立即将乳状液移至清洁、干燥的100mL量筒中，并将量筒置于恒温水浴内，在（30±2）℃范围内，静置1h，取出，观察乳液外观，如为透明或半透明，则判定乳液稳定性合格。

6. 持久起泡性试验

(1) 试剂 标准硬水：$\rho(Ca^{2+}+Mg^{2+})=342mg/L$，pH=6.0～7.0。按GB/T 14825配制。

(2) 仪器 具塞量筒：250mL（分度值2mL，0～250mL刻度线20～21.5cm，250mL刻度线到塞子底部4～6cm）。工业天平：感量0.1g，载量500g。

(3) 测定步骤 将量筒加标准硬水至180mL刻度线处，置量筒于天平上，称入试样1.0g（精确至0.1g），加硬水至距量筒底部9cm的刻度线处，盖上塞，以量筒底部为中心，上下颠倒30次（每次2s）。放在试验台上静置1min，记录泡沫体积。

7. 低温稳定性

取适量样品，密封于玻璃瓶中，于0℃、-5℃、-9℃冰箱中贮存1周或2周后观察，不分层、无结晶为合格。

8. 冻熔稳定性

可制一冻熔箱，24h为一周期，于-5～50℃波动一次，每24h检查一次，发现样品分层，停止试验。记录不分层的天数，循环数5以上可认为是合格的。

9. 热贮稳定性

(1) 仪器

恒温箱（或恒温水浴）：（54±2）℃。

安瓿瓶（或54℃仍能密封的具塞玻璃瓶）：50mL。

医用注射器：50mL。

（2）试验步骤　用注射器将约 30mL 试样注入洁净的安瓿瓶中（避免试样接触瓶颈），置此安瓿瓶于冰盐浴中制冷，用高温火焰迅速封口（避免溶剂挥发），至少封 3 瓶，冷却至室温称量。将封好的安瓿瓶置于金属容器内，再将金属容器放入 (54±2)℃恒温箱（或恒温水浴）中，放置 14d。取出冷至室温，将安瓿瓶外面拭净分别称量，质量未发生变化的试样，于 24h 内对规定的项目进行检验。

五、结果分析与讨论

1. 微乳剂与乳油、水乳剂之间的相同点和不同点有哪些？
2. 微乳剂与乳油等传统剂型相比，优点和缺点各是什么？
3. 微乳剂在加工和贮存过程中容易出现哪些问题？
4. 影响微乳剂浊点的因素有哪些？
5. 溶剂的极性和表面活性剂的 HLB 值对乳油、水乳剂、微乳剂各有什么影响？

第九章　水分散粒剂

一、概述

水分散粒剂（water dispersible granules，WG）是加水后能迅速崩解并分散成悬浮液的粒状制剂。它放在水中，能较快地崩解、分散，形成高悬浮的分散体系。

WG 是 20 世纪 80 年代初在欧美发展起来的一种农药新剂型，也称干悬浮剂，国际农药工业协会联合会（GIFAR）将其定义为：在水中崩解和分散后使用的颗粒剂。水分散粒剂主要由农药有效成分、分散剂、润湿剂、黏结剂、崩解剂和填料组成，入水后能迅速崩解、分散，形成高悬浮分散体系。

自 1979 年瑞士汽巴-嘉基公司开发出 90％莠去津水分散粒剂以来，杜邦和英国 ICI 公司等相继开发出 75％氯磺隆、75％苯磺隆、20％醚磺隆、90％敌草隆、20％扑灭津、80％敌菌丹、80％灭菌丹等水分散粒剂产品。2002 年国外公司在我国登记的 WG 品种就已达 32 种之多，2007 年国外公司在我国登记的 WG 品种仍然有 29 种。国内 WG 近些年来发展也非常迅速，多个产品已申请专利，包括阿菊复配水分散粒剂、印楝素水分散粒剂、甲氨基阿维菌素苯甲酸盐水分散粒剂等。

与传统农药剂型比较，水分散粒剂主要有以下优点：

① 解决了乳油的经皮毒性，对作业者安全；

② 有效成分含量高，WG 大多数品种含量为 80％～90％，易计量，运输、贮存方便；

③ 无粉尘飞扬，减少了对环境的污染；

④ 入水易崩解，分散性好，悬浮率高；

⑤ 再悬浮性好，配好的药液当天没用完，第二天经搅拌能重新悬浮起来，不影响应用；

⑥ 对一些在水中不稳定的原药，制成 WG 效果较悬浮剂好。

二、配制

水分散粒剂配制通常是将农药有效成分、分散剂、润湿剂、崩解剂、黏结剂等助剂以及填料通过湿法或干法粉碎，使之微细化后，再通过造粒机造粒。近几年来，WG 配制方法向着复配、微囊化、分层型等方向发展。

1. 水溶性和水不溶性农药复配的水分散粒剂

将不溶于水的有效成分先制成悬浮剂，然后加入水溶性有效成分，制成黏稠物，再经过摇摆造粒或挤压造粒制成 WG。例如，先将代森锰锌预制成 40% 悬浮剂，然后将水溶性杀菌剂乙膦铝加入制成黏稠物，再进行挤压或摇摆造粒。

2. 微囊型水分散粒剂

把一种或多种不溶于水的农药封入微囊中，再将多个微胶囊集结在一起而形成的水分散粒剂。突出特点有：

① 降低有效成分分解率；

② 缓释，降低药害，延长残效期；

③ 可使不能混用或不能制成混剂的农药混用或制成混剂。

3. 分层型水分散粒剂

利用水溶性聚乙二醇类作为结合剂，将水溶性农药或预配制的水分散性农药包覆于本身具有水溶性或水分散性的颗粒基质上。这种水分散粒剂，生产方法简单，主要适用于物理性质和化学性质不相同的农药混合制剂。

4. 用热活化黏结剂配制的水分散粒剂

由热活化黏结剂（HAB）的固体桥，把快速水分散性或水溶性农药颗粒组合物与一种或多种添加剂连在一起的固体农药颗粒组成的团粒，其粒度在 $150 \sim 4000 \mu m$，并具有至少 10% 的空隙，而农药颗粒混合物粒度在 $1 \sim 50 \mu m$，以防止过早出现沉淀，甚至造成喷嘴或塞孔堵塞。

HAB 是指含有一种或多种可迅速溶于水的表面活性剂。HAB 必须符合五项条件：熔点范围在 $40 \sim 120℃$；可溶于水且 HLB 值为 $14 \sim 19$；可在 50min 内溶于轻度搅拌的水；具有至少 $200 mP \cdot s$ 的熔化黏度；软化点和凝固点之间温差不大于 5℃。

三、加工工艺

水分散粒剂的制造方法很多（见表 9-1），总的来说，可分为两类：一类是"湿法"，一类是"干法"。所谓湿法，就是将农药、助剂、辅助剂等，以水为介质，在砂磨机中研细，制成悬浮剂，然后进行造粒，其方法有喷雾干燥造粒、挤压造粒、流化床干燥造粒、冷冻干燥造粒等；所谓干法造粒，就是将农药、助剂、辅助剂等一起用气流粉碎或超细粉碎，制成可湿性粉剂，然后进行造粒，其方法有转盘造粒、高速混合造粒、流化床造粒和压缩造粒等。由于造粒方法不同，其制造条件和产品的特征也不同。

生产中，常用的方法有喷雾造粒法、转盘造粒法和挤压造粒法等。目前，国内农药厂较常用的一般是挤压造粒法，少数农药厂采用流化床造粒法。

表 9-1 水分散粒剂常见造粒方法及特征

造粒方法	制 造 条 件			产品的物理性质			制造费用
	粉碎方式	干燥水分/%	干燥温度/℃	形状	粒度/mm	水中崩解	
喷雾干燥	湿式	40～50	＞100	球形	0.1～0.5	快	高
流化床干燥	湿式	40～50	50～80	大致球形	0.1～1.0	快	高
冷冻干燥	湿式	40～50	＜0	不定形	0.5～3.0	中	中
转盘	干式	10～15	50～80	大致球形	0.2～3.0	中	低
挤压	湿式	10～15	50～80	圆柱	0.7～1.0	慢	低
高速混合	干式	10～15	50～80	不定形	0.1～2.0	中	中
流化床	干式	20～30	—	大致球形	0.1～1.0	中	中

1. 流化床造粒

流化床造粒是将物料混合、造粒、干燥于一体，一步完成造粒的过程，所以也称为一步造粒。其原理是经过气流粉碎的物料粉末粒子，在原料容器（流化床）中呈环形流化状态，受到经过净化后的加热空气预热和混合，将黏合剂溶液雾化喷入，使若干粒子聚集成含有黏合剂的团粒，由于热空气对物料的不断干燥，使团粒中水分蒸发，黏合剂凝固，此过程不断重复进行，形成理想的、均匀的多微孔球状颗粒。

2. 喷雾造粒

喷雾造粒是液体工艺成型和干燥工业中应用最广泛的工艺，适用于从溶液、乳液、悬浮液和糊状液体原料中生成粉状、颗粒状的固体产品。因此，当成品的颗粒大小分布、残留水分含量、堆积密度和颗粒形状必须符合精确的标准时，喷雾造粒是一道十分理想的工艺。其工作原理是空气经过滤加热，进入干燥器顶部空气分配器，热空气呈螺旋状均匀地进入干燥室。料液经塔体顶部的高速离心雾化器，喷雾成极细微的雾状液珠，与热空气并流接触，在极短的时间内可干燥为成品。成品连续地由干燥塔底部和旋风分离器中输出，废气由风机排空。

3. 转盘造粒

目前在国际市场销售的水分散粒剂多数都用此法生产。转盘造粒一般分为两个工序，首先将原药、助剂、辅助剂等制成超细可湿粉剂，然后向倾斜的旋转盘中，边加可湿性粉剂，边喷带有黏结剂的水溶液进行造粒（也有的黏结剂事先加入可湿性粉剂中）。造粒过程分为核生成、核成长和核形成阶段，最后经干燥、筛分可得水分散粒剂产品。

4. 挤压造粒

首先制造超细可湿性粉剂，与转盘造粒前步相同，然后将可湿性粉剂与定量的水（或带有黏结剂），同时加入捏合机中捏合，制成可塑性的物料，其中水分含量在 15％～20％，最后将此物料送进挤压造粒机，进行造粒，通过干燥、筛分得到水分散粒剂产品。

5. 高强度混合造粒

美国苏吉公司认为喷雾造粒、转盘造粒等方法还有不足之处，如有粉尘、生产能力低、操作不易自动控制，因此提出了制造 WG 的最新方法——高强度混合造粒法。它的基本设备是一个垂直安装的橡胶管，橡胶管中间装有垂直同心的高速搅拌器，搅拌轴上有一定数量的可调搅拌叶片，就像透平机一样，胶管内还装有一套能上下移动的设备，对橡胶管做类似按摩的动作。

根据配方要求，将配好、研细的 WG 的粉料加入管子，粉料经搅拌器的作用在管内流动，水喷在流动的粉料上，由搅拌叶子产生高速剪切力造成粉粒极大的湍流，滚在一起形成小球粒，有一些粉料被甩到管壁并附着在那里，但管壁的柔性蠕动装置可使刚粘上的物料立即掉下，搅拌叶片将壁上掉下来的薄片打成碎粒，加入的粉料和水碰上碎粒时，碎粒起晶核的作用，团聚成较大的颗粒，干燥后得水分散粒剂。团粒的大小可用成粒机主轴的转速、装在该主轴上的叶片的迎击角以及所加液体的数量等因素加以控制。其工艺流程与其它方法大同小异。

转盘造粒和喷雾造粒是以前常用的方法，近年来用得较多的是流化床造粒和挤压造粒。这些造粒方法尤其是湿法造粒存在的主要问题是干燥费用高，耗时，出尘量大。因此，无水造粒引起人们的重视。Sandell 等研究了前人的无水制粒工艺，即热敏原辅料与泡腾崩解剂混合后，利用热挤压法进行造粒，该法节约能量，缩短工时，且无粉尘污染，缺点是含有的泡腾剂降低了产品的有效期。为此，可将配方中的泡腾崩解剂改为碱金属、碱土金属磷酸盐和尿素等辅料，预混后粉碎，再用电阻丝或热蒸汽加热，同时经过双螺旋挤压，通过模具或筛网成粒。

6. 不同造粒方法对水分散粒剂物理性质的影响

水分散粒剂采用不同的造粒方法对 WG 物理性质有一定的影响。Gordon 分别采用挤压造粒、苏吉机造粒、高强度混合造粒对同一配方造粒后，对比分析研究后认为，颗粒的排列结构对 WG 物理性质有很大的影响，尤其相邻颗粒之间的黏结力和颗粒的孔隙度对其影响很大。实验经过电镜和水银孔度计分析后得出结论：颗粒的结构和相互间的黏结力决定了 WG 的破碎率和分散性。WG 配方及实验结果数据见表 9-2、表 9-3。

表 9-2　50% 多菌灵 WG 配方

配方	有效成分	分散剂	润湿剂	染色剂	可溶性盐
含量/%	50	5	2.5	1.0	补足 100

表 9-3　不同造粒方法颗粒的物理性质

造粒方法	孔隙度/%	黏结力	分散时间/s	颗粒破碎率/%
挤压造粒	41.7	强	105	0.9
苏吉机造粒	95.5	强	110	0.8
高强度混合造粒(慢速)	52.2	弱	50	2.0
高强度混合造粒(快速)	80.7	弱	35	11.0

数据结果表明：为了使 WG 具有良好的分散性和较低的破碎率，应使颗粒孔隙度增大，黏结力增强。

四、质量控制指标及检测方法

近年来，水分散粒剂新剂型得到了迅速的发展，特别是发达国家，商品化的品种越来越多。市场的迅速增长，也促进了相应的检验方法的研究，为适应多变的田间应用条件和保证产品质量，应提出统一的检验方法。水分散粒剂是在 WP 和 SC 的基础上发展起来的颗粒剂，所以水分散粒剂的某些性能的检验方法基本与 WP、SC 及 GR 的检验方法相似，如水分、细度、润湿性、分散性、硬度、悬浮率等。国际上为了标准化，使检查的项目更有现实性，更接近田间使用的情况和多种药剂的混用，对某些项目做了进一步研究和规定。

1. 分散性

分散性是检验喷雾产品均匀性的关键。理想体系要求有效物无限期悬浮。实际上要求 1～2h 分散体系稳定，24h 后能良好地再分散。测定分散性通常有三种方法：量筒混合过滤法、量筒混合法、长管试验法。

（1）量筒混合过滤法　量筒混合过滤法是检验分散性的最常用的方法，该法测定特定时间的分散性，30min 后滤出沉淀，确定悬浮率，其主要缺点是不能提供再分散性。

（2）量筒混合法　通过试验，目测分散性和再分散性，具体步骤如下：①加 98mL 去离子水于 100mL 刻度量筒中；②称 2g 样品（或标签使用剂量）加入量筒；③颠倒 10 次，每次约 2s；④记录 30min、60min 时沉积物；⑤60min 后颠倒 10 次，使完全再分散，静置 24h；⑥24h 后颠倒量筒，记录使沉积物再分散而颠倒的次数；⑦颠倒次数低于 10 次者通常认为合格。

（3）长管试验法　它强调 WG 极度稀释系统。这种稀释作用通过加大许多较大粒子之间的距离以缩小范德华力，随水分散粒剂在水中极度稀释，使只有分散剂对分散起作用，这是三种方法中最重要的。具体步骤如下：①玻璃管（1.8cm 内径，120cm 长，附 50mL 离心管）中加 80cm 高硬度的水；②称 1.0g 样品于 50mL 烧杯中，加入 30mL 342mg/L 的标准硬水；③高速电磁搅拌 3min（得浆液）；④向 50mL 刻度量筒中加入 45mL 水，再加该浆液 5mL，颠倒 10 次（2s 一次）；⑤将 50mL 量筒中的物质注入倾斜的玻璃管侧面上，用少量水洗量筒；⑥5min 和 15min 后记录筒底沉积物；⑦筒底沉积物超过 0.5mL 不合格。

2. 润湿性

测定润湿性有两种方法：烧杯试验法，WP 用的方法，颗粒表面润湿并落到杯底的时间。该法不能指示所有颗粒真正被湿润，所以不能用于 WG 润湿性的测定。刻度量筒试验法测得的润湿性才具有代表性，具体步骤如下：①加 500mL 342mg/L

标准硬水于 500mL 刻度量筒中；②用称量皿快速倒 1.0g 样品于量筒中，不搅动；③立刻记秒表；④记录 99％样品沉入筒底的时间。

3. 可混性

为提高劳动生产率，农民希望一次施用不同农药能够兼治不同病虫草害或农药与化肥混用（现混现用-桶混），所以需要检查制剂的可混性。检验方法有：瓶试验、摇动器试验、实验室喷雾器法。

（1）瓶试验 ①5 个 1L 具塞玻璃瓶（简称瓶）中各加载体 0.47L。②按产品标签或原药加适量药到对照瓶中。上下颠倒 5 次使其充分混合。③加其它农药到其它各瓶，颠倒 5 次，充分混合。④加农药和其它农药的全部混合物到最后瓶中，颠倒 5 次，充分混合。注意：如用一种以上农药，按下列次序分别加入：可湿性粉剂，水分散粒剂，悬浮剂，拌种（或种衣）用可湿性粉剂，乳油。⑤将瓶静置 30min。⑥前 3～4h 每 30min 观察一次，24h 时看是否有不可混现象。⑦混合物出现任何不可混性，如出现大的薄片、淤泥、结块、分层、凝胶或其它任何沉淀，都视为不可混。

（2）摇动器试验 ①2in 或 4in（1in＝0.0254m）两瓶中各装 50mL 或 100mL 载体。②第一种农药装入一个瓶作对照，其它瓶装入适当数量其它单个农药，最后一瓶加入各种农药，加药顺序：可湿性粉剂，水分散粒剂，悬浮剂，拌种（或种衣）用可湿性粉剂，乳油。③将瓶放在肘关节活动摇动器上，调摇动器强度到最大，定时 30min。④30min 后取下瓶，旋动 1 次或 2 次，使固体再悬浮起来。⑤立刻倒出瓶中物并用适当筛子筛分，如果瓶中有残留物或筛上有沉淀，可用 2 个 50mL 试验载体冲洗。⑥检查瓶和筛，测定粘于瓶上或通不过筛子的物质数量，观察含农药、载体的每一个瓶，检验存在的物质。⑦如果瓶中或筛上有可看到的物质，可认为样品不可混。

（3）实验室喷雾器法 ①向喷雾器桶中装 2/3 载体。②循环载体，加入农药，每次一种，加不同药之间混合一段时间，加药次序：可湿性粉剂，水分散粒剂，悬浮剂，拌种（或种衣）用可湿性粉剂，乳油。③停泵、静置 60min，注意桶中有否分离。④开泵，使重新悬浮，然后喷之，样品完全喷雾循环。⑤如果可混，喷雾液均匀。⑥样品不能通过喷嘴或过滤器时为不可混。

瓶试验是目测静态溶液的可混性，不能做实验室鉴定性检验用；摇动器试验不能模拟田际条件，只能给出适当的答案；只有实验室喷雾法更结合实际，是检验可混性的最好方法。

4. 崩解性

以测定崩解时间长短来表示，一般规定小于 3min。方法如下：向含有 90mL 蒸馏水的 100mL 具塞量筒（内高 22.5cm，内径 28mm）中于 25℃下加入样品颗粒（0.5g，250～1410μm），之后夹住量筒的中部，塞住筒口，以 8r/min 的速度绕中心旋转，直到样品在水中完全崩解。

五、发展概况及展望

水分散粒剂贮存稳定，有效成分含量高，相对成本低，对用户无粉尘污染，更不存在有机溶剂对环境的污染问题。因此，它的研究与开发成为农药新剂型的研究热点。目前水分散粒剂研究的相关报道主要集中在对某些农药品种的配方研究，系统地研究构成 WG 的各个组分对其理化性质的影响相关报道还很少。

水分散粒剂是发展中的一种剂型，从一推出就受到广泛的关注。该剂型适用于加工液体、水溶性固体或不溶于水的固体等各种农药有效成分。近 10 年来，水分散粒剂得到了迅速的发展，特别是发达国家，商品化的品种越来越多。市场的迅速增长，也促进了农药工作者对水分散粒剂进行深入的研究。

实验九　水分散粒剂的配制

水分散粒剂施用方便，安全性好，附加值高，经济效益好，是农药剂型今后发展的一个重要方向，也是国外农药的基本剂型之一。

一、实验目的

1. 掌握水分散粒剂的加工方法与加工原理；
2. 了解水分散粒剂质量控制指标并学习其检测方法；
3. 配制合格的 40％莠去津水分散粒剂，要求其悬浮性和分散性好，崩解迅速；
4. 了解制备水分散粒剂常用的助剂及载体种类。

二、实验材料

1. 农药品种　莠去津

通用名称　atrazine

化学名称　6-氯-4-乙氨基-6-异丙氨基-1,3,5-三嗪

结构式

$$\text{6-氯-4-乙氨基-6-异丙氨基-1,3,5-三嗪结构式}$$
（Cl、NHCH₂CH₃、NHCH(CH₃)₂ 取代的三嗪环）

分子式　$C_8H_{14}ClN_5$

相对分子质量（按 1997 国际相对原子质量计）215.7

生物活性　除草

理化性质　纯品为无色结晶，熔点 173～175℃，20℃时蒸气压为 $4×10^{-5}$ Pa。

25℃时在水中的溶解度为 33mg/L，正戊烷中 360mg/L，二乙醚中 1200mg/L，氯仿中 52mg/L，二甲基亚砜中 183000mg/L。

稳定性　原粉为白色粉末，常温下贮存两年，有效成分含量基本不变。在微酸性和微碱性介质中较稳定，在较高温度下能被较强的酸和较强的碱水解。

毒性　大鼠急性经口 LD_{50} 1869～3080mgTC/kg，大鼠急性经皮 LD_{50}＞3100mg/kg；对兔皮肤稍有刺激，对兔眼睛无刺激，大鼠急性吸入毒性 LC_{50}＞0.71mg/L 空气。两年饲养实验表明：大鼠无作用剂量 100mg/kg 饲料［8mg/(kg・d)］；狗150mg/kg 饲料［5mg/(kg・d)］。鱼毒 LC_{50}（96h）：虹鳟鱼 4.5～8.8mg/L；鲤鱼76～100mg/L；太阳鱼 16.0mg/L。

作用机理　莠去津是一种均三氮苯类除草剂，其作用机理是取代质体醌与叶绿体类囊体膜上的蛋白结合，从而阻断光系统Ⅰ的电子传递而使光合作用受阻。

防治对象　稗草、狗尾草、铁苋菜、反枝苋、苍耳、柳叶刺蓼、酸模叶蓼、荠菜、龙葵、猪毛菜、苘麻、鬼针草、狼把草、马齿苋、豚草属、酸浆属、稷属等一年生禾本科和阔叶杂草。

2. 助剂和载体

(1) 载体　硅藻土、高岭土、白炭黑、轻质碳酸钙、陶土、凹凸棒土、活性白土。

(2) 助剂

① 润湿剂：十二烷基硫酸钠、Morwet EFW、TERWET 1004；

② 分散剂：Morwet D-425、Morwet D-110、TERSPENSE 2425、TERSPENSE 2700、木质素磺酸钠；

③ 崩解剂：硫酸铵、尿素、羧甲基纤维素钠；

④ 黏结剂：蔗糖、聚乙烯吡咯烷酮、淀粉、可溶性淀粉。

(3) 水　去离子水、342mg/L 标准硬水。

3. 实验器材

天平（精确至 0.01g）、高速万能粉碎机、气流粉碎机、电热恒温干燥箱、挤压造粒机、SC-15 型数控超级恒温浴槽、水分测定仪、标准筛、显微镜、振筛机、电动搅拌机、不锈钢搅拌棒、旋转真空蒸发仪。

研钵、秒表、药匙、滤纸、具塞磨口量筒（250mL）、烧杯（250mL）、玻璃棒、胶头滴管、自封袋（7 号）。

三、实验内容

本实验主要内容有：配制筛选 40％莠去津水分散粒剂配方；配制合格的 40％莠去津水分散粒剂 100g；测定 40％莠去津水分散粒剂的质量控制指标。具体实验步骤如下。

1. 40％莠去津水分散粒剂配方的拟订

（1）载体的筛选　根据原药莠去津的理化性质，制剂中有效含量高低，在常用载体中筛选合适的载体。载体的功能一是作为有效成分的微小容器或稀释剂，二是将有效成分从载体中释放出来。前者是加工制剂到使用前所必要的，后者是撒布后所要求的。

一般高浓度水分散粒剂采用吸附性强的硅藻土、白炭黑、膨润土、凹凸棒土等作为载体，低浓度采用滑石、叶蜡石等低的或中等吸附能力的作为载体。

（2）助剂的筛选

① 润湿剂的筛选。润湿剂在农药 WG 中的作用不仅是保证产品遇水时能够被快速润湿，而且要能够协助分散剂与原药粒子迅速结合，从而保证产品获得理想的悬浮性能。采用试验法选择合适的润湿剂品种及用量，润湿剂的用量通常为2％～3％。

② 分散剂的筛选。分散剂与 WG 的崩解、润湿、分散、悬浮等各项理化性质有密切关系，适宜的分散剂的选择对一个成功的 WG 配方有着相当重要的决定性。分散剂的用量通常为3％～5％。

③ 崩解剂的筛选。崩解剂是水分散粒剂理化性能中的一个重要因素。在国内外水分散粒剂的使用过程中，反映较多的问题就是其崩解性。为了增加 WG 的崩解性，常常在制剂的配方设计中加入一些水溶性的、吸水性强的物质。这些物质的加入，使得水分散粒剂入水后，迅速地将水分从表面的小孔吸入粒剂内部，然后膨胀、崩解，在水中快速分散。崩解剂的选择直接影响到制剂的性能。当然，制剂崩解性能的好坏与配方中其它因素也是密切相关的。

④ 黏结剂的筛选。水分散粒剂是在可湿性粉剂和悬浮剂的基础上发展起来的一种新型剂型。其工艺上最大区别在于在可湿性粉剂和悬浮剂基础上加入黏结剂，然后进一步造粒。黏结剂的种类和加入量无疑对水分散粒剂的造粒工艺和制剂的理化性质有重要的影响。

2. 水分散粒剂的加工步骤

根据拟订的 40％莠去津水分散粒剂配方，按比例称取样品进行加工试制，以测定水分散粒剂的理化性能，以此确定性能优良、价格低廉的配方。具体操作步骤如下（如图 9-1 所示）。

（1）混合粉碎　将莠去津，拟选定的分散剂、润湿剂、填料等称好的样品初步混合后，置于小型高速粉碎机、万能粉碎机中进行粉碎。

（2）捏合　将粉碎后的物料置于烧杯中，边搅拌边滴加含有一定黏结剂的水至能初步捏成泥。加水量通常为物料总量的 15％～20％。

（3）造粒　将捏合好的湿物料投入到挤压造粒机中挤出造粒。

（4）干燥　将挤出的湿颗粒置于 30～35℃烘箱中干燥。制剂中残余水分含量控制在 0.5％～1.0％为宜。

3. 测定 40％莠去津水分散粒剂的质量控制指标

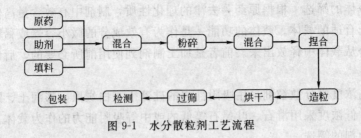

图 9-1　水分散粒剂工艺流程

四、理化指标的测定方法

1. 水分的测定

按照共沸法（迪安-斯达克水分测定法）进行。

（1）方法提要　样品中的水和甲苯或溶剂石脑油形成共沸混合物，然后蒸馏，确定其水分含量。

（2）试剂　甲苯（$C_6H_5CH_3$），无水的，RE152；溶剂石脑油，RE62。

（3）仪器　迪安-斯达克水分测定仪 BS756：1952 或同等仪器；接受器：2mL，细分刻度 0.05mL，BS756：1952，1 型，带有准确度证明书；圆底烧瓶：500mL，为迪安-斯达克水分测定仪配套的。

（4）操作步骤　装配仪器，烧瓶中装入 200mL 溶剂和一小片多孔瓷片。回流 45min，或到接受器中水平面不变为止。冷却，弃掉接受器中的水。称取指定量的样品 w(g)，转移到含有干燥过的甲苯或石脑油的 500mL 烧瓶中。连接仪器，在冷凝器顶部塞一个疏松的棉绒塞，防止大气水的冷凝。加热烧瓶，以每秒 2～5 滴的速度蒸馏，连续蒸馏到除刻度管底之外仪器的任何部位不再有可见的冷凝水，所收集的水的体积在 5min 内不变为止。某些物质可能分解，如二硫代氨基甲酸酯可释放出硫化氢，测定要在通风橱中进行。通过每秒增加数滴蒸馏速度的方法，或用干燥的液体载体将黏附在冷凝器上的水洗涤下来的方法除掉冷凝器中的冷凝水滞留环。让仪器冷却到室温，用细金属丝把黏附在接受器壁上的水滴赶下来。读取水的体积 V。水的含量 X 用式（9-1）表示：

$$X = 100V/w \qquad (9-1)$$

两次平行试验结果的误差不能大于 0.025mL。

2. pH 值的测定

pH 值的测定按 GB/T 1601—1993 进行。

称取 1g 样品，转移至有 50mL 水的量筒中，加水配成 100mL，强烈摇动 1min，使悬浮液静置 1min，然后测定上清液的 pH 值。

3. 润湿性的测定

① 加 500mL 342mg/L 硬度水于 500mL 刻度量筒中；

② 用称量皿快速倒 1.0g 样品于量筒中，不搅动；

③ 立刻记秒表；

④ 记录 99％样品沉入筒底的时间。

如此重复五次，取其平均值，作为该样品的润湿时间。

4. 悬浮率的测定

（1）方法提要　以标准水为介质制备已知浓度的悬浮液。放入恒定温度下的规定量筒中，静置一定时间之后，取出上部 9/10，测定其中有效成分含量。

（2）试剂　标准水：342mg/L 标准硬水。

（3）仪器　量筒：具玻璃塞，100mL，刻度 1 格为 1mL，内深从底到 100mL 刻度线为（180±15）mm；量筒：具玻璃塞，250mL，0 和 250mL 刻度间距离为 20～21.5cm，250mL 刻度线和瓶塞之间距离为 4～6cm；玻璃吸管：用于 100mL 量筒，长约 30cm，内径约 5mm，一端拉成 2～3mm 孔，另一端连接到抽气源上；玻璃吸管：用于 250mL 量筒，长约 40cm，内径约 5mm，一端拉成 2～3mm 孔，另一端连接到抽气源上；抽滤瓶；水浴：能稳定在（30±1）℃或其它任何指定温度；移液管：1mL；锥形瓶：10mL。

（4）操作步骤

① 悬浮液的制备

a. 用 100mL 量筒准确称量足够量的样品（g），直接加到含 50mL（30±1）℃ 标准水的 100mL 具塞量筒中，用同样的水稀释到 100mL，将量筒在 1min 内翻转 30 次。

b. 用 250mL 量筒准确称量足够量的样品（g），直接加到含 100mL（30±1）℃ 标准水的 250mL 具塞量筒中，用同样的水稀释到 250mL，将量筒在 1min 内翻转 30 次。

② 沉降的测定

a. 对 100mL 量筒，将量筒垂直放在 30℃水浴中，无振动，不要阳光直接照射，到指定时间之后，取出 90mL（上部 9/10）悬浮液，充分混合。用移液管从混合物中移取 1.0mL 等分液。

b. 对 250mL 量筒，将量筒垂直放在 30℃水浴中，无振动，不要阳光直接照射，到指定时间之后，取出 225mL（上部 9/10）悬浮液，充分混合，用移液管从混合物中移取 1.0mL 等分液。

③ 有效成分测定。用分析特定农药的指定方法分析原样品和从上部 9/10 移取出的 1mL 等分液的有效成分含量。

④ 结果计算

a. 对 100mL 量筒

$$c = \frac{ab}{100} \text{，悬浮率} = \frac{Q \times 100 \times 100}{c}\% \tag{9-2}$$

式中　a——样品中有效成分的量，％；

b——样品质量，g；

c——样品中有效成分的质量，g；

Q——从上部 9/10 移取的 1mL 等分液的有效成分的质量，g。

b. 对 250mL 量筒

$$悬浮率 = \frac{Q \times 250 \times 100}{c}\%$$ 　　　　(9-3)

5. 湿筛试验

按 GB/T 16150 中的"湿筛法"进行。

（1）方法提要　使水分散粒剂样品分散于水中，将悬浮液转移至筛上冲洗。依照适合检验水分散粒剂要求的 MT59.3 方法，测定筛上残留物的质量。

（2）仪器　烧杯：250mL；玻璃棒：直径约 6mm，带有橡胶套；筛子：直径 20cm，筛孔 75μm（如果没有另外指定，依据 ASTM E 11—61 为 200 目，依据 DIN 4188、ISO 565 为 0.075mm）。

（3）操作步骤

① 水分散粒剂的湿润。称取 10g 样品（精确至 0.1g）于 250mL 烧杯中，加入 100mL 自来水。静置 60s，然后用手拿带橡胶套的玻璃棒，以每秒不超过 3～4r 的速度搅动 30s，做到不能再崩解的程度。

② 湿筛。将浆状物转移到筛子上，用自来水冲洗。用一条内径 10mm、供应水 4～5L/min 的橡胶软管振荡喷射自来水冲洗筛上物质 10min。水从筛的四周向中心冲洗，保持软管末端与筛面相距 2～5cm。用自来水射流将残留物从筛底转移到标记皮重的玻璃皿上，干燥至恒重，记录试样质量，精确至 0.01g。

6. 粒度范围的测定

（1）仪器

标准筛组：孔径与规定的粒径范围一致。

振筛机：振幅 5mm，20 次/min。

（2）测定步骤　将标准筛上下叠装，大粒径筛置于小粒径筛上面，筛下装承接盘，同时将组合好的筛组固定在振筛机上，准确称取水分散性粒剂试样 50g（精确至 0.1g），置于上面筛上，加盖密封，启动振筛机振荡 10min，收集规定粒径范围内筛上物称量。

（3）计算　试样的粒度 ω_1（%）按式（9-4）计算：

$$\omega_1 = \frac{m_1}{m} \times 100$$ 　　　　(9-4)

式中　m——试样的质量，g；

m_1——规定粒径范围内筛上物质量，g。

7. 分散性

（1）方法提要　将一定量的水分散性粒剂加入规定体积的水中，搅拌混合，制成悬浮液，静置一段时间后，取出顶部 9/10 的悬浮液，将底部 1/10 悬浮液和沉淀烘干，用重量法进行测定。

（2）试剂和仪器

标准硬水：$\rho(Ca^{2+}+Mg^{2+})=342mg/L$，$pH=60\sim7.0$。

烧杯：1000mL，内径为 $102mm\pm2mm$。

电动搅拌机：可控制速度。

不锈钢搅拌棒：带有 4 个固定搅拌叶片的螺旋桨式搅拌棒，叶片之间角度为 45°，如图 9-2 所示。

旋转真空蒸发仪，秒表。

玻璃吸管：长约 40cm，内径约 5mm，一端拉成约2～3mm 的开口，另一端连接到用适当保护罐保护的真空泵上。

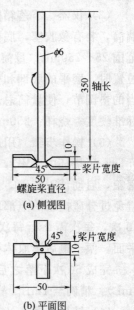

(a) 侧视图

(b) 平面图

图 9-2　螺旋桨式搅拌器（单位：mm）

（3）操作步骤　将 900mL（20±1）℃的 342mg/L 标准硬水加入已称量的烧杯中，将搅拌器小心地装在烧杯中，使搅拌桨叶的底部位于烧杯底上 15mm 处，搅拌桨叶的螺距和旋转方向应能推进水向上翻，使搅拌器速度开关位于 300r/min。称量约 9g 水分散粒剂样品，准确至 $\pm0.1g$，加到搅拌的水中，继续搅拌 1min。然后关闭搅拌，静置 1min。用真空泵法抽出 9/10（810mL）悬浮液。要维持玻璃管尖恰好在下落的悬浮液液面之下，于 30～60s 内完成操作，并注意使对悬浮液的干扰减至最小。用重量法测定从留在烧杯中的 90mL 中得到的固体物。在旋转真空蒸发器蒸馏液体并干燥至恒重，干燥温度为 60～70℃。

（4）结果计算　用下式计算水分散粒剂的分散率：

$$分散率=\frac{10}{9}\times\frac{m-W}{m}\times100\%\qquad(9-5)$$

式中　W——干燥后残留物的质量，g。

m——所取样品的质量，g。

8. 持久泡沫量试验

按 HG/T 2467.5—2003 中方法 4.11 进行。

9. 热贮稳定性试验

按 HG/T 2467.12—2003 中方法 4.12 进行。

10. 堆密度

（1）方法提要　将颗粒剂加到已知质量的玻璃刻度量筒中，然后提高，使通过 2.5cm 距离垂直落在橡胶垫上，如此反复操作 50 次，测量粒剂最终体积。

定义：堆密度是在标准尺寸的容器中，规定数量的颗粒剂在标准条件下振动或轻敲形成的颗粒剂床的表观密度。

（2）仪器　下落箱：用螺钉牢固地拧在坚固的桌子或工作台上。量筒：无嘴玻璃筒，装有橡胶塞，底要磨平，筒和塞重应为（25±5）g。量筒每刻度 2mL，刻度范围 25～250mL。量筒上 0mL 和 250mL 刻度间距离为 22～25cm。量筒提至最高位置时，磨平的底部和橡胶基垫之间的距离应为（25±2）mm，即在架子下面用适当的垫调节，使量筒总升高量为（25±2）mm。橡胶基垫：应具有 35～50 的英国标准硬度；烧杯：250mL；计时装置：指示到秒；天平：至少精确至 0.1g。

（3）操作步骤　用适当分割法由大样制备（80±2）g 试样。称取试样（精确至 0.1g）于烧杯中（W），慢慢将试样倒入量筒，无振动地塞上橡胶塞，小心放入下落箱，启动计时装置。用一只手的拇指和食指轻拿量筒上部，1s 内提至最高位，避免过分碰撞塞的上部。第二秒开始时，迅速轻快地放开量筒。继续提升和下落至 50 次，每次需 2s。每次下落前提升过程中使量筒转动约 10°，这有助于试样形成水平面，便于最后读取体积数。

完成 50 次下落之后，立即从下落箱取出量筒提至与眼睛相平，记录体积 V（mL），精确至 1mL。静置后水平面的任何下落都不应考虑。

（4）结果计算　计算试样坚实后的表观密度 D（g/mL），小数点后取两位。

$$D = W/V \tag{9-6}$$

11. 崩解性的测定

向含有 90mL 蒸馏水的 100mL 具塞量筒（内高 22.5cm，内径 28mm）中于 25℃下加入样品颗粒（0.5g），之后夹住量筒的中部，塞住筒口，以 8r/min 的速度绕中心旋转，直到样品在水中完全崩解。

五、结果分析与讨论

1. 评价个人制备的 40% 莠去津水分散粒剂的性能，并讨论其影响因素。
2. 列出常用于工业生产的水分散粒剂的造粒方法，比较其优劣。
3. 与传统的剂型相比，水分散粒剂有哪些优缺点？
4. 水分散粒剂与可湿性粉剂的配方筛选过程有何异同？

第十章 可溶粉剂

一、概述

可溶粉剂（water soluble powder，SP）是指有效成分能溶于水中形成真溶液，可含有一定量的非水溶性惰性物质的粉状制剂。SP 是在使用浓度下，有效成分能迅速分散而完全溶解于水中的一种新剂型。

SP 是由原药、填料和适量的助剂所组成的。制剂中的填料可用水溶性的无机盐（如硫酸钠、硫酸铵等），也可用不溶于水的填料（如陶土、白炭黑、轻质 $CaCO_3$ 等），但其细度必须 98% 通过 325 目筛。这样，在用水稀释时能迅速分散并悬浮于水中，实际应用时，不致堵塞喷头。制剂中的助剂大多是阴离子型、非离子型表面活性剂或是二者的混合物，主要起助溶、分散、稳定和增加药液对生物靶标的润湿和黏着力。

能加工成 SP 的农药，大多是常温下在水中有一定溶解度的固体农药，如敌百虫、乙酰甲胺磷、啶虫脒、烯啶虫胺等；也有一些农药在水中难溶或溶解度很小，但当转变成盐后能溶于水中，也可以加工成 SP 使用，如多菌灵盐酸盐、巴丹盐酸盐、单甲脒盐酸盐、杀虫双等。

SP 有效成分含量一般在 50% 以上，有的高达 90%。由于有效成分含量高，贮存时化学稳定性好，加工和贮运成本相对较低；由于它是固体剂型，可用塑料薄膜或水溶性薄膜包装，与液体剂型相比，可大大节省包装费和运输费；且包装容器易处理，在贮藏和运输过程中不易破损和燃烧，比乳油安全。该剂型外观呈粉粒状，其粒径视原药在水中的溶解度而定。如水溶性好的原药，其粒径可适当大一些，以避免使用时从容器中倒出和用水稀释时粉尘飞扬；如水中溶解度较小，其粒径应尽可能小，以利于有效成分的迅速溶解。总之，SP 细度要均匀，流动性好，易于计量，在水中溶解迅速，有效成分以分子状态均匀地分散于水中。和可湿性粉剂、悬浮剂乃至乳油相比，更能充分发挥药效，这是 SP 最大的优点；又因该剂型不含有机溶剂，不会因溶剂而产生药害和污染环境，在防治蔬菜、果园、花卉以及环境卫生方法的病、虫、草害上颇受欢迎。

二、登记情况

从 20 世纪 60 年代起，SP 得到了发展，发现最早、吨位较大的品种是德国拜耳公司生产的 80％敌百虫 SP，继后有美国切夫隆公司（Chevron）生产的 50％、75％乙酰甲胺磷 SP，氰胺公司生产的 65％野燕枯 SP，日本武田药品工业株式会社生产的 50％巴丹 SP 以及瑞士山道士公司生产的 50％杀虫环 SP 等等。我国也从 20 世纪 60 年代就开始了 SP 的研究，先后研究成功并投入生产的有 60％乐果 SP、80％敌百虫 SP 和 75％乙酰甲胺磷 SP 等。其中敌百虫和乙酰甲胺磷 SP 曾有小批量产品打入国际市场。近年来，这种剂型产量上升，品种迅速增加。据不完全统计，1980 年日本生产各种 SP 已达 4704t。我国 2007 年登记的 SP 有杀虫双、杀虫单、巴丹、啶虫脒、草甘膦等近 200 种。目前农药剂型正向着水性、粒状、环境相容的方向发展。而高浓度 SP 正符合这一发展趋势，因而很有前途。

三、制造方法

制造 SP 有喷雾冷凝成型法、粉碎法和干燥法。现将每种方法所要求的原药性能、状态和应用实例列在表 10-1。

表 10-1　可溶粉剂的制造方法

方　法	原药的性能和状态要求	应用实例
喷雾冷凝成型法	合成的原药为熔融态或加热熔化后而不分解的固体原药，它们在室温下能形成晶体，在水中有一定的溶解度	敌百虫、乙酰甲胺磷、吡虫清等
粉碎法	原药为固体，在水中有一定的溶解度	敌百虫、乙酰甲胺磷、杀虫环、乐果、野燕枯等
干燥法	合成出来的原药大多是其盐的水溶液，经干燥不分解而得固体物	杀虫双、多菌灵盐酸盐、杀虫脒盐酸盐等

1. 喷雾冷凝成型法

（1）概述　多年来，我国敌百虫原药没有合适的加工工艺，绝大多数产品都不经加工，直接热熔包装，不仅工人中毒严重，而且在贮运过程中原药流失、分解损失很大并结成大块，使用非常不便。德国拜耳公司生产的 80％和 90％敌百虫 SP 是用 95％左右的结晶敌百虫配合填料和助剂经气流粉碎而制得的。我国敌百虫一级品只有 90％，而工业品大多在 88％左右。对这一质量的块状原药采用气流粉碎工艺需要经多次粉碎，实施起来比较困难，而且也不能解决敌百虫原药热熔包装工人中毒问题。因此，安徽省化工研究所接受原化工部科技局下达的"高浓度敌百虫 SP"的研制任务，采用喷雾冷凝成型法，于 1978 年完成了 1500t/a 的 80％敌百虫 SP 的中试鉴定。在此工作基础上，1981 年又完成了 1500t/a 的 75％乙酰甲胺磷 SP 的中试鉴定。现将这种工艺的原理简述如下。

（2）基本原理及塔高、塔径的估算　熔融敌百虫（或乙酰甲胺磷）即使冷却到凝固点以下，也往往会产生过冷现象，不析出结晶或延迟结晶时间。为此，将熔融敌百虫（或乙酰甲胺磷）与填料、助剂调匀，同时不断降低料温，使形成无数的微晶，这样，物料从气流式喷嘴喷出的瞬间，只要塔的高度使得雾滴在塔内停留的时间（t）大于雾滴和气体间完成热交换所需时间（t'），在塔底便得到粉粒状产品。

2. 粉碎法

（1）概述　粉碎所采用的粉碎机有超微粉碎机和气流粉碎机。制备高浓度 SP 大多采用气流粉碎机，对一些熔点较高的原药也可以采用超微粉碎机。

（2）气流粉碎基本原理　气流粉碎是利用高速气流的能量来加速被粉碎的粒子（原药、填料和助剂）的飞行速度（往往达到每秒数百米），由于粒子之间的高速冲击以及气流对物料的剪切作用，而将物料粉碎至 $10\mu m$ 以下。被压缩的高速气流通过喷嘴进入粉碎室时，绝热膨胀，温度低于常温，是"冷粉碎"方式，物料温度几乎不会上升，所以特别适合用来将低熔点的原药加工成高浓度的 SP 或高浓度的母粉。到目前为止，已被实用而且具有代表性的气流粉碎机有扁平式（Micronizer）、循环管式（Jet-O-Mill）、对冲式、旋转式、靶式和流化床式气流粉碎机等六种。采用气流粉碎工艺加工高浓度 SP，产品粒度细，98％可通过 325 目筛，有效成分在水中溶解迅速，但生产能力小，能耗较喷雾冷凝成型法高。

3. 喷雾干燥法

（1）概述　合成的原药是其盐的水溶液（如杀虫双、单甲脒等），或经过酸化处理转变成盐的水溶液（如多菌灵盐酸盐），只要经过干燥脱水，而有效成分又不分解，就可得到固体物。采用辊筒干燥机、真空干燥机或箱式干燥机均能脱水，但所得的是块状产品，需再经粉碎，方可得到 SP；采用喷雾干燥，在完成干燥脱水的同时，就可制得 SP。虽然喷雾干燥在染料工业、日用化工和食品工业中已广泛使用，但到目前为止，国内尚没有用这种工艺生产出农药 SP 的商品。

（2）原理　含有有效成分的水溶液，经喷嘴雾化成雾滴，在干燥塔中沉降，只要它在塔内停留的时间大于水蒸发完成热交换所需时间，便可收集到粉粒状物料。根据喷雾液的水分、产品的湿含量、产量、进入塔内的热气流温度、空气温度、空气湿度以及所采用的喷嘴形式（旋转式、气流式或压力式）、喷雾的雾滴和热气流的相对流向（并流、逆流或逆-并流）可以设计出所需设备的尺寸，如塔高、塔径、喷嘴孔径等。

四、质量控制及包装

控制 SP 的主要技术指标有有效成分含量、水分、pH 值、润湿时间、溶解程度和溶液稳定性、持久泡沫量、热贮稳定性等。可用塑料薄膜或水溶性薄膜包装。

实验十　可溶粉剂的配制

可溶粉剂由于不含有机溶剂，故不会因溶剂而产生药害和污染环境，在防治蔬菜、果园、花卉及环境卫生方法的病、虫、草害上颇受欢迎。

一、实验目的

1. 学习可溶粉剂的配方筛选过程及制备技术；

2. 了解制备可溶粉剂常用的助剂及载体；

3. 熟知可溶粉剂的质量控制指标并学习其测定方法；

4. 学习高速粉碎机、气流粉碎机的操作；

5. 制备 80％敌百虫可溶粉剂。

二、实验材料

1. 农药品种　敌百虫

通用名称　trichlorfon

化学名称　O,O-二甲基-(2,2,2-三氯-1-羟基乙基)膦酸酯

结构式

$$\underset{\underset{OH}{|}}{\overset{\overset{O}{\|}}{(CH_3O)_2PCHCCl_3}}$$

分子式　$C_4H_8Cl_3O_4P$

相对分子质量（按 1997 国际相对原子质量计）　257.4

理化性质　本品为无色结晶粉末，熔点 78.5℃，密度 1.73g/cm³，20℃蒸气压为 0.21mPa。溶解性（20℃）：水 120g/L，溶于苯、乙醇和大多数氯代烃类，微溶于四氯化碳和乙醚，不溶于石油醚。

稳定性　在室温下稳定，但在热水中和 pH<5.5 时变成敌敌畏。

生物活性　杀虫

毒性　急性经口 LD_{50}：雄大白鼠为 560mg/kg，雌大白鼠 630mg/kg。大鼠急性经皮 LD_{50}＞2000mg/kg。以 500mg/kg 饲料饲喂大白鼠两年，未见不良影响。LC_{50}（48h）：鲤鱼 6.2mg/kg，金鱼＞10mg/L。对人的 ADI 为 0.1mg/kg。

作用机理　敌百虫在虫体内转化成 DDVP，DDVP 是胆碱酯酶抑制剂，使胆碱酯酶失去活性，失去水解乙酰胆碱的能力，使作为神经递质的乙酰胆碱产生蓄积，导致组织功能改变，使虫神经系统失常。敌百虫对虫有胃毒作用和触杀作用。

防治对象　用于防治鳞翅目幼虫和果蝇，用特殊制剂防治卫生害虫，尤其是蝇类及家畜体外寄生虫。

2. 助剂

(1) 填料　白炭黑、硫酸钠、陶土、轻质碳酸钙

(2) 助剂　木质素磺酸钠、十二烷基磺酸钠、硫酸钠、硫酸铵、尿素、蔗糖

3. 实验器材

天平（0.01g）、研钵、秒表、滤纸、具塞磨口量筒、高速粉碎机、气流粉碎机、自封袋（5号）。

三、实验内容

本实验主要内容是制备80％敌百虫可溶粉剂并测定其质量控制指标。要求制备的可溶粉剂湿润性好，溶解程度和溶液稳定性好。具体实验步骤如下。

1. 拟订配方

（1）填料的筛选　用于可溶粉剂的填料一般要求其吸油率高、堆积密度小、活性小，这样配制的SP流动性好、贮藏稳定性也好。根据敌百虫原药的物化性质及制剂的要求，从所提供的实验材料中选择合适的填料。

（2）助剂的筛选　为了充分发挥有效成分的药效，保证制剂的质量和方便使用，在配制可溶粉剂时，要加适量的助剂。可添加黏着剂、抗结块剂或分散剂、润湿剂和稳定剂等。

2. 加工80％敌百虫可溶粉剂

根据初步拟订的80％敌百虫可溶粉剂配方，按比例称取原料后，将上述混合物先在研钵中初步磨细，混匀后，分别于高速粉碎机（粉碎时间大约1min）、气流粉碎机中粉碎，制成80％敌百虫SP。

3. 加工工艺

如图10-1所示。

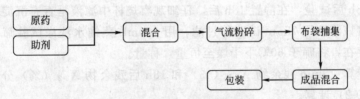

图 10-1　可溶粉剂工艺流程图

4. 测定80％敌百虫可溶粉剂质量控制指标

四、SP 物理性能的测定

1. 润湿时间的测定

（1）测定原理　根据一定体积的制剂被水完全润湿时间的长短衡量其优劣。

（2）方法　取342mg/L标准硬水（100±1）mL，注入250mL烧杯中，将此烧杯置于（25±1）℃的恒温水浴中，使其液面与水浴的水平面平齐。待硬水至（25±1）℃时用表面皿称取（5.0±0.1）g试样，将试样从与烧杯口齐平位置一次均匀地倾倒在该烧杯的液面上，但不要过分地搅动液面。加样时立即用秒表计时，直至试样全部湿润为止。记下润湿时间。如此重复三次，取其平均值作为该样品的润湿时间。

对比用高速粉碎机、气流粉碎机粉碎样品润湿性结果的不同。

（3）结果　依润湿时间，衡量质量好坏（润湿时间小于120s为合格）。

2. 溶解程度和溶液稳定性的测定

（1）方法提要　将可溶粉剂溶于25℃的标准水中，颠倒15次，静置5min，用75μm试验筛过滤，定量测定筛上残余物。溶液稳定性的测定是将该溶液静置18h后，再次用75μm试验筛过滤。

（2）仪器

标准筛：孔径75μm，直径76mm；

刻度量筒：玻璃，具塞，0～250mL刻度之间距离20～21.5cm，250mL刻度线与塞子底部距离为4～6cm；

标准硬水：$\rho(Ca^{2+}, Mg^{2+}) = 342mg/L$，pH=6.0～7.0，按MT 18标准水D配制。

（3）试样溶液的制备　在250mL量筒中加入2/3的标准硬水，将其温热至25℃，加入3.0g样品，加标准硬水至刻度。盖上塞子，静置30s。用手颠倒量筒15次（180°），复位，颠倒、复位一次所用时间应不超过2s。

（4）5min后试验　将量筒中的试样溶液静置5min±30s后，倒入已恒重的75μm试验筛上，将滤液收集到500mL烧杯中，留做下一步试验。用20mL蒸馏水洗涤量筒5次，将所有不溶物定量转移到筛上，弃去洗涤液，检查筛上的残余物。如果筛上有残余物，将筛于60℃下干燥至恒重，称量。

（5）18h后试验　在静置18h后，仔细观察烧杯中滤液是否有沉淀。如果有不溶物，再将该溶液用75μm试验筛过滤，用100mL蒸馏水洗涤试验筛。如果有固体或结晶存在，将筛于60℃下干燥至恒重，称量。

（6）计算　5min残余物 X_{2-1}（%）和18h后残余物 X_{2-2}（%）分别按式(10-1)和式(10-2)计算。

$$X_{2-1} = \frac{m_2 - m_1}{m} \times 100 \tag{10-1}$$

$$X_{2-2} = \frac{m_4 - m_3}{m} \times 100 \tag{10-2}$$

式中　m_1、m_3——筛子恒重后的质量，g；

　　　m_2、m_4——筛子和残余物的质量，g；

　　　m——试样的质量，g。

3. 持久起泡性

（1）方法提要　规定量的试样与标准硬水混合，静置后记录泡沫体积。

（2）试剂　标准硬水：$\rho(Ca^{2+} + Mg^{2+}) = 342mg/L$，pH=6.0～7.0，按MT 18标准水D配制。

（3）测定步骤　将量筒加标准硬水至180mL刻度线处，量筒置于天平上加入试样 1.0g（精确至 0.1g），加硬水至距量筒塞底部 9cm 的刻度线上，盖上塞后，以量筒底部为中心，上下颠倒 30 次（每次 2s）。于实验台上静置 1min，记录泡沫体积。

4. 水分的测定

按 GB/T 1600—2001 中的"共沸蒸馏法"进行。

5. pH 值的测定

按 GB/T 1601—1993 中方法 4.12 进行。

6. 细度测定

按 GB/T 16150—1995 中"湿筛法"测定。

7. 热贮稳定性试验

按 HG/T 2467.3—2003 中 4.12 进行。

五、结果分析与讨论

1. 根据实验结果，评价个人所配制的 80% 敌百虫可溶粉剂的性能，并讨论原因。

2. 具有什么性质的农药原药适合制备成可溶粉剂？

3. 影响 SP 理化性能的因素有哪些？

4. 可溶粉剂与可湿性粉剂两者有何异同？

第十一章　泡腾片剂

一、概述

农药泡腾片剂（effervescent tablet，EB）是投入水中能迅速产生气泡并崩解分散的片状制剂，可直接使用或用常规喷雾器械喷施，也是一种含有泡腾崩解剂的片剂，即适宜的酸和碱遇水起反应释放出二氧化碳而快速崩解的片剂。泡腾片剂在农药领域的应用始于20世纪70年代的日本，之后，英、法等国相继研制了供喷雾使用的农药压制片而非泡腾片。

20世纪80年代中期，丹麦Bradbury以生物农药B.t.和除草剂为有效成分研制了防治水生害虫及水葫芦的泡腾片剂。80年代后期，Giba-Geigy公司的Somlo等人将磺酰脲类除草剂、助流剂、分散剂、崩解剂、填充剂、黏合剂等制成泡腾片剂。在制备工艺中，将乳糖水溶液与有效成分混合，再加入其它助剂后压片，有效地克服了一般粉末压片易产生的顶裂、裂片、分层等问题。该剂型使用前加入水中，搅拌均匀，可供背负式及拖拉机喷雾使用。

90年代，瑞士的Jean-Michel Zellweger研制了供制备农药泡腾片剂的颗粒，他将固体有机酸与碳酸盐及不溶性农药制成泡腾片，该片剂遇水迅速崩解，形成悬浮液，供喷雾用。该片剂直径在60～70mm，遇水2～3min崩解，有效成分包括杀虫剂、杀菌剂、除草剂及植物生长调节剂。法国的Meinard研制了一种膏式（paste）泡腾农药。他将泡腾剂、微孔发生器、润湿剂、矿物质填充剂等助剂制成膏，制粒或水泡式包装后，装入水溶性小塑料袋中，使用前用水稀释。该剂型适用于可加工成悬浮剂或乳油的农药。

近年来，已研究了草达灭、杀草丹、利谷隆、西玛津等除草剂的泡腾片剂，甲基硫菌灵、百菌清、噻菌灵等杀菌剂的泡腾片，二嗪农、叶蝉散、马拉硫磷等杀虫剂的泡腾片剂。在日本已商品化的产品有9％灭藻醌泡腾片剂。每枚重50g，又称粒霸，施用于水田中发泡，并释放出有效成分，几小时后，由于扩散剂的作用，在水田中有效成分均匀一致，达到杀灭靶标的目的。

泡腾片剂在医药上使用较早，而农业上使用的泡腾片剂，已日渐受到人们的重视。农药泡腾片剂具有如下优点：遇水后产生大量气泡，依靠片剂内部产生气体的推动力，使片剂崩解迅速，有效成分扩散得更远，分布得更均匀，能充分发挥药效；使用方便，可站在田埂上将药片直接投入或抛入田中，也可将药片放入盛水的

114

喷雾器中。因而省工，无粉尘飞扬，环境污染小，使用安全；计量方便，一般以片/亩或片/公顷使用；使用过的包装容器无粉粒黏附，易于处理；贮存运输安全，包装方便。但值得注意的是，泡腾片剂的包装材料要求不吸潮，否则，因吸潮而发生反应，使片剂潮解乃至破裂，使用时就不能很好地扩散，使有效成分分布不均匀，造成防效差，甚至产生药害；直接投入水田使用的泡腾片剂施药技术也要求严格，施药时保持3～5cm深水层7d，在此期间只能补灌，不排水；施用田块尽量平整，以利于药剂的均匀扩散，避免产生死角；按剂量施药，要求药片分布基本均匀。

二、组成和配制

1. 泡腾片剂的组成

泡腾片剂主要由原药、填料、助崩解剂和稳定剂组成。

（1）有效成分　农药原药既可以是除草剂，也可以是杀虫剂、杀菌剂和植物生长调节剂等，尤其是具有内吸性和安全性的农药更合适，水田直接投入使用的泡腾片剂以除草剂居多。

（2）崩解剂　泡腾片剂投放水中产生大量气泡，关键是崩解剂发挥作用。常用的崩解剂有：柠檬酸、酒石酸、丁二酸、己二酸、磷酸、碳酸氢钠、碳酸钠等。

（3）助崩解剂　助崩解剂可使片剂形成空隙，入水后迅速破裂成小粒，释放药物、发挥药效。常用的助崩解剂有黏土、改性膨润土、淀粉及其衍生物、海藻酸及其盐类等。

（4）黏结剂　对没有黏性或黏性较差的农药，需加黏结剂才能造粒压片，常用的黏结剂有糊精、阿拉伯胶、黄原胶、羧甲基纤维素、木质素磺酸盐、聚乙烯醇等。助崩解剂和黏结剂结合使用可控制泡腾片剂的崩解速度。

（5）填料　常用填料有陶土、膨润土、硅藻土、轻质碳酸钙、滑石粉、白炭黑、硬脂酸盐等。据报道，采用滑石粉和硬脂酸镁调节片粒相对密度比较理想。10％醚磺隆泡腾片剂配方实例见表11-1。

表11-1　10％醚磺隆泡腾片剂

醚磺隆	10％	硬脂酸镁	3％
木质素磺酸钠	2％	水	2.5％
碳酸钠	23％	乳糖	补至100％
硬脂酸	18％		

2. 泡腾片剂的配制

泡腾片剂的加工方法是先将物料混合，经过粉碎、造粒，再用压片机制成片状后干燥而成。通常以水溶性包装材料如聚乙烯醇水溶性薄膜、水溶性纤维素或水溶性糊精包装成袋。

三、制备

泡腾片剂常规制备方法有湿法制粒、非水制粒、直接压片、干法制粒。近年来,有下列新工艺出现。

(1) 以枸橼酸水合物为辅料　一般以适量的枸橼酸水合物代替无水物,控制颗粒水分量,当该混合物加热时,释放出结晶水;将润湿的颗粒立即压片,然后将片剂干燥。

(2) 多层泡腾片　Gergely 将普通片与泡腾片压制成双层片,不仅使泡腾片体积减小,而且崩解时间不受辅料影响,在少量水中就能完全崩解。Cavlin 则把泡腾片的酸、碱辅料分开压片,中间夹一惰性片,制成三层片。该工艺解决了泡腾片在制备贮存过程中必须防潮的问题,亦可不必采用铝箔内衬乙烯膜的包装袋,降低了包装成本和运输费用。

(3) 缓释及控释泡腾片　Barry 研制了缓释泡腾片剂,将有效成分、辅料制成颗粒,外包一层不溶于水易膨胀的丙烯酸聚合物及水溶性纤维素衍生物。包衣量占颗粒重量的 2%~25%。另将酸-碱制成泡腾颗粒。将两种颗粒混合压片。此法适于多种药物,如非甾类抗炎药布洛芬等。

Shimizu 研制了包膜控释泡腾片,用羟丙基纤维素喷雾包衣有效成分,再与泡腾辅料混合,压片。已试用的药物有中枢神经系统药物、心血管系统药物、呼吸系统药物、抗生素等。

四、质量控制指标及检测方法

2004 年,联合国粮农组织和世界卫生组织《农药标准制定和使用手册》要求,泡腾片剂的质量控制指标如下。

1. 外观

通常呈扁平状或中间突出的圆形物,其两面之间距离小于直径。

2. 有效成分含量（%）

以≥某值或±方式表示。

3. 水分

4. 酸碱度或 pH 值范围

5. 分散时间湿筛试验

在 7min 内完全分散,最大值:过 $75\mu m$ 筛,残余物最大为 2%。

6. 悬浮率

在 CIPAC 规定的标准硬水中,温度 30℃,30min 后其有效成分的悬浮率大于 60%。

7. 持久泡沫量

最大值:1min 最多有 25mL 泡沫。

8. 片的完整性

模仿运输后片的完整率。

9. 热贮稳定性

在 54℃常压下贮存 14d，有效成分含量与热贮前含量（％）相比不低于某值。

五、发展趋势

泡腾片剂作为一种新剂型，从 20 世纪 90 年代初日本研制成功，到 1997 年开始推广使用，技术已基本成熟。国外已开发出含杀虫剂泡腾片剂、含杀菌剂泡腾片剂以及含除草剂等泡腾片剂，相继推出百菌清、禾草丹、二氯苄等泡腾片剂。

泡腾片剂代表了农药新剂型和新使用技术的发展方向，减少了使用者接触农药的机会，保证了使用者的安全，省去了施药器械的清洗和容器的处理，有利于环境保护。

实验十一　泡腾片剂的配制

农药泡腾片剂使用方便，易于掌握；节省时间，提高工效；对周边作物安全扩散性能优越；包装容器易于处理；贮运安全，包装方便。

一、实验目的

1. 了解泡腾片剂的崩解原理；
2. 掌握泡腾片剂的加工；
3. 练习单冲压片机的操作；
4. 了解泡腾片剂的质量控制指标并学习其检测方法；
5. 制备合格的 25％二氯喹啉酸泡腾片剂。

二、实验材料

1. 农药品种　二氯喹啉酸

通用名称　quinclorac

化学名称　3,7-二氯喹啉-8-羧酸

结构式

分子式　$C_{10}H_5Cl_2NO_2$

相对分子质量（按 1997 国际相对原子质量计） 242.1

生物活性 除草

理化性质 本品为无色晶体，熔点 274℃，密度 1.75g/cm³，蒸气压＜0.01mPa（20℃）。溶解性（20℃）：水 0.065mg/kg（pH7），丙酮 2g/kg，乙醇 2g/kg，乙醚 1g/kg，乙酸乙酯 1g/kg，难溶于甲苯、乙腈、正辛醇、二氯甲烷、正己烷。K_{OW} 0.07（pH7）。酸性，pK_a 4.34（20℃），无腐蚀性。

稳定性 对热、光和 pH 3～9 稳定；在 50℃下两年内不分解（在不打开原始包装的情况下）；在黑暗条件下，在 pH 5、7 和 9，25℃，30d 内不分解。

毒性 大鼠急性经口 LD_{50} 2680mg/kg，小鼠急性经口 LD_{50}＞5000mg/kg，大鼠急性经皮 LD_{50}＞2000mg/kg，大鼠急性吸入 LC_{50}(4h)＞5.2mg/L 空气。大鼠两年饲喂试验的无作用剂量为 533mg/kg 饲料，无致癌性。鹌鹑急性经口 LD_{50}＞2000mg/kg。鲤鱼、鳟鱼 LC_{50}（96h）＞100mg/L，对蜜蜂无毒。

作用机理 二氯喹啉酸是一种激素型除草剂，作用靶标为植物体内的合成激素，通过干扰植物激素调节的酶的活性，使生物体生长、代谢不能正常进行，出现叶子变小、扭曲、颜色加深、生物量减少，严重者枯萎坏死，直至整株死亡而达到除草的目的。

防治对象 可有效防除稗草、田皂角、田菁和其它杂草。

2. 载体和助剂

（1）载体 硅藻土、高岭土、白炭黑、轻质碳酸钙、凹凸棒土、活性白土；

（2）助剂 十二烷基硫酸钠、十二烷基磺酸钠、NNO、木质素磺酸钠、聚乙烯吡咯烷酮、三聚磷酸钠；

（3）其它 无水碳酸钠、柠檬酸、硬脂酸镁、乳糖、水。

3. 实验仪器

天平（精确至 0.01g）、研钵、秒表、药匙、滤纸、具塞磨口量筒（250mL）、烧杯（250mL）、玻璃棒、胶头滴管、自封袋（5 号）、高速万能粉碎机、气流粉碎机、单冲压片机、电热恒温干燥箱。

三、实验内容

本实验主要内容是采用润湿剂、分散剂、崩解剂和载体配制 25％二氯喹啉酸泡腾片剂，并测定其质量控制指标。实验具体步骤如下。

1. 拟订配方

（1）载体的筛选 根据二氯喹啉酸原药的理化性质、制剂中有效成分含量的高低和载体的性能，选择合适的载体。

（2）助剂的筛选

① 润湿剂的筛选。润湿剂在农药固体制剂中的作用不仅是保证产品遇水时能够被快速润湿，而且要能够协助分散剂与原药粒子迅速结合，从而保证产品获得理

想的润湿性能、崩解性能、悬浮性能。采用试验法选择合适的润湿剂品种及用量，润湿剂的用量通常为 2%～3%。

② 分散剂的筛选。选择合适的分散剂，能够阻止固液分散体系中固体粒子的相互聚集，并使固体微粒在液相中能够较长时间地保持均匀分布的状态。根据实验材料中所提供的分散剂选择其中一种或几种，分散剂的用量通常为 2%～6%。

③ 其它辅助剂的筛选。根据不同的原药及制剂含量，选择合适的崩解剂、助崩解剂、黏结剂、稳定剂等，以制备出理化性能合格、药效好的泡腾片剂。

2. 小样的配制

根据拟订的不同载体、助剂，进行不同配方的小样加工试制，以测定泡腾片剂样品的理化性能，以此确定性能优良、价格低廉的配方。具体操作步骤如下：

按配方要求，分别称取一定比例的二氯喹啉酸原药、润湿剂、分散剂、其它辅助剂和载体共计 50g 样品，将样品先在研钵中初步磨细、混匀，然后分别于小型高速万能粉碎机中粉碎大约 1min，气流粉碎机中粉碎，制成 25% 二氯喹啉酸粉剂。将粉剂加入黏结剂水溶液，搅拌均匀，干燥，筛分。合格粒子进入压片机压片。

四、泡腾片剂物理性能的测定

1. 水分

按 GB/T 1600—2001 中方法进行。

2. pH 值的测定

用 pH 计测定。

3. 崩解时间

在 7min 内完全分散。

4. 溶解度和溶液稳定性

75μm 试验筛上残留量最大（5min 后）：<5%；

75μm 试验筛上残留量最大（18h 后）：<10%。

5. 湿筛试验

最大值：过 75μm 试验筛，残余物最大为 2%。

6. 持久泡沫量

1min 后，泡沫量不应超过 25mL。

7. 片剂的完整性

最大破损度：<10%（松散包装片剂）；

最大破损度：<5%（紧密包装片剂）。

8. 贮存稳定性

制剂在 54℃±2℃，14d 后，测得的平均有效成分含量应不低于热贮前检测值的 95%。

五、结果分析与讨论

1. 影响泡腾片剂崩解性能的因素有哪些?
2. 不同压片方法的优缺点是什么?
3. 泡腾片剂与水分散粒剂的区别是什么?
4. 片剂的完整性受哪些因素的影响?

第十二章 可溶液剂

一、概述

可溶液剂（soluble concentrace，SL）是用水稀释后有效成分形成真溶液的均相液体制剂。SL 是农药最基本剂型之一，在每一个国家里都占有相当的份额。在国外，1992～1993 年间，英国此剂型的销售额占整个农药的 17%，美国占 16%，法国占 13%。很多品种都在万吨以上。在中国登记注册的有 41%农达，20%百草枯，48%排草丹，5%普施特，25%虎威，24%万灵，30%土菌消等 30 多个制剂品种。有相当的吨位在中国推广，而且逐年扩大。中国加入 WTO 后，这些品种推广的速度更快。

SL 在中国也占有相当的份额，其比例一直在 15%～20%之间，在人们提高环保意识下，更重视以水为基质的"绿色制剂"，该剂型的发展空间会更宽阔。

二、配制技术

1. SL 的组成和基本要求

SL 的基本组成包括三部分：活性物质（农药有效成分）、溶剂（水或其它有机物）、助剂（表面活性物质以及增效剂、稳定剂等）。

SL 剂型的外观是透明的均一液体，用水稀释后活性物质以分子状态或离子状态存在，且稀释液仍是均一透明的液体。它的表面张力，无论是 1%的水溶液，还是使用浓度的水溶液，都要求在 50mN/m 以下。产品常温存放两年，液体不分层、不变质，仍保持原有的物理化学性质以保证药效的发挥。

2. SL 的配制技术

水剂（aqueous solution，AS）是有效成分及助剂的溶液制剂，它是 SL 的一种形式。凡是能溶于水的活性物质都可以直接制成 AS，例如，杀虫剂敌百虫，它的原药本为固体，由于它水溶性好（室温下水中溶解度为 15%），所以在最初使用时，直接兑水（约 1000 倍），防治各种作物、蔬菜、果树上害虫，后来才逐渐把它加工成乳油、粉剂、可湿性粉剂、颗粒剂等剂型。杀菌剂硫酸铜，20℃时 100g 水中可溶解 200g，所以可直接兑水防治水稻乱秧病、棉腐病、青苔以及马铃薯晚疫病、黄瓜霜霉病等；除草剂氯酸钠，原药为固体，使用时直接用水稀释成水剂用于灭生性除草。以上举的例子，原药都是固体形状的。而有些药剂，虽然可以得到固体形状的，但由于原药本身吸潮，不易存放，或其它原因，故将原药直接制成水剂。如 40％甲醛 AS，45％代森铵 AS，30％福美铵 AS，20％克无踪 AS，20％草铵膦 AS，40％、50％乙烯利 AS，50％矮壮素 AS 以及 18％杀虫双 AS 等。

很多农药，本身难溶于水，或溶解度很低，那么，如何配制成 SL 呢？归纳起来，有两种方法，一种是物理方法，另一种是化学方法。所谓物理方法，就是根据农药有效成分的物理特性及各官能团的结构组成，来寻找它的溶解介质，再利用增溶作用、助溶作用及其助剂功能配制成 SL；所谓化学方法就是改变农药有效成分结构，增大在介质中的溶解度，常用的方法是将其有效成分制成盐类（或盐化）或引入可溶性官能团如—SO_3Na 等。当然，在实践中，两种方法是密切相关的。

例如：草甘膦原药为白色晶体，含量一般大于 95％，国外水剂含量为 41％，国内规格有 10％和 41％的。但草甘膦 25℃下水中溶解度仅 1.2％。为了提高水中溶解度，必须将草甘膦酸变成盐才能达到目的。为了充分发挥药效，草甘膦水剂中加有相当量的助剂，其助剂品种较多，我国多数用含氮助剂和 UC-12 类助剂。

吡虫啉是一个较理想的超高效内吸性杀虫剂，尤其对刺吸式口器害虫有特效，国外主要有 WP、EC、SC、GR、WS、FS、SL 等类型。其中 SL 含量高达 20％，商品名为康福多。吡虫啉虽然在水中溶解度很低（20℃时 0.61g/L），但在极性溶剂中有较高的溶解度，因此，它可以配制 SL。

三、加工工艺

1. 加工过程

SL 的加工过程虽然简单，但它既有化学过程又有物理过程。所谓化学过程，就是某些药剂在水中溶解度很低，为了加工出较高浓度的 SL，首先将它与碱（酸）反应生成可溶性盐或磺化物。所谓物理过程就是按配方要求将各种原料配在一起搅拌均匀成透明溶液，然后检验含量等指标，如果不合格需经适当调制，达到指标要求，便可成为产品。

2. 主要设备

（1）配制釜　带有夹套的搪瓷反应釜或不锈钢反应釜，釜上装有电机、变速器、搅拌器、冷凝器。

（2）过滤器　真空抽滤器，也可用碳钢制的管道压滤器或陶瓷压滤器。

（3）真空泵　水冲泵、水环泵、机械泵皆可用。

（4）计量槽　碳钢或不锈钢材质。

（5）贮槽　碳钢或不锈钢材质。

（6）冷凝器　石墨或玻璃材质。

3. 配制要点

（1）原料规格检验　投料前首先将主要原料进行检验，如原药含量，根据含量准确投料，一般投料量要求高于规定值 0.2%～0.5%，这样一方面能保证质量，另一方面保证产品的最后调配。有些可溶液剂对水分要求严格，如 20% 吡虫啉 SL，水分多了含量不达标，而且产品易出现浑浊或有结晶析出。为此，生产投料前先按配方配出小样，小样各项指标合格，说明各种原料也基本合格。

（2）配制釜的装料系数一般不要超过 80%　配制 SL 虽不像化学反应那样剧烈，但有时，某些助剂在搅拌下出现泡沫，如果不留有余地会"跑锅"，造成浪费，产生污染。

（3）开车检查　开车前，整个流程设备要细致检查，按规程操作，防止跑冒滴漏。

（4）过滤　有些产品配制很容易，没有任何不溶物，但仍需过滤，主要防止设备流程过程中夹带有意外杂质或机械杂质。但有些产品，由于原料等多种原因，配制出的产品有絮状物或者不溶的杂质、不溶的油状物，必须要严格过滤（甚至有时用助滤剂硅藻土/活性炭等），以保证产品清澈透明。

（5）包装　不管是人工包装，还是机械包装，关键是不同的产品选用合适的包装材料，任何产品都可选用玻璃瓶（包括安瓿瓶），因为它耐腐蚀，但瓶体重，易破碎，所以很多厂家都改用塑料瓶。一般聚氯乙烯类由于不耐有机溶剂腐蚀，因此逐渐被淘汰，而选用聚酯瓶。

四、理论基础

1. 溶解机理

SL 的基本特征是溶质在溶液中呈分子或离子状态存在，也就是说，溶质必须溶解在溶剂中。从理论上讲，溶解就是溶质分子间的引力在小于溶质和溶剂间分子的引力的情况下，溶质均匀地分散在溶剂中的过程。其影响因素很多，一般认为与溶解过程有关的因素大致有：①相同分子或原子间的引力与不同分子或原子间的相互关系（主要是范德华引力）；②分子的极性引起的分子缔合程度；③分子复合物的生成；④溶剂化作用；⑤溶剂、溶质的相对分子质量；⑥活性基团。

一般来说，化学组成类似的物质相互容易溶解。极性与极性物质容易溶解，非极性与非极性物质容易溶解。就是"相似相溶"，所谓相似是指极性程度相似，所谓相溶是指极性相似的溶质溶解在极性相似的溶剂中。由于各种物质的极性程度不同，则在另一种极性物质中溶解的多少也不同。物质极性大小用介电常数与偶极矩表示。介电常数（ε）是表示电解质在电场中贮存静电能的相对能力，即 $\varepsilon = C/C_0$。C 为同一电容器中用某一物质作为电介质时的电容，C_0 为真空时的电容。介电常数愈小，绝缘性能愈好，极性愈小，反之极性愈大。也就是说，极性大的为极性溶剂，极性小的为弱极性溶剂或非极性溶剂。根据介电常数的测定可求出分子的偶极矩。所以，偶极矩的大小表示分子极化程度的大小。根据极性相似的物质相互容易溶解的规则，在溶剂的选择应用时，偶极矩亦是一个重要的参考因素。

一般来说极性溶剂介电常数大，非极性溶剂介电常数小，其规律见表12-1。

表 12-1　常用溶剂的介电常数

溶剂名称	介电常数（测定温度）	溶剂名称	介电常数（测定温度）
戊烷	1.844(20℃)	辛烷	1.984(25℃)
己烷	1.890(20℃)	环己烷	2.052(20℃)
庚烷	1.924(25℃)	二噁烷	2.209(25℃)
四氯化碳	2.238(20℃)	乙二醇-甲醚	16.93(25℃)
甲苯	2.24(20℃)	丁醇	17.1(25℃)
邻二甲苯	2.266(20℃)	液态二氧化硫	17.4(−19℃)
对二甲苯	2.270(20℃)	环己酮	18.3(20℃)
苯	2.283(20℃)	异丙醇	18.3(25℃)
间二甲苯	2.374(20℃)	丁酮	18.51(20℃)
二硫化碳	2.641(20℃)	乙(酸)酐	20.7(19℃)
苯酚	2.94(20℃)	丙酮	20.70(25℃)
三氯乙烯	3.409(20℃)	液氨	22(−34℃)
乙醚	4.197(26.9℃)	乙醇	23.8(25℃)
氯仿	4.9(20℃)	硝基乙烷	28.06(30℃)
乙酸丁酯	5.01(20℃)	六甲基磷酸三酰胺	29.6(20℃)
N,N-二甲基苯胺	5.1(20℃)	乙二醇-乙醚	29.6(24℃)
二甲胺	5.26(25℃)	丙腈	29.7(20℃)
乙二醇二甲醚	5.50(25℃)	二甘醇	31.69(20℃)
氯苯	5.649(20℃)	1,2-丙二醇	32.0(20℃)
乙酸乙酯	6.02(20℃)	N-甲基吡咯烷酮	32.0(25℃)
乙酸	6.15(20℃)	甲醇	33.1(25℃)
吗啉	7.42(25℃)	硝基苯	34.82(25℃)
1,1,1-三氯乙烷	7.53(20℃)	硝基甲烷	35.87(30℃)
四氢呋喃	7.58(25℃)	N,N-二甲基甲酰胺	36.71(25℃)
三氟代乙酸	8.55(20℃)	乙腈	37.5(20℃)
喹啉	8.704(25℃)	N,N-二甲基乙酰胺	37.78(25℃)
二氯甲烷	9.1(20℃)	糠醛	38(25℃)
对甲酚	9.91(58℃)	乙二醇	38.66(20℃)
1,2-氯乙烷	10.45(20℃)	甘油	42.5(25℃)
1,1-二氯乙烷	10.9(20℃)	环丁砜	43.3(30℃)
甲胺	11.41(−10℃)	二甲基亚砜	48.9(20℃)
邻甲酚	11.5(25℃)	丁二腈	56.6(57.4℃)
间甲酚	11.8(25℃)	乙酰胺	59(83℃)
吡啶	12.3(25℃)	水	80.103(20℃)
乙二胺	12.9(20℃)	乙二醇碳酸酯	89.6(40℃)
苄醇	13.1(20℃)	甲酰胺	111.0(20℃)
4-甲基-2-戊酮	13.11(20℃)	N-甲基甲酰胺	182.4(25℃)
环己醇	15.0(25℃)		

按照极性大小，溶剂可分为极性溶剂和非极性溶剂，而极性溶剂又可分为强极性溶剂和半极性溶剂。

（1）**极性溶剂的溶解**　在极性溶剂中，水是最常用的溶剂，随着人们对环保意识的提高，配制绿色制剂时，水是首选溶剂。水是极性较强的介电常数大的溶剂，它的极性为什么这么大？这是由水分子结构所决定的。水分子是由两个氢原子和一个氧原子组成的，其中 2 个氢与氧形成两个 O—H 键，而两个 O—H 键互成 104.5°的 V 形。氧的电负性相当高，共用电子强烈偏向氧的一边，使其带有负电荷；而氢原子显示出较强的电正性，使其带正电荷，形成了偶极分子。由于水的这种极性，大大减弱了电解质中带相反电荷离子间的吸引力。根据 Coulmb 定律：$F = q_1 q_2 / (\varepsilon r^2)$，式中，$F$ 为正负离子（溶质）间静电引力，q_1 和 q_2 分别为两种离子的电荷，r 是离子间距离，ε 是介电常数。显然溶剂（水）介电常数值越大，其离子间的引力就越小，所以水的偶极分子对溶质的引力，远大于溶质分子本身离子间的结合力，使其溶质分子溶于水溶剂中，这就是水能溶解各种盐类或其它电解质的基本原因，而且很多溶质在水中的溶解度无限大。有机农药除草剂 2 甲 4 氯和 2,4-滴都是苯氧乙酸类。它们的酸在水中溶解度很低，但是制成 2 甲 4 氯钠盐和 2,4-滴钠盐后，在水中的溶解度大大增加，因此可以制成各种不同浓度的水剂。除钠盐外，亦可制成胺盐、二甲胺盐或乙醇胺盐等。

对于其它极性溶质，如有机酸、糖类、低级酯类、醛类、胺类、酰胺类等，在极性溶剂中，通过偶极作用，特别是通过氢键作用，使之溶解。水之所以能溶解上述物质，主要是通过溶质分子（非极性部分不大）的极性基团与水偶极分子形成氢键，使其水化而溶解。

但是，溶质分子中非极性部分对氢键形成有障碍作用，因为它能遮住极性基团，使水分子不容易接近，非极性基团部分越大，障碍作用也越大。例如，含三个碳原子以下的烷醇和叔丁醇在 25℃下可以与水混溶，正丁醇在水中溶解度仅 8％左右，含 6 个碳原子以上的伯醇的溶解度在 1％以下，高级烷醇几乎完全不溶于水。

有些溶剂如甲醇、乙醇、丙酮等，其极性介于典型的极性溶剂和典型的非极性溶剂之间，称为半极性溶剂。这类极性溶剂由于对非极性溶质分子具有诱导作用，而使非极性溶质分子产生某种程度的极性。具体来说，半极性溶剂本身具有一定程度的不重合正负电中心，当非极性溶质与它靠近时，在弱极性分子电场的诱导下，非极性溶质分子中原来重合的正负电中心被极化，这样溶剂分子和溶质分子保持着异极相邻状态，在它们之间由此而产生了吸引作用，减弱了非极性溶质的内聚力而使其溶解。诱导作用大小除了与距离有关外，还与极性溶剂的偶极矩和非极性溶质的极化率有关：极性溶剂的偶极矩愈大，被诱导而"两极分化"愈显著，产生的诱导作用愈强。例如苯，因为极化率大而能在醇中溶解。半极性溶剂可以做中间溶剂，使极性溶体与非极性液体混溶。例如丙酮（起助溶作用）能增加乙醚在水中的溶解度。溶剂的这些特性，对配制农药液剂都起着重要的指导作用。

（2）**非极性溶剂的溶解**　根据相似者相溶的规律，一般非极性溶剂能溶解非极性溶质，其溶解的原理是通过色散作用。所谓色散作用，就是两个非极性分子之间产生的吸引作用。非极性物质的分子，虽然在一段时间内大体上看来分子的正、负电中心是重合的，表现出非极性，但是，分子中的电子和原子核是在不停地运动着，运动过程中，它们会发生瞬时相对位移，表现出分子的正、负电中心不重合，形成了瞬时偶极。当两个非极性分子靠得很近时，两个分子的电中心处于异极相邻状态，于是两个分子之间产生了吸引作用，即色散作用。当溶剂与溶质分子之间的吸引力超过了溶质本身分子间的内聚力时，则溶质溶解于溶剂之中。溶剂与溶质分子之间的吸引力是很小的，远不如极性溶剂与离子型溶质之间的离子吸引力，不如极性物质之间形成的氢键及其极性溶质本身的内聚力，所以，一般来说，非极性物质不能溶解在极性物质中。如果让非极性物质提高在极性物质中的溶解度，则需加助溶剂或者增溶剂才行。

（3）复合溶剂　复合溶剂是指两种或两种以上的溶剂，混合后能成为真溶液，由于各自溶剂的极性不同，它们混合后也有不同的极性，多数都具有提高溶质的溶解度的功能。因此它能适应各种不同极性溶质、弱电解质和非极性溶质的溶解。水与很多极性溶剂和半极性溶剂相溶，有的在水中溶解度可任意大。溶剂与水的相溶性及其它物理常数，对于配制可溶液剂具有重要的参考价值。例如在配制杀虫单与锐劲特可溶性制剂时，首先考虑如何选择溶剂。杀虫单的结构中有两个亲水基，所以在水中的溶解度非常大，另外还溶于工业乙醇，而在其它溶剂中溶解度就很小。因此选水做溶剂比较合适，但是锐劲特的化学结构为：

其原药为白色粉末，25℃时在水中的溶解度仅为 0.2g/L，但在丙酮、环己酮中有较大的溶解度，丙酮与水互溶而环己酮在水中溶解度很低，而在乙醇中溶解度较高，因此，在选用环己酮做第二种溶剂时，还得加入第三种溶剂乙醇才行。当然也可以选用二甲基甲酰胺、二甲基亚砜做第二种溶剂，然后再通过冷贮、热贮等试验来验证配方的可行性及可靠性。

2. 增溶方法与机理

很多农药在相应的溶剂中具有足够的溶解度，能顺利地制成一定含量的、稳定的、均一的真溶液。但也有不少农药，在相应的溶剂中，即使是饱和溶液也不能达到要求的浓度。有些农药在某些溶剂中的溶解度能够达到要求，但由于溶剂的性能、挥发度、黏度、闪点、毒性等又满足不了绿色制剂要求，因此，可选择的溶剂受到了限制。如果几种溶剂都满足不了要配制的溶解度，那么选择增加溶解度的方法，就显得尤为重要。一般来说，增加溶解度的方法有：助溶作用、改变部分化学结构、增溶作用。

（1）助溶作用　在农药制剂加工中，很多制剂使用一种溶剂就足够。但也有很多制剂，只用一种溶剂（主溶剂）往往不能达到要求的浓度；有的制剂用一种溶剂，虽然溶解度足够，但经冷贮后出现结晶析出，热贮后出现分层；个别农药，由于质量不高，其中的杂质会影响制剂的性能和质量，例如出现絮状物质，这时需要考虑加入第二种溶剂。由于第二种溶剂的加入（一般加量不大），增大了农药（溶质）溶解度，提高了制剂的质量，特别是低温稳定性，这种作用为助溶作用，这第二种溶剂为助溶剂，也叫共溶剂。助溶剂与混合溶剂不一样，因为助溶剂有它特殊的增加溶解度的机理。

助溶剂除在配制制剂中得到应用外，还应用在助剂上，在改进配制乳化剂质量研究中，为了减少和消除非/阴离子复配乳化剂及所制的制剂存放时出现分层、沉淀及生成絮状物等现象，往往采用适当的助溶剂也很有效。例如二甲基甲酰胺3%～5%可基本消除农乳656、657、1656和4657型乳化剂中的沉淀和絮状物。用一缩乙二醇和 N-甲基吡咯烷酮也有一定效果。

助溶剂的助溶机理随着溶质和助溶剂的性质不同而不同，而且溶解机理是复杂的，但不少研究证明，很多有机物的助溶机理大多数是溶质与助溶剂形成了络合物，而且这种络合物不是稳定的结合，而是可逆的，所以不影响溶质原有的特性。例如，碘溶液中的碘本来在水溶液中溶解度极微，可是在助溶剂碘化钾的作用下，二者形成络合物而溶解。

常用的助溶剂很多，一般分为两类：一类是某些有机酸的钠盐，如苯甲酸钠、水杨酸钠、枸橼酸钠、对羟基苯甲酸钠、对氨基苯甲酸钠、氯化钠等；另一类是某些酰胺，如烟酰胺、异烟酰胺、乙酰胺、乙二胺、脂肪胺以及尿素等。

（2）改变部分化学结构 改变部分化学结构的目的，是要溶质（农药）增加在水中或极性溶剂中的溶解度，以便容易地配制所需规格的可溶液剂。但不管怎样改变结构，必须要坚持一个前提，就是不能降低原来农药的活性。

草甘膦是有机磷类氨基酸除草剂，虽然是氨基酸，但水溶解度仅为1.2%（20℃），若配制41%草甘膦水剂，显然是不可能的。因此，必须把酸改变成盐才行。草甘膦制成盐后，大大提高了溶解度，异丙胺盐、钠盐为500g/L，胺盐为300g/L，而钙盐仅30g/L。成盐的物质有氢氧化钠、氢氧化钾、碳酸钠、碳酸铵、氨水（氢氧化铵）等无机物，以及乙二胺、乙醇胺、异丙胺等有机物。草甘膦水剂有钠盐、铵盐和异丙胺盐，其除草活性顺序为异丙胺盐＞铵盐＞钠盐。国内生产的草甘膦有各种不同浓度，主要有10%草甘膦钠盐（钠盐最经济）和41%草甘膦异丙胺盐。不同的金属离子，对其草甘膦的活性有着不同的影响，如果草甘膦制剂中或它的水稀释剂中含有 Ca^{2+}、Mg^{2+}、Fe^{2+}，将会降低药效，而且随着离子浓度的增加，降低药效更明显，见表12-2。

有些农药虽然没有羧酸基，但有一定的电负性，也能制成盐类，如把稀禾定制成铵盐，苯达松制成钠盐，各自都能发挥药效。可是二者复配以后，则稀禾定失去了药效，其原因就是 NH_4^+ 与 Na^+ 发生了离子交换，使稀禾定变成了钠盐。

表 12-2 水的硬度对草甘膦[①] (600mg/L) 生物活性的影响

水的硬度 /(mg/L)	(NH₄)₂SO₄ 的浓度 /(mg/L)	鲜重抑制率 /%	水的硬度 /(mg/L)	(NH₄)₂SO₄ 的浓度 /(mg/L)	鲜重抑制率 /%
0	0	78.3	0	12.0	91.6
34.2	0	77.8	34.2	12.0	91.5
109.4	0	73.3	109.5	12.0	90.7
342.0	0	65.3	342.0	12.0	87.6
1.09×10^3	0	50.2	1.09×10^3	12.0	90.5
3.42×10^3	0	27.5	3.42×10^3	12.0	89.5

① 靶标对象：空心莲子草，草甘膦为孟山都的 41% 异丙胺盐。

也有些农药由于结构上的特点，显出弱碱性，因此，它能与酸性化合物成盐而提高溶解度。例如，多菌灵杀菌剂，由于结构中含有咪唑氨基，显出弱碱性，所以它能与无机酸或有机酸形成相应的盐，而提高了在水中的溶解度。

(3) 增溶作用 增溶作用也叫加溶作用、可溶化作用，其定义是指某些物质，在表面活性剂作用下，在溶剂中的溶解度显著增加的现象。具有增溶作用的表面活性剂称为增溶剂，可溶化的液体或固体的某些物质称为增溶物（被增溶物）。在农药加工制剂中，增溶剂是农药用的表面活性剂及它们的复合物，增溶物是农药的有效成分和其它助剂组分。农用表面活性剂是否有增溶作用，受多种因素的影响，主要取决于化学结构和浓度，以及增溶物的性质及环境条件。从理论上讲，表面活性剂都有增溶作用。但在现有的农药制剂加工条件下，只有部分表面活性剂对部分农药及其配方中的组分表现出增溶作用，并且增溶效果也不一样。但有一个基本条件是增溶剂的浓度必须高于临界胶束浓度（cmc）。原因是表面活性剂的增溶作用建立在它的胶束（胶团）结构形成的基础上。表面活性剂的 cmc 都很小，一般在 0.001～0.002mol/L。一些表面活性剂的 cmc 见表 12-3。

cmc 是形成胶束的起点，其浓度高于 cmc 才能形成各种形态的胶束，如球形、扁球形、棒状形、层状形等。

胶束形态取决于表面活性剂的几何形式，特别是亲水基和疏水基在溶液中各自横截面积的相对大小。一般规律为：①亲水基小的分子，有两个疏水基的表面活性剂易形成层状胶束或反胶束［在非水溶液中疏水基构成外层，亲水基（常带有少量水）聚集在一起形成内核，叫做反胶束］；②具有单链疏水基和较大亲水基的分子或离子的，易于形成球形胶束；③具有单链疏水基和较小亲水基的分子或离子的，易于形成棒状胶束；④加电解质于离子型表面活性剂水溶液中，将促使形成棒状胶束。

对于农药液剂，有了这些胶束，才能把没有溶完的溶质或其它不易溶解的助剂再溶进胶束中，使制剂变得清澈透明。

① 增溶机理。众所周知，表面活性剂是两亲分子，它是由亲油基的非极性基团、亲水基的极性基团两部分构成的，有些分子，如甲酸、乙酸、丙酸、丁酸，虽

表 12-3　一些表面活性剂的临界胶束浓度（cmc）

序号	化 合 物	温度/℃	cmc/(mol/L)
1	$C_{11}H_{23}COONa$	25	2.6×10^{-2}
2	$C_{12}H_{25}COOK$	25	2.5×10^{-2}
3	$C_{15}H_{31}COOK$	50	2.2×10^{-3}
4	$C_{17}H_{35}COOK$	55	4.5×10^{-4}
5	$C_{17}H_{33}COOK$（油酸钾）	50	1.2×10^{-2}
6	松香酸钾	25	1.2×10^{-2}
7	$C_8H_{17}SO_4Na$	40	1.4×10^{-1}
8	$C_{10}H_{21}SO_4Na$	40	3.3×10^{-2}
9	$C_{12}H_{25}SO_4Na$	40	8.7×10^{-3}
10	$C_{14}H_{29}SO_4Na$	40	2.4×10^{-3}
11	$C_{15}H_{31}SO_4Na$	40	1.2×10^{-3}
12	$C_{16}H_{33}SO_4Na$	40	5.8×10^{-4}
13	$C_8H_{17}SO_3Na$	40	1.6×10^{-1}
14	$C_{10}H_{21}SO_3Na$	40	4.1×10^{-2}
15	$C_{12}H_{25}SO_3Na$	40	9.7×10^{-3}
16	$C_{14}H_{29}SO_3Na$	40	2.5×10^{-3}
17	$C_{16}H_{33}SO_3Na$	50	7×10^{-4}
18	$\rho\text{-}n\text{-}C_6H_{13}C_6H_4SO_3Na$	75	3.7×10^{-2}
19	$\rho\text{-}n\text{-}C_7H_{15}C_6H_4SO_3Na$	75	2.1×10^{-2}
20	$\rho\text{-}n\text{-}C_8H_{17}C_6H_4SO_3Na$	35	1.5×10^{-2}
21	$\rho\text{-}n\text{-}C_{10}H_{21}C_6H_4SO_3Na$	50	3.1×10^{-3}
22	$\rho\text{-}n\text{-}C_{12}H_{25}C_6H_4SO_3Na$	60	1.2×10^{-2}
23	$\rho\text{-}n\text{-}C_{14}H_{29}C_6H_4SO_3Na$	75	6.6×10^{-4}
24	$C_{12}H_{25}NH_2 \cdot HCl$	30	1.4×10^{-2}
25	$C_{16}H_{33}NH_2 \cdot HCl$	55	8.5×10^{-4}
26	$C_{18}H_{37}NH_2 \cdot HCl$	60	5.5×10^{-4}
27	$C_8H_{17}N(CH_3)_3Br$	25	2.6×10^{-1}
28	$C_{10}H_{21}N(CH_3)_3Br$	25	6.8×10^{-2}
29	$C_{12}H_{25}N(CH_3)_3Br$	25	1.6×10^{-2}
30	$C_{14}H_{29}N(CH_3)_3Br$	30	2.1×10^{-3}
31	$C_{16}H_{33}N(CH_3)_3Br$	25	9.2×10^{-4}
32	$C_{12}H_{25}(NC_5H_5)_5Cl$	25	1.5×10^{-2}
33	$C_{14}H_{29}(NC_5H_5)_5Br$	30	2.6×10^{-3}
34	$C_{16}H_{33}(NC_5H_5)_5Cl$	25	9.0×10^{-4}
35	$C_{18}H_{37}(NC_5H_5)_5Cl$	25	2.4×10^{-4}
36	$C_8H_{17}N^+(CH_3)_2CH_2COO^-$	27	2.5×10^{-1}
37	$C_8H_{17}(COO^-)N^+(CH_3)_3$	27	9.7×10^{-2}
38	$C_8H_{17}CH(COO^-)N^+(CH_3)_3$	60	2.6×10^{-2}
39	$C_{10}H_{21}CH(COO^-)N^+(CH_3)_3$	27	1.3×10^{-2}
40	$C_{12}H_{25}CH(COO^-)N^+(CH_3)_3$	27	1.3×10^{-3}
41	$C_6H_{13}(OC_2H_4)_6OH$	20	7.4×10^{-2}
42	$C_6H_{13}(OC_2H_4)_6OH$	40	5.2×10^{-2}
43	$C_8H_{17}(OC_2H_4)_6OH$	—	9.9×10^{-3}
44	$C_{10}H_{21}(OC_2H_4)_6OH$	—	9×10^{-4}
45	$C_{12}H_{25}(OC_2H_4)_6OH$	—	8.7×10^{-5}

续表

序号	化 合 物	温度/℃	cmc/(mol/L)
46	$C_{14}H_{29}(OC_2H_4)_6OH$	—	$1.0×10^{-5}$
47	$C_{16}H_{33}(OC_2H_4)_6OH$	—	$1×10^{-6}$
48	$C_{12}H_{25}(OC_2H_4)_6OH$	25	$4×10^{-5}$
49	$C_{12}H_{25}(OC_2H_4)_7OH$	25	$5×10^{-5}$
50	$C_{12}H_{25}(OC_2H_4)_9OH$	—	$1×10^{-4}$
51	$C_{12}H_{25}(OC_2H_4)_{12}OH$	—	$1.4×10^{-4}$
52	$C_{12}H_{25}(OC_2H_4)_{14}OH$	25	$5.5×10^{-4}$
53	$C_{12}H_{25}(OC_2H_4)_{23}OH$	25	$6.0×10^{-4}$
54	$C_{12}H_{25}(OC_2H_4)_{21}OH$	20	$8.0×10^{-4}$
55	$C_{16}H_{33}(OC_2H_4)_7OH$	25	$1.7×10^{-6}$
56	$C_{16}H_{33}(OC_2H_4)_9OH$	25	$2.1×10^{-6}$
57	$C_{16}H_{33}(OC_2H_4)_{12}OH$	25	$2.3×10^{-6}$
58	$C_{16}H_{33}(OC_2H_4)_{15}OH$	25	$3.1×10^{-6}$
59	$C_{16}H_{33}(OC_2H_4)_{21}OH$	25	$3.9×10^{-6}$
60	$\rho\text{-}t\text{-}C_8H_{17}C_6H_4O(C_2H_4)_2H$	25	$1.3×10^{-4}$
61	$\rho\text{-}t\text{-}C_8H_{17}C_6H_4O(C_2H_4)_3H$	25	$9.7×10^{-5}$
62	$\rho\text{-}t\text{-}C_8H_{17}C_6H_4O(C_2H_4)_4H$	25	$1.3×10^{-4}$
63	$\rho\text{-}t\text{-}C_8H_{17}C_6H_4O(C_2H_4)_5H$	25	$1.5×10^{-4}$
64	$\rho\text{-}t\text{-}C_8H_{17}C_6H_4O(C_2H_4)_6H$	25	$2.1×10^{-4}$
65	$\rho\text{-}t\text{-}C_8H_{17}C_6H_4O(C_2H_4)_7H$	25	$2.5×10^{-4}$
66	$\rho\text{-}t\text{-}C_8H_{17}C_6H_4O(C_2H_4)_8H$	25	$2.8×10^{-4}$
67	$\rho\text{-}t\text{-}C_8H_{17}C_6H_4O(C_2H_4)_9H$	25	$3.0×10^{-4}$
68	$\rho\text{-}t\text{-}C_8H_{17}C_6H_4O(C_2H_4)_{10}H$	25	$3.3×10^{-4}$
69	$C_8H_{17}OCH(CHOH)_5$（辛基 β-D-葡萄糖苷）	25	$2.5×10^{-2}$
70	$C_{10}H_{21}OCH(CHOH)_5$	25	$2.2×10^{-3}$
71	$C_{12}H_{25}OCH(CHOH)_5$	25	$1.9×10^{-4}$
72	$C_6H_{13}[OCH_2CH(CH_3)]_2(OC_2H_4)_{9.9}OH$	20	$4.7×10^{-2}$
73	$C_6H_{13}[OCH_2CH(CH_3)]_3(OC_2H_4)_{9.7}OH$	20	$3.2×10^{-2}$
74	$C_7H_{15}[OCH_2CH(CH_3)]_4(OC_2H_4)_{9.9}OH$	20	$1.9×10^{-2}$
75	$C_6H_{13}[OCH_2CH(CH_3)]_3(OC_2H_4)_{9.7}OH$	20	$1.1×10^{-2}$
76	$n\text{-}C_{12}H_{25}N(CH_3)_2O$	27	$2.1×10^{-3}$
77	$C_9H_{19}C_6H_4O(C_2H_4O)_{9.5}OH①$	25	$(7.8～9.2)×10^{-3}$
78	$C_9H_{19}C_6H_4O(C_2H_4O)_{10.5}OH①$	25	$(7.5～9)×10^{-5}$
79	$C_9H_{19}C_6H_4O(C_2H_4O)_{15}OH①$	25	$(1.1～1.3)×10^{-4}$
80	$C_9H_{19}C_6H_4O(C_2H_4O)_{20}OH①$	25	$(1.35～1.75)×10^{-4}$
81	$C_9H_{19}C_6H_4O(C_2H_4O)_{30}OH①$	25	$(2.5～3.0)×10^{-4}$
82	$C_9H_{19}C_6H_4O(C_2H_4O)_{100}OH①$	25	$1.0×10^{-3}$
83	$C_9H_{19}COO(C_2H_4O)_{7.0}CH_3①$	27	$3.0×10^{-4}$
84	$C_9H_{19}COO(C_2H_4O)_{10.3}CH_3①$	27	$1.05×10^{-5}$
85	$C_9H_{19}COO(C_2H_4O)_{11.3}CH_3①$	27	$1.4×10^{-5}$
86	$C_9H_{19}COO(C_2H_4O)_{16.0}CH_3①$	27	$1.6×10^{-6}$
87	$(CH_3)_3SiO[Si(CH_3)_2O]Si(CH_3)_2-CH_2(C_2H_4O)_{8.2}CH_3$	25	$5.6×10^{-5}$
88	$(CH_3)_3SiO[Si(CH_3)_2O]Si(CH_3)_2-CH_2(C_2H_4O)_{12.2}CH_3$	25	$2.0×10^{-5}$
89	$(CH_3)_3SiO[Si(CH_3)_2O]Si(CH_3)_2-CH_2(C_2H_4O)_{17.3}CH_3$	25	$1.5×10^{-5}$
90	$(CH_3)_3SiO[Si(CH_3)_2O]_9Si(CH_3)_2-CH_2(C_2H_4O)_{17.3}CH_3$	25	$5.0×10^{-5}$

① 商品未经分子蒸馏提纯。

然也是两亲分子，但由于碳链很短，只能降低表面张力，没有表面活性剂特性。只有分子中疏水基（"尾巴"）足够大的两亲分子才能显示出表面活性剂的特性来。当溶液（指水溶液）中表面活性剂达到胶束浓度后，分子在胶束中定向排列，分子的亲水基伸入水中并与之缔合（溶剂化或水合）形成外层（极性区）；疏水基有序聚集在一起，指向内部形成内核（非极性区）。离子型表面活性剂胶束的外层包括两部分：一部分是表面活性离子由于表面活性剂的胶束具有上述特殊结构，为增溶物提供了从非极性到极性全过渡的良好"溶解"环境，使其不同的增溶物栖身于胶束中的不同位置。当然，增溶的能力是有限度的。当增溶物超过胶束内部允许限量时，则会发生浑浊现象。通过 X 射线衍射、紫外吸收光谱、核磁共振谱等方面研究，增溶方式有如下四种：a. 增溶于胶束的内核，主要适用非极性有机物的增溶。b. 增溶于胶束的定向表面活性剂分子之间，形成栅栏形式，主要适用于长链醇、胺、脂肪酸等极性的难溶有机物。被增溶物的疏水基朝向内核，亲水基朝向外层，整个分子夹在表面活性剂分子之中。c. 增溶（吸附）于胶束表面，即胶束与溶剂交界处。这类增溶物既不溶于水，也不溶于非极性溶剂，如二甲酸二甲酯、染料氯化频哪醇、碱性蕊香红 6G 等，由于它们还有点小极性，故被增溶（吸附）在交界处。d. 增溶于亲水基之间。多数非离子表面活性剂具有这种增溶形式。因为它的亲水基是聚氧乙烯链。随着聚乙烯个数的增多，链变得更长。因此，它的增溶量比起离子表面活性剂大得多，并且随着温度的上升，增溶量亦增加。

　　四种增溶方式，其中第四种增溶效果最显著，实际应用也最多。增溶方式取决于增溶物和增溶剂的化学结构，同时也受溶液的其它因素影响。实际上，上述四种增溶理论没有截然的分界，某一种增溶物增溶方式不一定是唯一的。所谓增溶物取决于某种增溶方式，是说它在胶束中存在的优选位置，并不说明不存在其它位置，也就是说，增溶物的增溶方式，以某种方式为主外，还有其它方式，即复合方式。例如，苯可以首先增溶于非离子表面活性剂胶束的极性外层，然后又进入胶束的栅栏层及内核。

　　② 影响增溶作用的因素。研究证明，HLB 值在 $15\sim18$ 范围内的表面活性剂有增溶作用。这项理论是选择增效剂和研究增溶作用与其化学结构关系的基础。

　　增溶作用的强弱与对增溶物被增溶的多少，除了与增溶剂和增溶物的化学结构有直接关系外，同时和整个溶液的组成及环境条件有关，具体影响因素如下。

　　a. 表面活性剂的结构。具有同样疏水基的不同类型表面活性剂的增溶能力，一般规律是非离子型＞阳离子型＞阴离子型。在同系表面活性剂中，碳氢链（疏水链或烷基链）长度增加，导致临界胶束浓度降低和聚集数变大，使非极性增溶物的增溶量变大；而且相同的疏水链，直链的比支链的增溶能力大。在非离子表面活性剂中，聚乙烯链（亲水链）随长度的增加，导致非极性增溶物的增溶量降低。

b. 增溶物的结构。增溶物结构、形状、大小、极性及碳链分支状况等都对增溶效果有明显影响。在指定的表面活性剂溶液中，最大的增溶量与增溶物的摩尔体积（分子大小）成反比；极性物比非极性物易于增溶；具有不饱和结构的或带有苯环结构的比饱和的烷基结构的增溶物易增溶，但萘环却相反；支链的比直链的增溶物虽然易于增溶，但二者差别不明显。

c. 无机电解质和有机添加物。在离子型表面活性剂溶液中，若表面活性剂浓度在临界胶束浓度附近，加入无机电解质会增加胶束聚集数〔缔合成一个胶束的表面活性剂分子（或离子）平均数〕和胶束体积，从而使烃类增溶物增溶量明显增加。例如含 0.001mol/L 的十六烷基吡啶水溶液中，加入 NaCl 浓度仅为 0.1mol/L，使增溶物偶氮苯的增溶量增加 10 倍，而且随 NaCl 的浓度增加（有限范围内）而增加。但对极性增溶物的增溶量却会减少。若表面活性剂浓度远大于临界胶束浓度，情况变得复杂了，例如引起胶束形态变化，可能使原来的球形变成棒状等，随之而来的胶束各个部分，内核、栅栏层、外层的体积和容量都会发生变化，因此对不同结构的增溶物的增溶量也发生了显著的变化，其变化规律尚待进一步研究。

在非离子表面活性剂溶液中，加入无机电解质，同样会使胶束的分子聚集数增大，使增溶物的增溶量增大，而且随电解质的浓度增加而增加。

在表面活性剂溶液中，添加少量的非极性有机物，有助于极性增溶物的增溶；反之，添加极性有机物，有助于非极性增溶物的增溶。

温度的高低直接影响增溶剂增溶能力的强弱。对于表面活性剂来说，温度的变化，导致了临界胶束浓度，胶束的形状、大小，甚至带电量的变化。另一方面，温度的变化使溶剂和溶质（增溶物）分子间相互作用改变，以致体系中表面活性剂和增溶物的溶解性质也发生了显著的变化。一般来说，温度升高，在离子型表面活性剂溶液中，可提高极性和非极性增溶物的增溶量；在非离子型表面活性剂溶液中，可提高非极性增溶物的增溶量，对极性增溶物，不仅可以提高，而且在某一温度时增溶量可达到最大值。

配制制剂的加料顺序也值得注意。一般先将增溶剂和增溶物混合、溶解，然后再加入溶剂稀释，会收到好的效果。例如，若将增溶物维生素 A 加到增溶剂的水溶液中不易达到平衡，其增溶量较少；但在相同条件下，将水加到事先溶解的增溶剂与增溶物混合液中去，其增溶量较大。

有些表面活性剂的增溶作用是十分明显的。例如，甲酚在水中的溶解度为 2%，当以肥皂作为增溶剂时，使甲酚的溶解度增加到 50%；农药氯霉素在水中的溶解度极小（25℃时 0.25%），当溶液中加入 20% Tween 80 后，溶解度可增大到 5%，增溶性好，制剂的性能（特别是稀释性能）亦好，而且助剂用量低，所以表面活性剂的增溶作用，广泛应用于可溶液剂、乳油、微乳剂、油悬剂、水悬剂等多种剂型中。

实验十二 可溶液剂的配制

可溶液剂是农药最基本的剂型之一，外观是均一、透明的液体，用水稀释后活性物质成分子状态或离子状态存在，且稀释液仍是均一透明的液体。

一、实验目的

1. 学习可溶液剂的制备及配方筛选；
2. 了解制备可溶液剂的常用溶剂、助溶剂及助剂种类；
3. 熟知可溶液剂的质量控制指标并掌握其测定方法；
4. 配制 5% 吡虫啉可溶液剂。

二、实验材料

1. 农药品种 吡虫啉

通用名称 imidacloprid

化学名称 1-(6-氯-3-吡啶基甲基)-N-硝基亚咪唑烷-2-基胺

结构式

分子式 $C_9H_{10}ClN_5O_2$

相对分子质量（按 1997 国际相对原子质量计） 255.7

理化性质 本品为无色结晶，熔点 143.8℃（晶型 1）、136.4℃（晶型 2），蒸气压 200mPa（20℃），溶解性（20℃）：水中 0.51gAI/L。

稳定性 在近中性条件下稳定。

毒性 大鼠（雄、雌）急性经口 LD_{50} 约 450mg/kg，大鼠（雄、雌）急性经口 LD_{50} 雌大白鼠＞5000mg/kg，大鼠急性吸入 LC_{50}（4h）＞5223mg/m³（粉剂）。对兔眼睛和皮肤无刺激作用，无致突变性、致畸性和致敏性。金色圆腹雅罗鱼 LC_{50}（96h）为 237mg/L，日本鹌鹑急性经口 LD_{50} 31mg/kg，蚯蚓 LC_{50} 10.7mg/kg 干土壤，水蚤 LC_{50}（24h 和 48h）＞32mgAI/L。

生物活性 杀虫

作用机理 本品属硝基亚甲基类内吸杀虫剂，是烟酸乙酰胆碱酯酶受体的作用体。

防治对象 用于防治刺吸式口器害虫，如蚜虫、叶蝉、飞虱、蓟马、粉虱及其抗性品系。对鞘翅目、双翅目和鳞翅目也有效。对线虫和红蜘蛛无活性。

2. 助剂

(1) 溶剂　二甲苯、甲苯。

(2) 助溶剂　甲醇、乙腈、DMF、DMSO。

(3) 助剂　NP-10、农乳 500、乳化剂 1#、乳化剂 2#。

3. 实验器材

电子天平（精确至 0.01g）、冰箱、DR-HW-1 型电热恒温水浴箱、DHG-9031A 型电热恒温干燥箱（54±2）℃、SC-15 型数控超级恒温浴槽、酒精喷灯、超声波清洗器。

1mL 微量注射器、50mL 烧杯、250mL 烧杯、50mL 三角瓶、10mL 玻璃试管、100mL 具塞磨口量筒、玻璃棒、胶头滴管、安瓿瓶、容量瓶、移液管、吸水纸、药匙。

三、实验内容

本实验主要内容为采用不同的溶剂、助溶剂和乳化剂加工 50g 5％吡虫啉可溶液剂并且测定其质量控制指标。要求 5％吡虫啉可溶液剂与水互溶性好，溶解程度和溶液稳定性好。具体实验步骤如下。

（1）溶剂的筛选　一般来说，化学组成类似的物质容易相互溶解，极性与极性物质容易溶解，非极性与非极性物质容易溶解。根据原药吡虫啉的极性选择合适的溶剂，也可选择复合溶剂。

（2）助溶剂的筛选　很多制剂只用一种溶剂（主溶剂）不能达到要求的浓度，或者冷贮后出现结晶，热贮后出现分层，此时需要考虑加入助溶剂。选择合适的助溶剂，可有效解决上述问题。

（3）助剂的筛选　选择乳化剂农乳 NP-10、农乳 500、乳化剂 1#、乳化剂 2# 中的任意一种，用量为 10％～15％，观察所制备可溶液剂的外观以及乳液稳定性。若合格，则进行其它性能指标的检测；若不合格，选择一种阴离子与一种非离子乳化剂的复配，重复上述操作。

（4）乳化剂用量的选择　在确定乳化剂的品种后，再进行其用量的筛选。确定乳化剂的用量后，进行乳液稳定性、低温稳定性和热贮稳定性的试验，合格后再测可溶液剂的其它性能指标。

（5）5％吡虫啉可溶液剂加工　根据初步拟订的 5％吡虫啉可溶液剂配方，按比例称取原料，搅拌溶解成均匀透明液体，即得到 5％吡虫啉可溶液剂。

四、可溶性液剂物理性能的测定

1. 水分的测定

按 GB/T 1600—2001 中方法进行。

2. pH 值的测定

pH 的测定按 GB/T 1601—1993 中方法进行。

3. 与水互溶性

（1）试剂和仪器

标准硬水：$\rho(Ca^{2+}+Mg^{2+})=342mg/L$，按 GB/T 14825 配制；

量筒：100mL。

（2）试验步骤　用移液管吸取 5mL 试样，置于 100mL 量筒中，用标准硬水稀释至刻度，混匀。将此量筒放入（30±2）℃恒温水浴中，静置 1h。稀释液均匀，无析出物方为合格。

4. 持久泡沫量（1min 后）　泡沫量不应超过 25mL。

5. 低温稳定性实验　按 HG/T 2467.2—2003 中方法 4.10 进行。析出物不超过 0.3mL 为合格。

6. 热贮稳定性实验　按 HG/T 2467.2—2003 中方法 4.11 进行。

五、结果分析与讨论

1. 什么样的活性物质可配制 SL？

2. 如何配制合格的 SL？

3. 评价个人所配制的 5％吡虫啉可溶液剂性能，并讨论其原因。

4. 可溶液剂与乳油有何异同？

第十三章 颗 粒 剂

一、概述

颗粒剂（granule，GR）是有效成分均匀吸附或分散在颗粒中，及附着在颗粒表面，具有一定粒径范围可直接使用的自由流动的粒状制剂。它是由原药、载体和助剂制成的。

颗粒剂对于粉剂和喷雾液剂有显著的补充作用，对高毒农药也有一定的缓释作用。概括起来，颗粒剂有以下特性：

① 避免散布时微粉飞扬，污染周围环境。

② 减少施药过程中操作人员吸入微粉，可避免中毒事故。而施用乳油、粉剂等剂型时，极易使操作者身体附着或吸入药剂，造成人身中毒事故。

③ 使高毒农药低毒化，颗粒剂可直接用手撒施，而不致中毒。如克百威（呋喃丹）、甲拌磷、对硫磷和涕灭威等均为高毒农药，但制成颗粒剂后，由于经皮毒性降低，可直接用手撒施。

④ 可控制颗粒剂中有效成分的释放速度，延长持效期。

⑤ 施药时具有方向性，使撒布的颗粒剂确实能到达需要的地点。

⑥ 不附着于植物的茎叶上，避免直接接触产生药害。

农药粒剂的种类繁多、分类方法很不统一，按使用对象可分为：杀虫剂粒剂、除草剂粒剂、杀菌剂粒剂等，按加工方法可分为：包衣法粒剂、挤出成型法粒剂、吸附法粒剂等，按粒子大小可分为大粒剂、颗粒剂和微粒剂，具体粒度范围如下。

大粒剂：粒度范围为直径 5～9mm。

颗粒剂：粒度范围为 1680～297μm（10～60 目）。

微粒剂：粒度范围为 297～74μm（60～200 目）。

二、粒剂配制的分类

所谓的"配制"，是表示选择产品各组成成分的适当组合。因此农药粒剂的配制，就是按照选择出的配方，将农药原药与载体、填料及其它辅助成分相配合，得到粒剂产品的过程。

1. 粒剂的分类

（1）以粒剂性状分类

① 解体型；

② 不解体型。

（2）以造粒工艺分类

① 包衣法；

② 挤出成型法；

③ 吸附（浸渍）造粒法；

④ 流化床造粒法；

⑤ 喷雾造粒法；

⑥ 转动造粒法；

⑦ 破碎造粒法；

⑧ 熔融造粒法；

⑨ 压缩造粒法；

⑩ 组合型造粒法。

（3）以农药原药类别分类

① 杀虫粒剂；

② 除草粒剂；

③ 杀菌粒剂；

④ 复合粒剂。

2. 造粒类型选择的依据

一种农药应制成何种类型的粒剂，主要考虑以下几个因素：

① 使用的目的；

② 有关的有害生物；

③ 原药的性状；

④ 产品的要求。

3. 各种粒剂的使用特点

（1）**杀虫剂** 水田用杀虫粒剂溶解分散于灌溉水中，药剂经根系吸收移动，通过毛细管作用上升到水稻叶鞘部而起到杀虫作用。粒剂对旱田可用拌种、撒施或土壤处理，农药的活性成分通过根系吸收、上升移动来杀除地上部害虫，而栖息在土壤中的害虫，则直接触杀致死。

（2）**杀菌剂** 使用的情况略同于杀虫剂。

（3）**除草剂** 目前除草粒剂主要用作水田土壤处理，粒剂撒布在水中崩解、分散，在土壤表层形成药剂处理层，而在杂草萌芽到幼苗期起到对其杀除的作用。

三、配方组成

1. 农药原药

国内外现已开发或生产的杀虫剂的近一半品种和部分除草剂、杀菌剂和杀线虫剂品种，均适于制成颗粒剂使用。农药原药主要可分为固体原药和液体原油，可根据各种原药不同的物理化学性质来选择配方和造粒方法。农药颗粒剂中原药含量的选择主要取决于下列因素：①被防治生物的性质；②单位面积所需有效成分的量；③能准确使用颗粒剂产品的药械能力；④产品价格。一般含量为 1%～5% 或 10% 左右，少数也有超过 20% 的。

2. 载体

载体是稀释农药用的惰性物质。作为颗粒剂的载体的功能有二：其一是作为农药有效成分的微小容器或稀释剂，其二是将有效成分从载体中释放出来。目前最常用的载体为矿物质微粉（挤出成型造粒法）和粒状物（包衣造粒法、吸附造粒法）。

常用的载体有如下种类：

（1）植物类　大豆、烟草、橡实、玉米棒芯、稻壳

（2）矿物类　元素类有硫磺

（3）氧化物类　硅藻土、生石灰、镁石灰

（4）磷酸盐类　磷灰石

（5）碳酸盐类　方解石、白云石

（6）硫酸盐类　石膏

（7）硅酸盐类　云母、滑石、叶蜡石、黏土

（8）高岭石系　高岭石、珍珠陶土、地开石、富硅高岭石

（9）蒙脱石系　皂石、硅铁石、贝得石、蒙脱石

（10）其它　浮石

3. 黏结剂（黏合剂、胶黏剂）

黏结剂是能将两种相同或不同的固体材料连接在一起的物质，具有良好的黏结性能。

黏结剂必须具备下列三个基本条件：

① 容易流动的物质；

② 能充分浸润被粘物的表面；

③ 通过化学或物理作用发生固化，使被粘物牢固地结合起来。

根据黏结剂的特性，结合造粒研究、生产的实践，将黏结剂分为亲水性黏结剂（具有水溶性和水膨胀性的物质）和疏水性黏结剂（用有机溶剂可溶解以及热熔性物质）两大类。

（1）亲水性黏结剂

① 天然黏结剂，如淀粉、糊精、阿拉伯树胶、大豆蛋白、酪朊、骨胶及明胶等。

② 无机黏结剂，按化学成分可分为硅酸盐、磷酸盐、硫酸盐等。适于在粒剂中应用的有：硅酸钠（水玻璃），它可以任何比例与水溶解，黏结效果好；石膏，熟石膏粉末加水再还原成生石膏时就会固化，因而可用它作为黏结剂，其固化速度快，使用方便。在熟石膏粉末中的水量必须恰当，过多的水分不仅会延迟凝结时

间，而且影响黏结强度。

（2）**疏水性黏结剂**　如松香、虫胶、石蜡、沥青、乙烯-醋酸乙烯共聚树脂（EVA）、低熔点农药。另外，一些载体如膨润土有自体黏结性和可塑性，在以它为主作载体的场合，加水混炼就能成型，一般不需再加黏结剂。

4. 助崩解剂 （disntegrator）

助崩解剂即为加快粒剂在水中的崩解速度而添加的物质。多种无机电解质都具有这一效果。例如，硫铵、氯化钙、食盐、氯化镁、氯化铝等，还有尿素和表面活性剂，特别是阴离子型。用膨润土做助崩解剂亦有明显的效果。

5. 分散剂

分散剂是能降低分散体系中固体或液体粒子聚集的物质。为使粒剂在水中很好地崩解分散，可加入少量的分散剂。

分散剂品种主要分为天然类和合成类。

（1）**天然分散剂**　酸法制浆废液、茶子饼、皂荚、无患子等。

（2）**合成分散剂**　主要为表面活性剂，以阴离子、非离子分散剂应用最广。烷基萘磺酸盐，如拉开粉 BX、拉开粉 AC 等；萘磺酸盐甲醛缩合物，如分散剂 NNO 等；蓖麻油环氧乙烷加成物及衍生物，比如氢化 By 等。

6. 吸附剂

在用液体原药或低熔点固体原药制造颗粒剂时，为使粒剂流动性好，就需要添加吸附性高的矿物质、植物性物质或合成品的微粉末以吸附液体。这些粉末应是多孔性、吸油率高的物质。

吸附剂的代表品种为白炭黑，此外硅藻土、凹凸棒土、碳酸钙、无水芒硝、微结晶纤维素、塑料和乙烯树脂微粉末、其它矿物质和植物性物质的微粉末等也可做吸附剂用。

7. 稳定剂

稳定剂是具有延缓或阻止农药及其制剂性能自发劣化的辅助剂。表面活性剂、酯类、醇类、有机酸类、有机碱类、糠醛及其废渣等都对农药有效成分有一定的抑制分解作用。

8. 着色剂 （警戒色）

为便于与一般物质区别，起警戒作用，同时起到产品分类作用，在粒剂配方中加着色剂。目前国内大多采用的着色剂及用途如下：

杀虫剂	红色	大红粉、铁红、酸性大红等
除草剂	绿色	铅铬绿、酞菁绿、碱性绿（孔雀绿）
杀菌剂	黑色	炭黑、油溶黑等

四、加工工艺

农药颗粒剂的造粒操作，根据所采用的原药、载体等原料的不同，为达到不同的造粒目的，需要确定相应的造粒工艺。造粒工艺操作的基本原理，可分为两类。

（1）自主式造粒　利用转动（振动、混合）、流化床（喷流床）和搅拌混合等操作，使装置内物料自身进行自由的凝集，披覆造粒，造粒时需保持一定的时间。

（2）强制式造粒　利用挤出、压缩、碎解和喷射等操作，由孔板、模头、编织网和喷嘴等机械因素使物料强制流动、压缩、细分化和分散冷却固化等，其机械因素是主要影响因素。

在生产实践中，造粒工艺通常由造粒操作、前处理操作、后处理操作等部分组成。造粒工艺的前处理，包括输送、筛分计量（固体、液体）、混合、捏合、溶解、熔融等操作过程。造粒工艺的后处理，包括干燥、碎解、除尘、除毒、包装等操作过程。

目前，常见的造粒方法主要有以下几种。

1. 包衣造粒法

包衣造粒法简称包衣法又名包覆法，系以颗粒载体为核心，外边包覆黏结剂，再将农药黏附于颗粒的表面，使黏结剂层与农药相互浸润、胶结而得到松散的粒状产品的操作过程。

包衣法粒剂是目前国内外发展较快、吨位较大、使用范围较广的农药粒剂类型，究其原因，主要有以下几个特点：①原材料易得，制造包衣法粒剂的主要原料为载体和黏结剂，其载体主要为硅砂或其它矿渣，在世界各地蕴藏量充足，我国是砂源极为丰富的国家，便于就地取材，减少运输环节。黏结剂可采用的种类较多，如常用的聚乙烯醇、聚醋酸乙烯醇、石蜡、植物种子仁等都量大易得，为包衣法造粒提供了丰富的资源。②工艺过程简单，操作稳定，适于大规模生产。③成本低廉，包衣法造粒由于原料易得，制造工艺程序简单，设备投资较少，能量消耗较低，所以在各类粒剂中其成本较低廉。④适用范围较广泛，对液态、固态和低熔点原药均可适用，所得粒剂流动性好，便于使用。⑤包衣法粒剂的相对密度在几类粒剂中最大（指以硅砂为载体时）。⑥包衣法粒剂由于药剂被黏结剂、吸附剂等包覆于内部，药剂扩散较缓慢，所以包衣法造粒比用挤出成型法、吸附法、喷雾造粒法等制造的同品种农药粒剂的持效期长。⑦包衣法粒剂药剂被包覆在内，所以使用时较安全。

2. 挤出成型造粒法

挤出成型造粒法是一种湿式造粒法，所谓湿式造粒，是指将混合好的粉体原粒进行加水捏合等前处理，使物料适宜造粒成型的要求，再由挤出机通过筛网或孔板等将物料挤出成型的方法。这种方法广泛应用于农药工业上，为使粒剂制品整齐美观，需要进行干燥、整粒、筛分等后处理，粒剂的形状和大小可通过调整筛网来实现。由于物料的物性及造粒机制等未知影响因素多，所以在工业化生产之前一定要进行调查和必要的小试探索试验。

根据造粒机构，挤出成型造粒法大体可分为以下五种类型。

（1）**螺旋挤出成型造粒法**　向螺旋圆筒内供给湿粉体，经过加压、压缩而强制前进，再由螺旋的端部或侧面的孔板的孔中连续挤出的造粒。

（2）**滚动挤出成型造粒法**　把湿物料加到圆筒形孔板和在其中的回转滚轮之间，由于滚动轮的回转产生的挤出压力，使物料从孔板的孔中连续挤出的造粒。

（3）**刮板挤出成型造粒法**　把湿物料加到圆筒形孔板（或筛网）和其中运动的刮板之间，由于刮板的挤出压力，物料由孔板（或筛网）连续挤出的造粒。

（4）**自身成型挤出造粒法**　把物料加到两个回转齿轮之间，利用两个齿轮啮合时，在齿间产生的挤出压力，在自身的孔中连续挤出的造粒。

（5）**活塞挤出成型造粒**　把物料投入圆筒内，由油压或水压使活塞往复运动产生挤出压力，使物料通过孔板，间断或连续挤出的造粒。

挤出成型造粒是目前国内外应用比较多的农药粒剂生产工艺之一。其特点是：①填料易得，来源广；②粒径大小和物理化学性质可以自由调节；③有效成分调节幅度大；④适应性广（解体和非解体粒剂都可加工）。由于加水捏合和干燥处理是主要单元操作，因此对水和热敏感的原药选用此工艺应慎重。挤出造粒工艺流程较长，成套设备一次性投资较大，适宜大吨位生产。为保持生产能力稳定，挤出孔板需要定期更换（一般 8h 更换一次为宜）。挤出成型造粒法成品收率一般为 90% 以上。

3. 吸附造粒法

吸附造粒法也叫浸渍造粒法，是把液体原药或固体原药溶解于溶剂中，吸附于具有一定吸附能力的颗粒载体中的一种生产方法。一般吸附造粒法的载体，都是由特定生产工艺来完成的。要求载体具有良好的吸附性能和一定的强度。产品性能及形状主要取决于所选用的载体及生产工艺。

吸附造粒中的载体要具有一定的强度，如果载体强度不好，在加工过程中，特别是在吸附混合时，会受到机械的破损。由于颗粒强度和含水量成反比，吸附混合时一边向载体上喷洒液体原油；一边要使载体上下翻动，这样就使强度受到液体原油的削弱，同时又受到机械冲击而遭到破坏。载体的强度可通过不同的配方，选择不同的黏结剂和填料加以调节，也可选用不同的造粒机械得到不同强度的颗粒载体。同一载体由于选用不同配方、不同造粒方法得到的产品强度也不一样。

吸附造粒法按载体的制造方法可分为破碎造粒法和挤出造粒法。破碎造粒法是以天然沸石、工业废渣或其它具有吸附能力的材料，经破碎、筛分等制取颗粒载体，然后进行吸附造粒。这种方法有如下特点：①工艺流程短，设备简单，所用设备多为通用的定型设备，便于选型、使用和维修；②全流程各工序都是在无药的情况下操作，改善了劳动条件，减少了药剂对设备的污染，便于设备维修，也减少了原药的损耗。但是这一工艺可供选用的载体不多，选材较困难。天然矿石载体既有高吸油率又有高强度的不多。一般只能选用强度较好而吸油率较低的载体，这种载体也只适合生产低含量的产品。

挤出造粒法是以陶土、黏土等为主的粉体物料做填料，经加水捏合、挤出造粒、干燥、整粒、筛分等制取的颗粒载体然后进行吸附造粒。这一工艺的特点如下：①与破碎造粒吸附工艺相比，这一工艺流程较长，所需专用设备多，技术复杂；载体多为陶土、黏土等，容易得到，通过配方调整可得到高强度、高吸附性的载体，适应性广。②与挤出造粒工艺相比，原药是在最后一道工序加入的，载体制造过程中均无药剂接触，不仅减少原药对设备的污染，降低原药损耗，更主要的是载体干燥时不会受原药分解温度的限制，从而可大大提高载体干燥温度，提高了热能的利用率，又提高了设备的生产能力。

4. 流化床造粒法

流化床造粒是粉体物料（农药或载体）在流动状态下，将有助剂（或农药）的液体以雾化形式喷入流化床内，使与其它物料达到充分混合、凝集成粒、干燥、分级，短时间内完成的造粒过程。其产品具有多孔性、吸油率高、易崩解等特点。

流化床造粒的特点是：①只用一台装置就可进行混合、造粒、干燥等操作；②处理时间短（全过程约为30～60min）；③粒度分布幅度小，能得到均一的颗粒制品；④物料从开始到制品排出是密闭运转，没有异物混入；⑤操作人员少，安装面积小，清理方便；⑥从溶液或熔融液，可直接得到粒状制品；⑦与其它造粒方法比，能得到溶解性能好的制品；⑧可连续化生产。

5. 喷雾造粒法

喷雾造粒法是将液体物料向气流中喷雾，在液滴与气流间进行热量与物质传递而制得球状粒子的方法。在造粒操作的同时进行干燥操作的喷雾干燥法及经过空气冷却而固化的喷雾冷却法为其代表。这种方法能处理的液体物料形态有溶液、膏状物或糊状物、悬浊液和熔融液等。

喷雾造粒按工艺流程可分为开放式、封闭循环式、自动循环式、半封闭循环式；按喷雾与气流流动方向可分为并流型、逆流型、混合流型；按物化方法可分为压力式、离心式和气流式。

造粒过程中首先在造粒塔顶部导入热风，同时将料液送至塔顶，经雾化器喷成雾化的液滴，这些液滴群的表面积很大，与高温热风接触后水分迅速蒸发，在极短时间内便成为干燥产品，从造粒塔底部排出。热风与液滴接触后温度显著降低，湿度增大，作为废气排出。

喷雾造粒的特点如下：①造粒速度快，料液经雾化后表面积非常大，在高温气流中瞬间即可蒸发95％～98％的水分，完成造粒的时间一般仅需5～40s；②造粒过程中液滴的温度接近于使用的高温空气的湿球温度，产品质量好，可以大量处理热敏性物料；③产品具有良好的分散性、流动性和溶解性；④生产过程较简单，大部分产品造粒后不需要再进行粉碎和筛分，减少了生产工序，操作控制方便；⑤适宜于连续化大规模生产。

实验十三　颗粒剂的配制

农药颗粒剂可以减少施药过程中操作人员身体吸入微粉，可避免中毒事故发生；使高毒农药低毒化；可直接用手撒施，而不致中毒；控制颗粒剂中有效成分的释放速度，延长持效期；不附着于植物的茎叶上，避免直接接触产生药害。

一、实验目的

1. 了解颗粒剂的配方组成及各组分的用途；
2. 了解颗粒剂的造粒方法，会用挤压造粒法制备颗粒剂；
3. 了解颗粒剂的质量控制指标并学习其检测方法。

二、实验材料

1. 农药品种　毒死蜱

通用名称　chlorpyrifos

化学名称　O,O-二乙基-O-(3,5,6-三氯-2-吡啶基)硫代磷酸酯

结构式

$$(C_2H_5O)_2PO\overset{S}{\cdots} \quad \text{吡啶环} \quad \begin{matrix} Cl & Cl \\ & \\ & Cl \end{matrix}$$

分子式　$C_9H_{11}Cl_3NO_3PS$

相对分子质量（按 1997 国际相对原子质量计）　350.6

理化性质　本品为无色结晶，具有轻微的硫醇味，熔点 42～43.5℃，25℃时蒸气压为 2.5mPa。溶解性（25℃）：水 2mg/L，丙酮 6.5kg/kg，苯 7.9kg/kg，氯仿 6.3kg/kg，甲醇 450g/kg，易溶于大多数有机溶剂。其水解速率随 pH 值、温度升高而加速，在铜和其它金属存在时生成螯合物；在实验室条件下，其水解半衰期为 1.5d（pH8，25℃）至 100d（磷酸缓冲液 pH7，15℃）。对铜和黄铜有腐蚀性。

生物活性　杀虫

毒性　急性经口 LD_{50} 大白鼠 163mg/kg（雄）、135mg/kg（雌），豚鼠 500mg/kg，小鸡 32mg/kg，兔 1000～2000mg/kg。毒死蜱溶液对兔的急性经皮 LD_{50} 约 2000mg/kg。根据血浆胆碱酯酶活性，每年饲喂试验的无作用剂量：大白鼠每天 0.03mg/kg，狗每天 0.01mg/kg。在大白鼠、狗和其它动物体内迅速解毒，对虹鳟鱼 LC_{50}（96h）为 0.003mg/L，对人的 ADI 为 0.01mg/kg。

应用　本品是一种具有广谱杀虫活性的药剂，通过触杀、胃毒和熏蒸方式均有效，无内吸作用。可用于防治蚊的幼虫和成虫，蝇类，各种土壤害虫和许多叶类作

物上的害虫，卫生害虫，也可用于防治牛和羊的体外寄生虫。毒死蜱可充分挥发，以至于在未处理表面附近，形成具有杀虫作用的沉淀物。在杀虫的浓度范围内无药害。在土壤中降解，起初为 3,5,6-三氯吡啶-2-醇，其后继续降解为有机氯化合物和二氧化碳，半衰期为 60~120d。

2. 助剂

(1) 填料　硅藻土、高岭土、白陶土；

(2) 分散剂　茶枯、木质素磺酸钠、木质素磺酸钙、NNO；

(3) 润湿剂　拉开粉、十二烷基硫酸钠、EFW；

(4) 黏结剂　淀粉、阿拉伯树胶粉、糊精、石膏；

(5) 崩解剂　蔗糖、硫酸铵、$CaCl_2$；

(6) 水　自来水、342mg/L 标准硬水、去离子水。

3. 实验器材

天平（精确至 0.01g）、高速万能粉碎机、气流粉碎机、电热恒温干燥箱、挤压造粒机、SC-15 型数控超级恒温浴槽、水分测定仪、标准筛、显微镜、振筛机、电动搅拌机、不锈钢搅拌棒、旋转真空蒸发仪。

研钵、秒表、药匙、滤纸、具塞磨口量筒（250mL）、烧杯（250mL）、玻璃棒、胶头滴管、自封袋（7 号）。

三、实验内容

采用挤压造粒法加工 100g 3％毒死蜱颗粒剂，具体步骤如下。

1. 配方的筛选

配方的组成和颗粒剂的理化性质直接相关，是颗粒剂能否合格的关键。

(1) 填料的选择　填料是决定颗粒剂强度、硬度、密度和脱落率的关键因素。本实验中在硅藻土、高岭土和白陶土三种填料中选择一种或两种作为填料。

(2) 润湿分散剂的选择　润湿分散剂是能降低分散体系中固体或液体粒子聚集，降低入水后体系的表面张力的物质。为使粒剂在水中很好地崩解分散，可加入少量的润湿分散剂。

本实验在茶枯、木质素磺酸钠、木质素磺酸钙、NNO 四种分散剂中选择一种；拉开粉、十二烷基硫酸钠、EFW 三种润湿剂中选择一种。

(3) 黏结剂的选择　由于载体很容易流动，需要用填料把表面凹凸不平的部分填充得较为平坦，从而使它们牢固地结合起来。黏结剂需要具备下列三个基本条件：①容易流动的物质；②能充分浸润被黏物的表面；③通过化学或物理作用发生固化，使被黏物牢固地结合起来。

(4) 崩解剂的选择　崩解剂是调节颗粒剂在水中崩解性能的助剂，如果颗粒剂不要求崩解性能，可不加崩解剂。

2. 粉碎

将所选的助剂连同原药混匀，在万能粉碎机中粉碎 30s，取出后再次充分混匀。

3. 加水造粒

向粉碎混匀的样品中加适量的水（水量以刚好能够挤出成粒为最佳），然后将样品在挤压造粒机中挤压造粒。

4. 整粒

将上一步骤中所得的样品烘干、整粒、筛分，即制得 3％毒死蜱颗粒剂。

5. 检测

检测 3％毒死蜱颗粒剂的各项质量控制指标。

四、质量控制指标及检测方法

1. 抽样

按 GB/T 1605—2001 中 5.3.3"固体制剂采样"方法进行。用随机数表法确定抽样的包装件，最终抽样量不少于 600g。

2. 水分的测定

按照 GB/T 1600 中的"共沸蒸馏法"进行。

3. 松密度和堆密度

（1）方法提要　将已知质量的样品放入玻璃量筒中，测量其体积。然后将量筒垂直提高 25mm，落在橡胶垫上，重复做 100 次后再测定样品的体积。

（2）仪器

量筒：250mL。

橡胶基垫：具有 30～40BS 硬度，或其它类似硬度的材料，如氯丁橡胶片。

蜡光纸。

（3）测定步骤　称取约占 90％量筒体积的样品 m（精确至 0.1g）于蜡光纸上，将纸折成斜槽，使样品滑入量筒，轻轻弄平颗粒表面，测量体积，精确至 1mL（V_1）。轻握量筒上部，提高 25mm，让其落在橡胶基垫上，如此重复 100 次，每 2s 颠 1 次。测量并记录颗粒体积，精确至 1mL（V_2）。

（4）计算　试样的松密度 ρ_1（g/mL）和堆密度 ρ_2（g/mL）分别按式(13-1) 和式(13-2) 计算：

$$\rho_1 = m/V_1 \tag{13-1}$$
$$\rho_2 = m/V_2 \tag{13-2}$$

式中　m——试样的质量，g。

4. 酸度或碱度或 pH 值的测定

酸度或碱度的测定按 HG/T 2467.1—2003 中 4.7 进行；pH 值的测定按 GB/T 1601 进行。

5. 粒度范围的测定

粒径比应不大于 1∶4，在产品标准中应注明具体粒度范围。

（1）仪器

标准筛组：孔径与规定的粒径范围一致。

振筛机。

（2）测定步骤　将标准筛上下叠装，大粒径筛置于小粒径筛上面，筛下装承接盘，同时将组合好的筛组固定在振筛机上，准确称取颗粒剂试样 m（精确至 0.1g），置于上面筛上，加盖密封，启动振筛机振荡，收集规定粒径范围内筛上物，称量。

（3）计算

试样的粒度 w_1（％）按式（13-3）计算：

$$w_1 = \frac{m_1}{m} \times 100 \qquad (13-3)$$

式中　m——试样的质量，g；

　　　m_1——规定粒径范围内筛上物的质量，g。

6. 脱落率的测定

（1）仪器

标准筛：孔径与 5.1"标准筛组"中小粒径筛相同。

钢球：2 个（$\varphi = 50mm$）。

振筛机。

（2）操作步骤　准确称取已测过粒度的试样 50g，放入盛有 2 个钢球的标准筛中，将筛置于底盘上加盖，移至振筛机上固定后振荡 15min，准确称取接盘内试样（精确至 0.1g）。

试样的脱落率 w_2（％）按式（13-4）计算：

$$w_2 = \frac{m_1}{m} \times 100 \qquad (13-4)$$

式中　m——试样的质量，g；

　　　m_1——接盘中试样的质量，g。

7. 热贮稳定性试验

（1）方法提要　通过不加压热贮试验，使产品加速老化，预测常温贮存产品性能的变化。

（2）仪器　广口玻璃瓶：100mL，瓶盖内衬密封垫。

（3）试验步骤　将 20g 试样放入广口玻璃瓶中，不加任何压力，加盖置玻璃瓶于烘箱中，在（54±2）℃下贮存 14d。取出玻璃瓶，放入干燥器中，使试样冷至室温，在 24h 内完成对规定项目的测定。

8. 产品的检验与验收

应符合 GB/T 1604 的规定。极限数值的处理，采用修约值比较法。

五、结果分析与讨论

1. 农药颗粒剂的优缺点各有哪些?
2. 试比较颗粒剂几种加工工艺的异同。
3. 在挤压造粒过程中,载体、黏结剂和水各起什么作用?
4. 比较颗粒剂与水分散性粒剂的异同。

第十四章 悬 乳 剂

一、概述

悬乳剂（aqueous suspo-emulsion，SE），至少含有两种不溶于水的有效成分，以固体微粒和微细液珠形式稳定地分散在以水为连续流动相的非均相液体制剂。它是由一种不溶于水的固体原药和一种油状液体原药及各种助剂在水介质中分散均化而形成的高悬浮乳状体系。

悬乳剂是一个三相混合物，有机相（非连续相）分散于水相（连续相），即油/水型乳剂以及完全分散在水相的固相。因此，有人视悬乳剂为 SC 和 EW 相结合的剂型。但值得注意的是，采用简单地把 SC 剂型和 EW 剂型混合时，通常不能制得稳定的 SE。因为表面活性剂不可能达到正确的平衡，这可能导致表面活性剂优先吸附在油滴表面或者分散在颗粒表面，会出现絮凝问题。只有制得稳定的悬浮液和乳液，解决它们之间存在的絮凝问题，才有可能制得稳定的悬乳剂。悬乳剂具有悬浮剂和水乳剂的优点，如避免了农药乳油和可湿性粉剂因有机溶剂和粉尘对环境和操作者的污染和毒害，贮运安全，具有较高的生物活性等。

二、发展概况及展望

悬乳剂的开发成功，使得原先只能桶混的多种乳油组分与悬浮剂，可制成单一包装产品。为了解决莠去津单剂在玉米田中长期使用，易造成后茬作物药害和杂草产生抗性问题，乙草胺、丁草胺与莠去津混配的悬乳剂，用于防除玉米田的杂草，取得了显著的经济效益和社会效益。酰胺类和均三氮苯类除草悬乳剂的系列产品以及酰胺类和磺酰脲类除草剂悬乳剂也同样得到了广泛的发展。德国 BASF 公司曾对苯基哒嗪酮（固）-氯乙酰苯胺（液）、苯基哒嗪酮-硫羟氨基甲酸酯、苯基哒嗪酮-石蜡油的悬乳剂进行过配方和工艺研究。英国 Dow Chemical 公司也报道过悬乳剂这一农药新剂型。今后随着农药混合制剂的发展，农药悬乳剂的品种将会不断增多。

三、配制

悬乳剂需用水稀释后，供喷雾用。制剂的配方中除有效成分外，还必须有适宜的乳化剂、分散剂、增稠剂、密度调节剂、防冻剂、稳定剂、消泡剂等助剂，使其和体系相配伍，组成科学的配方，形成一个油、固、水三相所构成的高分散的稳定的悬浮乳状体系。

1. 有效成分及其含量

根据悬乳剂的性能和要求，不是所有的农药都适合制成悬乳剂。当两种原药，一种为固体原粉，一种为原油，且都不溶于介质水中，二者混合使用能降低毒性、降低成本，有增效作用或扩大防治谱等优点，才能加工成这种剂型。配制悬乳剂时，要求原药具备以下三个条件：

① 油相中有效成分最好是液态，而且水溶性要低（低于 10mg/kg）；

② 分散的固相有效成分不仅不溶于水（如同一般的水悬浮剂），还应该不溶解于分散的油相；

③ 各有效成分在水中有良好的化学稳定性，即遇水不分解或分解率很小。

悬乳剂中有效成分含量尽可能高一些，以节约包装和运输费用，一般要求大于 30%。

2. 乳化剂

为了使悬乳剂中液体原油迅速乳化分散，形成一个稳定的乳状液，必须选用合适的乳化剂。乳化剂是能使或促使乳状液形成或稳定的物质。按乳状液的类型，乳化剂可分为两大类：能形成油包水（W/O）型稳定乳状液的称为油包水乳化剂，能形成水包油（O/W）型稳定乳状液的称为水包油乳化剂。乳化剂的性能可用 HLB 值来表示，即亲水亲油平衡值。在悬乳剂中，乳化剂既能提高乳状液的稳定性，又能增加悬浮液中固体粒子的悬浮性，因此，对乳化剂的选择至关重要。悬乳剂中常用的乳化剂有烷基苯磺酸盐、烷基酚聚氧乙烯醚类、苯乙基酚聚氧乙烯醚类、多元醇脂肪酸酯及其环氧乙烷加成物等。以非/阴离子型复配应用最为普遍，乳化剂的用量一般为 1%～5%。

3. 分散剂

悬乳剂是不稳定的多相体系，为保持已粉碎的粒子的分散程度，防止粒子重新聚集，并保持使用条件下的悬浮性能，必须添加分散剂。

至少有三种不同的物理过程可以导致悬乳剂中颗粒体系的不稳定，即由于 Ostwald 熟化导致粒度分布的变化；由于粒子间的引力导致悬浮液的聚集；悬浮液在重力场作用下的沉淀。在大多数悬浮乳液中加入分散剂对于减缓晶体成长（Ostwald 熟化）的速率是非常重要的。分散剂也可以使溶质溶解，降低其分散系数，从而减慢晶体成长。分散剂在晶体表面上的吸附作用可以使其表面能大幅度地变化，实际上使其表面很难与溶质靠近，如果分散剂强烈地吸附在粒子表面上，晶体成长就不再可能。因而，如果能正确地选择分散剂，就可以阻止悬乳剂中晶体的生长。

分散剂的另一主要作用是吸附在颗粒周围形成坚固稳定的保护层，即形成具有一定强度和弹性的凝胶结构，阻止颗粒间的凝聚。同时分散剂强烈地吸附在粒子表面上并充分地扩大粒子表面积，从而阻止由范德华引力引起的聚集。但这种分散剂必须是嵌段和接枝共聚物。它的一部分强烈地吸附在粒子表面上，而另一部分则扩大粒子表面积，是特别有效的悬浮助剂。

常用的分散剂有木质素磺酸盐、烷基萘磺酸盐甲醛缩合物（NNO）、二丁基萘磺酸钠、油酸甲氨基乙基磺酸钠（LS）等阴离子表面活性剂。某些无机或有机络合物，如三聚磷酸钠、六偏磷酸钠、乙二胺四乙酸盐等也可使用，但这类分散剂用量不宜过高，否则对表面活性剂有不利的影响。分散剂的用量一般在 0.1%～5%。

4. 增稠剂

要获得稳定的悬乳剂，最重要的一点就是限制粒子的沉降速度，悬乳剂中粒子的沉降与颗粒的细度、体系的黏度以及粒子与液体之间的密度差有关。对于球形的、非相互作用的粒子，沉降速度 v 可以用斯托克斯公式加以描述：

$$v = \frac{2}{9} \times \frac{r^2(\rho - \rho_0)g}{\eta}$$

式中　ρ——粒子的密度；

　　　ρ_0——介质的密度；

　　　g——重力加速度；

　　　η——黏度。

公式表明，粒子的沉降速度与粒子半径的平方成正比，与粒子和介质的密度差成正比，与黏度成反比。

要获得稳定的悬浮状液体系，必须减少粒子的沉降速率，最简单的方法就是平衡粒子和分散介质的密度，但这只在密度差别相当小的情况下才行得通，对于混合悬浮乳液则很难控制，而且密度匹配只适合于在一种温度下，随着温度的变化，这种匹配将会被打破。

根据斯托克斯公式，介质黏度的增加可以减少粒子沉降速率。能增加液体黏度的物质称为增稠剂，它的主要作用是保持粒子呈稳定的悬浮状态，防止贮存期间产生沉积、结块。

常用的增稠剂主要有两大类：一类是亲水性高分子聚合物，包括黄原胶、明胶、阿拉伯胶、瓜胶、海藻酸钠、可溶性淀粉、杂多糖、羧甲（乙）基纤维素钠、聚乙烯醇、聚丙烯酸钠、聚丙烯酰胺以及尿素等；另一类是无机矿物质，包括硅酸铝镁、硅藻土、膨润土、凹凸棒土等。高分子化合物增黏效果明显，只需要较少的量即可增加介质黏度，但它受温度影响较大。细的无机物如黏土矿物加到悬浮液中能形成凝胶网状结构，增加了分散介质的黏度，降低了粒子沉降速率。在悬乳剂中，加入黏土矿物还有利于乳状液的稳定，这是由于固体粉末在界面上形成坚固的界面膜，起到稳定乳状液的作用。加入的固体粉末首先应容易被水润湿形成较稳定的 O/W 型乳状液，其次要求固体粒子大小要比液体小得多，这样才有利于形成牢固的界面膜。

高分子聚合物增黏剂和无机物增黏剂复合应用可以显著地改变悬乳剂的流变学特性，形成凝胶网状结构，防止贮存期间的沉积和结块。

5. 消泡剂

悬乳剂在生产过程中，需要研磨或高速搅拌混合，由于物料中含有表面活性剂，常会产生许多气泡，影响粉碎和乳化效果，降低生产效率，有时还会给包装带来不便，这时就要求迅速消泡。凡是加入少量即能防止泡沫形成或者使得泡沫很快消失的物质，称为消泡剂。消泡剂有高级醇（异辛醇、异戊醇等）、脂肪酸类（硬脂酸、月桂酸等）、酯醚及硅酮（聚硅氧烷）类等。消泡剂的用量一般为 $0.1\% \sim 3\%$。

6. 防冻剂

为保持悬乳剂在低温下的流动性，防止均匀液相冻结，要加入适宜的防冻剂。常用的防冻剂有乙二醇、丙二醇、丙三醇、二甘醇、三甘醇、聚乙二醇 400 及尿素等。防冻剂的用量一般为 $2\% \sim 10\%$。

7. 防腐剂、稳定剂等

在配制悬乳剂时，常需要加入一些有机物，贮存期间，由于微生物的作用引起发酵、腐败，从而影响制剂的物理稳定性，甚至造成有效成分分解，因此可根据需要加入一定量的防腐剂，常用的防腐剂有甲醛、水杨酸钠、苯甲酸钠等。防腐剂的用量一般为 $0.1\% \sim 5\%$。

总之，要配制一个性能优良的悬乳剂，除有效成分外，各种助剂之间的相互配伍显得尤为重要，并非每项助剂都要逐一加入，有些助剂兼有多种功能，因此在进行悬乳剂配方筛选时，要综合考虑影响悬乳剂物理和化学稳定性的各种因素，在大量实验的基础上确定具体的配方。

四、生产工艺

悬乳剂的制备实际上包括两个工艺过程，即固体物料的磨碎和油状物料的乳化。通常有三种方法：①分别制备悬浮剂和乳液，然后根据比例混合；②将各种原材料混合在一起，经各种加工过程制成悬乳剂；③先制备好悬浮剂，然后将原油、乳化剂及各种助剂用高速搅拌器（如均质混合器）直接乳化到悬浮剂中。生产最常用的方法是第三种方法，采用该法可减少污染、节省能耗、提高生产率，所得产品稳定性好。

固体物料的研磨主要采用砂磨机，在生产过程中常采用两台或三台砂磨机串联，控制流量，使产品平均粒径小于 $3\mu m$。

制备悬乳剂时，经常需要将油状原药直接乳化到悬浮剂中，乳化过程需要搅拌，而搅拌方式不同，直接影响悬乳剂的质量。用手振摇方式所制得的乳状液液珠大小不一，直径较粗。因为在乳化过程中，由于要形成巨大的界面，需要能量，而一般的振摇往往不能将液珠分散得很细很匀，所以要制备更细的悬乳剂，就需要用特殊的设备，提供更剧烈的剪切振荡。而且对某一种体系用一种方式进行分散时，最多只能达到某种分散程度，企图利用延长时间的方法提高分散度是徒劳的。

五、质量控制指标及检测方法

1. 外观
必须是能流动的稳定的悬浮乳液，不应有结块。

2. 析水量
表示样品上部分离出的液体的量，它以液体占样品总高度的百分数表示，析水量越少越好，但不允许有原药析出。

3. 稠化和沉降
稠化是指将样品稍稍倾斜而在壁上见到结皮的情况，表示样品的倾倒性，沉降可用玻璃棒插到样品的底部来检查。

4. 乳化分散性
主要是指将制剂放入水中（标准硬水）的乳化分散情况，在水中应能自动分散或稍加搅拌即可分散。

5. 悬浮率
悬乳剂的悬浮率应达到悬浮剂的指标，一般要求固体有效成分悬浮率大于90%。测定方法可参照 GB/T 14825—1993《农药可湿性粉剂悬浮率测定方法》进行。

6. pH 值
根据悬乳剂中有效成分的不同而有所区别，一般要求制剂的 pH 值在 5～9，按照 GB/T 1601—1993《农药 pH 值测定方法》进行。

7. 细度
细度是制剂中粒子的粒径，粒子越小沉降越慢，体系越稳定。一般要求，平均粒径小于 3μm，10μm 以上的没有。

8. 黏度
黏度是悬乳剂的重要指标。黏度小，体系稳定性不好，黏度大，制剂流动性差，用户倾倒困难，使用不方便，通常黏度规定在 0.1～1Pa·s。

9. 低温稳定性
将悬乳剂样品用适当方法冷却至（0±1）℃，保持 1h，在此期间常用玻璃棒搅拌，观察有无冻结，如不冻结或冻结后放置室温下仍能恢复原状为合格。

10. 热贮稳定性
包括物理稳定性和化学稳定性，物理稳定性是指制剂贮存后的沉积、结块或析水等情况以及有效成分悬浮率。良好的悬乳剂不应有沉积或结块。化学稳定性是指有效成分的分解率,越小越好。

一般规定制剂贮存稳定期为两年,可以采用(54±2)℃贮存两周测贮存稳定性,其有效成分含量不低于原始含量的95%,悬浮率不低于85%为合格。

实验十四 悬乳剂的配制

悬乳剂具有悬浮剂和水乳剂的优点,它避免了农药乳油和可湿性粉剂因有机溶剂和粉尘对环境和操作者的污染和毒害,贮运安全,具有较高的生物活性。

一、实验目的

1. 了解悬乳剂的特点,掌握悬乳剂的加工方法;
2. 了解悬乳剂的质量控制指标,会对其进行检测。

二、实验材料

1. 农药品种

(1) 液体农药 乙草胺

通用名称 acetochlor

化学名称 N-(2-乙基-6-甲基苯基)-N-乙氧基甲基氯乙酰胺

结构式

$$C_2H_5 \quad CH_2OCH_2CH_3$$
$$\begin{array}{c} \\ N-CCH_2Cl \\ \| \\ CH_3 \quad O \end{array}$$

分子式 $C_{14}H_{20}ClNO_2$

相对分子质量 (按1997国际相对原子质量计) 269.8

理化性质 原药为棕色液体,沸点为100℃(0.133Pa)。20℃时蒸气压为1.73mPa。20℃时在水中溶解度为530mg/L,溶于甲苯、二甲基甲酰胺、环己酮等有机溶剂。

毒性 对人畜低毒。原药大白鼠急性经口 LD_{50} 为2780mg/kg,大白鼠急性经皮 LD_{50}>3170mg/kg,大白鼠吸入(4h)LC_{50}>1750mg/m³。

作用方式 为选择性芽前除草剂,对一年生禾本科杂草具有较好的防除效果,主要通过杂草的幼苗基部和芽吸收,抑制蛋白质合成,使杂草出土后吸收药液而死亡。

防除对象 稗草、马唐、金狗尾草、绿狗尾草、画眉草、牛筋草、千金子等一年生禾本科杂草；对荠菜、马齿苋、苋、蓼、藜等阔叶杂草也有一定的防除效果。

（2）固体农药　莠去津

通用名称　atrazine

化学名称　6-氯-4-乙氨基-6-异丙氨基-1,3,5-三嗪

结构式

分子式　$C_8H_{14}ClN_5$

相对分子质量（按 1997 国际相对原子质量计）　215.7

生物活性　除草

理化性质　纯品为无色结晶，熔点 173～175℃，20℃时蒸气压为 4×10^{-5} Pa。25℃时在水中的溶解度为 33mg/L，正戊烷中 360mg/L，二乙醚中 1200mg/L，氯仿中 52mg/L，二甲基亚砜中 183000mg/L。

稳定性　原粉为白色粉末，常温下贮存两年，有效成分含量基本不变。在微酸性和微碱性介质中较稳定，在较高温度下能被较强的酸和较强的碱水解。

毒性　大鼠急性经口 LD_{50} 1869～3080mg/kg，大鼠急性经皮 $LD_{50} > 3100$ mg/kg；对兔皮肤稍有刺激，对兔眼睛无刺激，大鼠急性吸入毒性 $LC_{50} > 0.71$ mg/L 空气。两年饲养实验表明：大鼠无作用剂量 100mg/kg 饲料 [8mg/(kg·d)]；狗 150mg/kg 饲料 [5mg/(kg·d)]。鱼毒 LC_{50}（96h）：虹鳟鱼 4.5～8.8mg/L；鲤鱼 76～100mg/L；太阳鱼 16.0mg/L。

作用机理　莠去津是一种均三氮苯类除草剂，其作用机理是取代质体醌与叶绿体类囊体膜上的蛋白结合，从而阻断光系统Ⅰ的电子传递而使光合作用受阻。

防治对象　稗草、狗尾草、铁苋菜、反枝苋、苍耳、柳叶刺蓼、酸模叶蓼、荠菜、龙葵、猪毛菜、苘麻、鬼针草、狼把草、马齿苋、豚草属、酸浆属、稷属等一年生禾本科和阔叶杂草。

2. 助剂

（1）乳化剂　NP-10、1601、农乳 600、农乳 500、0201B、0203B、2201

（2）分散剂　木质素磺酸钠、木质素磺酸钙、NNO、D-425

（3）润湿剂　十二烷基硫酸钠、EFW、拉开粉

（4）增稠剂　黄原胶、硅酸铝镁、羧甲基纤维素钠（CMC）

（5）防冻剂　乙二醇、丙二醇、二甘醇

（6）水　自来水、342mg/L 标准硬水、去离子水

3. 实验器材

200mL 立式砂磨机、玻璃珠（2.0mm、0.8mm）、DLSB-10/30 型低温冷却液

循环泵、FA25 型实验室高剪切分散乳化机、DR-HW-1 型电热恒温水浴箱、DHG-9031A 型电热恒温干燥箱、NDJ-1 型旋转黏度计、PHS-3c 精密 pH 计；

天平（精确至 0.01g）、药匙、烧杯、三角瓶、试管、玻璃棒、滴管、安瓿瓶、胶头滴管、移液管、量筒、滤网、载玻片、显微镜、具塞量筒。

三、实验内容

采用两种不同直径的玻璃珠搅拌加工 100g 40％莠去津·乙草胺悬乳剂（其中莠去津 20％，乙草胺 20％）。

1. 配方的筛选

（1）乳化剂的选择　乳化剂应至少具备乳化、增溶和润湿三种作用。乳化作用主要是使原药和溶剂能以极微细的液滴均匀地分散在水中，形成稳定的乳状液。增溶作用主要是改善和提高原药在溶剂中的溶解度，增加原药和溶剂的水合度。润湿作用主要是使药液喷洒到靶标上能完全润湿、展着，不会流失，以充分发挥药剂的防治效果。

本实验在 NP-10、1601、农乳 600、农乳 500、0201B、0203B、2201 几种乳化剂中选择一种，再根据所制备悬乳剂的外观、分散性、热贮稳定性等理化性质，选择理化性能最佳的作为本实验的乳化剂，用量为 3％～5％。

（2）润湿分散剂的选择　润湿分散剂是指能阻止固-液分散体系中固体粒子相互凝聚，使固体微粒在液相中较长时间保持均匀分散的一类物质，在农药悬乳剂中它能阻止有效成分粒子相互凝聚。润湿分散剂的作用是使聚集起来的或结块的粉末的内外表面可以自发润湿，降低表面张力，并确保制剂在整个应用过程中都能得到快速而均匀的崩解，使聚集或成结块的粉末破碎成小的碎块。当然，所选用的润湿分散剂应不会促进农药有效成分分解，最好还具有一定的稳定作用。

本实验中，筛选润湿分散剂，使 40％莠去津·乙草胺悬乳剂具有较优的理化指标。分散剂用量 3％～5％，润湿剂用量 1％～3％。

（3）增稠剂的选择　增稠剂是农药悬乳剂不可缺少的主要成分之一。合适的增稠剂能调节悬乳剂的黏度，有效地阻止粒子聚集。符合要求的增稠剂须具备以下三个条件：①用量少，增稠作用强；②制剂稀释时能自动分散，其黏度不应随温度和聚合物溶液老化而变化；③价格适中而易得。

增稠剂用量同样需要筛选，增稠剂用量少，可能会导致悬乳剂体系稳定性差；而增稠剂用量过多，则会导致悬乳剂体系黏度很大，不易倾倒，甚至结块。增稠剂最大用量一般不超过 3％，常用量为 0.2％～5％。

（4）防冻剂的筛选　农药悬乳剂中有相当数量的水存在，可能引起贮藏和运输过程中受冷因而有破坏其性能的危险，为提高制剂承受冷冻熔融能力，通常在配方中加入防冻剂。防冻剂的用量一般不超过 10％，常用量为 5％左右。

此外，农药悬乳剂在加工过程中不可避免地会产生大量气泡，这些气泡会对制剂加工、计量、包装和使用带来严重影响，因此还需要在配方中加入消泡剂。

2. 砂磨

按设计配方，将称量好的原药、乳化剂、分散剂、润湿剂、增稠剂、防冻剂、消泡剂和水加入到砂磨筒中，搅拌均匀，高速搅拌下预分散 30min 后，在高速搅拌下加入物料质量 1～1.5 倍的玻璃珠，粉碎 2～3h，然后停止分散，滤去玻璃珠，得到 40%莠去津·乙草胺悬乳剂。此过程需一直保持冷凝状态。

3. 检验

检测 40%莠去津·乙草胺悬乳剂的各项质量控制指标。

四、质量控制指标及检测方法

1. 有效成分含量

具体方法参照原药及其它制剂的分析方法。

2. 酸度或碱度或 pH 值的测定

酸度或碱度的测定按 HG/T 2467.1—2003 中 4.7 进行；pH 值的测定按 GB/T 1601 进行。

3. 倾倒性试验

按 HG/T 2467.5—2003 中 4.9 进行。

4. 湿筛试验

按 HG/T 16150 中的"湿筛法"进行。

5. 持久起泡性

按 HG/T 2467.5—2003 中 4.11 进行。

6. 分散稳定性试验

（1）方法提要　按规定浓度制备分散液，分别置于两个刻度乳化管中，直立静置一段时间，再颠倒乳化管数次，观察最初、放置一定时间和重新分散后该分散液的分散性。

（2）仪器与试剂

乳化管：锥形底硼硅玻璃离心管，长 15cm，刻度至 100mL。

橡胶塞：与乳化管配套，带有 80mm 长玻璃排气管（外径 4.5mm，内径 2.5mm）。

刻度量筒：250mL。

可调节灯：配 60W 珍珠泡。

标准硬水：$\rho(Ca^{2+}+Mg^{2+})=342mg/L$，按 GB/T 14825 配制。

（3）操作步骤　在室温下（23℃±2℃）分别向两个 250mL 刻度量筒中加标准硬水至 240mL 刻度线，用移液管向每个量筒中滴加试样 5g（或其它规定数量），滴加时移液管尖端尽量贴近水面，但不要在水面之下。最后加标准硬水至刻度。配戴布手套，以量筒中部为轴心，上下颠倒 30 次，确保量筒中液体温和地流动，不发生反冲，每次颠倒需 2s（用秒表观察所用时间），用其中一个量筒做沉淀和乳膏试验，另一个量筒做再分散试验。

① 最初分散性　观察分散液，记录沉淀、乳膏或浮油。

② 放置一定时间后的分散性

a. 沉淀体积的测定。分散液制备好后，立即将 100mL 分散液转移至乳化管中，盖上塞子，在室温下（23℃±2℃）直立 30min，用灯照亮乳化管，调整光线角度和位置，达到对两相界面的最佳观察位置，如果有沉淀（通常反射光比透射光更易观察到沉淀），记录沉淀体积（精确至±0.05mL）。

b. 顶部乳膏（或浮油）体积的测定。分散液制备好后，立即将其倒入乳化管中，至离管顶端 1mm，戴好保护手套，塞上带有排气管的橡胶塞，排除乳化管中所有空气，去掉溢出的分散液，将乳化管倒置，在室温下保持 30min，没有液体从乳化管排出就不必密封玻璃管的开口端，记录已形成的乳膏或浮油的体积。测定乳化管总体积，并以式（14-1）校正测量出的乳膏或浮油的体积。

$$F = 100/V_0 \tag{14-1}$$

式中　F——测量乳膏或浮油体积时的校正因子；

　　　V_0——乳化管总体积，mL。

③ 重新分散性测定　分散液制备好后，将第二只量筒在室温下静置 24h，按前述方法颠倒量筒 30 次，记录没有完全重新分散的沉淀，将分散液加到另外的乳化管中，静置 30min 后，按前述方法测定沉淀体积和乳膏或浮油的体积。

（4）测定结果

最初分散性　　　　　　　　　　　　沉淀≤0.5mL；乳膏或浮油≤0.5mL；

一定时间后的分散性（30min 后）　沉淀≤2mL；乳膏或浮油≤2mL；

重新分散性（24h 后）　　　　　　　沉淀≤5mL；乳膏或浮油≤5mL。

测定结果符合上述要求为合格。

7. 低温稳定性试验

按 HG/T 2467.2—2003 中 4.10 进行。

8. 热贮稳定性试验

按 HG/T 2467.2—2003 中 4.11 进行。

9. 产品的检验与验收

应符合 GB/T 1604 的规定。极限数值的处理采用修约值比较法。

五、结果分析与讨论

1. 悬乳剂与悬浮剂和水乳剂的区别有哪些？

2. 要加工成悬乳剂的原药应具备哪些性质？

3. 悬乳剂的细度与稳定性有何关系？

4. 悬乳剂在贮存和运输过程中容易出现哪些问题？该如何解决？

附　　录

附录 1　实验操作规程

1. 实验前充分预习，写好预习方案，按时进入实验室，未预习者不能进入实验室。

2. 必须认真完成规定的实验，按时提交实验报告。

3. 必须熟悉实验室及其周围的环境，如水、电、灭火器放置的位置。

4. 开始实验前要清除实验台上不必要的物品。

5. 进行实验时要穿实验服、戴手套。

6. 不能用手直接取物品。严禁在实验室内饮食或做与实验无关的活动。

7. 取用药品前应确认药品标签，以免误取药品。严禁将已移取出的药品放回原试剂瓶，以免污染试剂。

8. 不要品尝实验药品。口香糖、食物或饮料不应带进实验室。

9. 药品、仪器应整齐地摆放在一定位置，用后立即放还原位。

10. 观察实验现象时不要直视试管，应从试管侧面进行观察。加热试管时，试管口不能对着自己和他人。

11. 加热或倾倒溶液时，切勿俯视容器，以防液滴飞溅对身体造成伤害。

12. 凡是有毒和有异味气体的实验，应在通风橱或通风良好的环境中进行。

13. 若化学药品溅洒到皮肤或衣物上，应用大量的水冲洗溅洒部位。如果溅到眼睛上，必须立刻用水冲洗 10～15min，紧急处理后送医院治疗。

14. 若实验过程中割伤，应先将异物排出，用生理盐水或硼酸液擦洗后包扎，必要时送医院治疗。

15. 较轻的皮肤灼伤应放在冷的流水下冲洗。

16. 保持水槽清洁，禁止将玻璃碎片、吸水纸等固体废弃物扔进水槽内，以免造成下水道堵塞；废酸、废碱、有机溶剂等废液切勿倒入水槽内，以免腐蚀下水管。

17. 节约试剂、水、电，爱护仪器。

18. 完成实验后，应把实验仪器、药品、实验服等放回指定的位置。保持实验台面清洁，仪器摆放整齐、有序。

19. 实验结束后，务必关闭水龙头、切断电源，锁好门、窗后方可离开。

20. 各实验台轮流值日，打扫实验室内清洁卫生。

21. 如有疑问或发生意外情况，请询问实验指导老师。

附录 2 一些常用乳化剂的 HLB 值

商 品 名	化 学 名	类型	HLB值
Span 85	失水山梨醇三油酸酯	N	1.8
Arlacel 85	失水山梨醇三油酸酯	N	1.8
Atlas G-1706	聚氧乙烯山梨醇醚蜂蜡衍生物	N	2.0
Span 65	失水山梨醇三硬脂酸酯	N	2.1
Arlacel 65	失水山梨醇三硬脂酸酯	N	2.1
Atlas G-1050	聚氧乙烯山梨醇醚六硬脂酸酯	N	2.6
Emcol EO-50	聚乙二醇脂肪酸酯	N	2.7
Emcol ES-50	聚乙二醇脂肪酸酯	N	2.7
Atlas G-1704	聚氧乙烯山梨醇醚蜂蜡衍生物	N	3.0
Emcol PO-50	聚乙二醇脂肪酸酯	N	3.4
Atlas G-922	聚乙二醇单硬脂酸酯	N	3.4
Pure	聚乙二醇单硬脂酸酯	N	3.4
Atlas G-2158	聚乙二醇单硬脂酸酯	N	3.4
Emcol PS-50	聚乙二醇单硬脂酸酯	N	3.4
Emcol EL-50	聚乙二醇单硬脂酸酯	N	3.6
Emcol PP-50	聚乙二醇单硬脂酸酯	N	3.7
Arlacel C	失水山梨醇倍半油酸酯	N	3.7
Arlacel 83	失水山梨醇倍半油酸酯	N	3.7
Atlas G-2859	聚氧乙烯山梨醇醚 4.5 油酸酯	N	3.7
Atmul 67	甘油单硬脂酸酯	N	3.8
Atmul 84	甘油单硬脂酸酯	N	3.8
Tegin 515	甘油单硬脂酸酯	N	3.8
Aldo 33	甘油单硬脂酸酯	N	3.8
Pure	甘油单硬脂酸酯	N	3.8
Atlas G-1727	聚氧乙烯山梨醇醚蜂蜡衍生物	N	4.0
Emcol PM-50	聚乙二醇脂肪酸酯	N	4.1
Span 80	失水山梨醇单油酸酯	N	4.3
Arlacel 80	失水山梨醇单油酸酯	N	4.3
Atlas G-917	聚乙二醇单月桂酸酯	N	4.5
Atlas G-3851	聚乙二醇单月桂酸酯	N	4.5
Emcol PL-50	聚乙二醇脂肪酸酯	N	4.5
Span 60	失水山梨醇单硬脂酸酯	N	4.7
Arlacel 60	失水山梨醇单硬脂酸酯	N	4.7
Atlas G-2139	二乙二醇单油酸酯	N	4.7
Emco DO 50	二乙二醇脂肪酸酯	N	4.7

商 品 名	化 学 名	类型	HLB值
Atlas G-2146	二乙二醇单硬脂酸酯	N	4.7
Emco DS-50	二乙二醇脂肪酸酯	N	4.7
Atlas G-1702	聚氧乙烯山梨醇醚蜂蜡衍生物	N	5.0
Emco DP-50	二乙二醇脂肪酸酯	N	5.1
Aldo 28	甘油单硬脂酸酯(半乳化)	A	5.5
Tegin	甘油单硬脂酸酯(半乳化)	A	5.5
Emco DM-50	二乙二醇脂肪酸酯	N	5.6
Atlas G-1725	聚氧乙烯山梨醇醚蜂蜡衍生物	N	6.0
Atlas G-2124	二乙二醇单月桂酸酯	N	6.1
Emco DL-50	二乙二醇脂肪酸酯	N	6.1
Glaurin	二乙二醇单月桂酸酯	N	6.5
Span 40	失水山梨醇单棕榈酸酯	N	6.7
Arlacel 40	失水山梨醇单棕榈酸酯	N	6.7
Atlas G-2242	聚氧乙烯二油酸酯	N	7.5
Atlas G-2147	四乙二醇单硬脂酸酯	N	7.7
Atlas G-2140	四乙二醇单油酸酯	N	7.7
Atlas G-2800	聚氧丙烯甘露糖醇醚二油酸酯	N	8.0
Atlas G-14793	聚氧乙烯山梨醇醚油酸酯羊毛脂衍生物	N	8.0
Atlas G-1425	聚氧乙烯山梨醇醚羊毛脂衍生物	N	8.0
Atlas G-3008	聚氧乙烯硬脂酸酯	N	8.0
Span 20	失水山梨醇单月桂酸酯	N	8.6
Arlacel 20	失水山梨醇单月桂酸酯	N	8.6
Emulphor VN-430	聚氧乙烯脂肪酸酯	N	9.0
Atlas G-1734	聚氧乙烯山梨醇醚蜂蜡衍生物	N	9.0
Atlas G-2111	聚氧乙烯氧化丙烯油酸酯	N	9.0
Atlas G-2125	四乙二醇单月桂酸酯	N	9.4
Brij 30	聚氧乙烯月桂醇醚	N	9.5
Tween 61	聚氧乙烯失水山梨醇醚单硬脂酸酯	N	9.6
Atlas G-2154	六乙二醇单硬脂酸酯	N	9.6
Tween 81	聚氧乙烯失水山梨醇醚单油酸酯	N	10.0
Tween 65	聚氧乙烯失水山梨醇三硬脂酸酯	N	10.5
Atlas G-3705	聚氧乙烯月桂醇醚	N	10.8
Atlas G-2116	聚氧乙烯氧化丙烯油酸酯	N	11.0
Tween 85	聚氧乙烯失水山梨醇三油酸酯	N	11.0
Atlas G-1790	聚氧乙烯羊毛脂衍生物	N	11.0
Atlas G-2142	聚氧乙烯单油酸酯	N	11.1
Myrj 45	聚氧乙烯单硬脂酸酯	N	11.1
Atlas G-2141	聚氧乙烯单油酸酯	N	11.4
BEG 400 monooleate	聚氧乙烯单油酸酯	N	11.4
Atlas G-2076	聚氧乙烯单棕榈酸酯	N	11.6
S-541	聚氧乙烯单硬脂酸酯	N	11.6

商 品 名	化 学 名	类型	HLB值
PEG 400 monooleate	聚氧乙烯单硬脂酸酯	N	11.6
Atlas G-3300	烷基酚磺酸三乙醇胺	A	11.7
油酸三乙醇胺	油酸三乙醇胺	A	12.0
Atlas G-2127	聚氧乙烯单月桂酸酯	N	12.8
Igepal GA-630	烷基酚聚氧乙烯醚	N	12.8
Atlas G-1431	聚氧乙烯山梨醇羊毛脂衍生物	N	13.0
Atlas G-1690	烷基酚聚氧乙烯醚	N	13.0
S-307	聚氧乙烯单月桂酸酯	N	13.1
PEG 400 monooleate	聚氧乙烯单月桂酸酯	N	13.1
Atlas G-2133	聚氧乙烯月桂醇醚	N	13.1
Atlas G-1794	聚氧乙烯蓖麻油酸酯	N	13.3
Emulphor EL-719	聚氧乙烯植物油酸酯	N	13.3
Tween 21	聚氧乙烯失水山梨醇单月桂酸酯	N	13.3
Renex 20	桂香酸和脂肪酸混合物的聚氧乙烯酯	N	13.5
Atlas G-1441	聚氧乙烯失水山梨醇羊毛脂衍生物	N	14.0
Atlas G-7500J	聚氧乙烯失水山梨醇单月桂酸酯	N	14.9
Tween 60	聚氧乙烯失水山梨醇单硬脂酸酯	N	14.9
Tween 80	聚氧乙烯失水山梨醇醚单油酸酯	N	15.0
Myrj 49	聚氧乙烯单硬脂酸酯	N	15.0
Atlas G-2144	聚氧乙烯单油酸酯	N	15.1
Atlas G-3915	聚氧乙烯油醇醚	N	15.3
Atlas G-3720	聚氧乙烯硬脂醇醚	N	15.3
Atlas G-3920	聚氧乙烯油醇醚	N	15.4
Emulphor ON-870	脂肪醇乙氧基化物	N	15.4
Atlas G-2079	聚氧乙烯甘油醚棕榈酸酯	N	15.5
Tween 40	聚氧乙烯失水山梨醇单棕榈酸酯	N	15.6
Atlas G-3820	聚氧乙烯油醇醚	N	15.7
Atlas G-2162	聚氧乙烯聚氧丙烯硬脂酸酯	N	15.7
Atlas G-1471	聚氧乙烯山梨醇羊毛脂衍生物	N	16.0
Myrj 51	聚氧乙烯单硬脂酸酯	N	16.0
Atlas G-75969	聚氧乙烯失水山梨醇醚单月桂酸酯	N	16.3
Atlas G-2129	聚氧乙烯单月桂酸酯	N	16.3
Atlas G-3930	聚氧乙烯单油醇醚	N	16.6
Tween 20	聚氧乙烯失水山梨醇醚单月桂酸酯	N	16.9
Brij 35	聚氧乙烯月桂醇醚	N	16.9
Myrj 52	聚氧乙烯单硬脂酸酯	N	16.9
Myrj 53	油酸钠	A	18.0
Atlas G-2159	聚氧乙烯单硬脂酸酯	N	18.8
油酸钾	油酸钾	A	20.0
Atlas G-263	N-十六烷基-N-乙基吗啉乙醇基硫酸铵	C	25～30
月桂基硫酸钠	月桂基硫酸钠	A	约40

注：N 为非离子表面活性剂，A 为阴离子表面活性剂，C 为两性离子表面活性剂。

附录3 常用溶剂的物理常数

溶 剂	沸点 (103.3kPa) /℃	相对分子质量	相对密度 (20℃)	介电常数	溶解度 /(g/100gH$_2$O)	和水的共沸混合物		闪点 /℃
						沸点/℃	H$_2$O/%	
乙醚	35	74	0.71	4.3	6.0	34	1	−45
戊烷	36	72	0.63	1.8	不溶	35	1	−40
二氯甲烷	40	85	1.33	8.9	1.30	39	2	无
二硫化碳	46	76	1.26	2.6	0.29(20℃)	44	2	−30
丙酮	56	58	0.79	20.7	∞	—		−18
氯仿	61	119	1.49	4.8	0.82(20℃)	56	3	无
甲醇	65	32	0.79	32.7	∞	—		12
四氢呋喃	66	72	0.89	7.6	∞	64	5	−14
己烷	69	86	0.66	1.9	不溶	62	6	−26
三氟醋酸	72	114	1.49	39.5	∞	105	21	无
四氯化碳	77	154	1.59	2.2	0.08	66	4	无
醋酸乙酯	77	88	0.90	6.0	8.1	71	8	−4
乙醇	78	46	0.79	24.6	∞	78	4	13
环己烷	81	84	0.78	2.0	0.01	70	8	−17
苯	80	78	0.88	2.3	0.18	69	9	−11
甲基乙基甲酮	80	72	0.80	18.5	24.0(20℃)	73	11	−1
乙腈	82	41	0.78	37.5	∞	77	16	6
异丙醇	82	60	0.79	19.9	∞	80	12	12
叔丁醇	82	74	0.78(30℃)	12.5	∞	80	12	11
乙二醇二甲醚	83	90	0.86	7.2	∞	77	10	1
三乙胺	90	101	0.73	2.4	∞	75	10	−7
丙醇	97	60	0.80	20.3	∞	88	28	25
甲基环己烷	101	98	0.77	2.0	0.01	80	24.1	−6
甲酸	101	46	1.22	58.5	∞	107	26	—
硝基甲烷	101	61	1.14	35.9	11.1	84	24	−41
1,4-二氧六环	101	88	1.03	2.2	∞	88	18	12
甲苯	111	92	0.87	2.4	0.05	85	20	4
吡啶	115	79	0.98	12.4	∞	94	42	23
正丁醇	118	74	0.81	17.5	7.45	93	43	29
醋酸	118	60	1.05	6.2	∞	无	—	40
乙二醇单甲醚	125	76	0.96	16.9	∞	100	85	42
吗啉	129	87	1.00	7.4	∞	无	—	38
氯苯	132	113	1.11	5.6	0.05(30℃)	90	28	29
醋酐	140	102	1.08	20.7	反应			53
二甲苯(混合体)	138~142	106	0.86	2	0.02	93	33	17
二丁醚	142	130	0.77	3.1	0.03(20℃)	93	33	38
均四氯乙烷	146	168	1.59	8.2	0.29(20℃)	94	34	无
苯甲醚	154	108	0.99	4.3	1.04	96	41	—
二甲基甲酰胺	153	73	0.95	36.7	∞	无	—	67

溶 剂	沸点 (103.3kPa) /℃	相对分子质量	相对密度 (20℃)	介电常数	溶解度 /(g/100gH₂O)	和水的共沸混合物		闪点 /℃
						沸点/℃	H₂O/%	
二甘醇二甲醚	160	134	0.94	—	∞	100	78	63
1,3,5-三甲基苯	165	120	0.87	2.3	0.03(20℃)	97	—	—
二甲基亚砜	189	78	1.10	46.7	25.3	无	—	95
二甘醇单甲醚	194	120	1.02	—	∞	无	—	93
乙二醇	197	62	1.11	37.7	∞	无	—	116
N-甲基-2-吡咯烷酮	202	99	1.03	32.0	∞	—	—	96
硝基苯	211	123	1.20	34.8	0.19(20℃)	99	88	88
甲酰胺	210	45	1.13	111	∞	—	—	154
六甲基磷酰三胺	233	179	1.03	30	∞	—	—	—
喹啉	237	129	1.09	9.0	0.6(20℃)	—	97	—
二甘醇	245	106	1.11	31.7	∞	无	—	143
二苯醚	258	170	1.07	3.7(>27℃)	0.39	100	96	205
三甘醇	288	150	1.12	23.7	∞	无	—	166
环丁砜	287	120	1.26(30℃)	43	∞(30℃)	无	—	177
甘油	290	92	1.26	42.5	∞	无	—	177
三乙醇胺	335	149	1.12(25℃)	29.4	∞	—	—	179
邻苯二甲酸二丁酯	340	278	1.05	6.4	不溶	无	—	171

注：除非另作注明，皆为25℃的溶解度。溶解度<0.01g/100gH₂O即为不溶解。

附录4 有机化合物的表面张力

化 合 物	温度/℃	表面张力/(mN/m)	化 合 物	温度/℃	表面张力/(mN/m)
乙酰丙酮	17	30.26	异丁醇	20	22.8
乙酰苯胺	120	35.24	异戊烷	20	14.97
乙醛缩二甲醇	20	21.60	异丁酸	20	25.2
乙腈	20	29.10	茚	28.5	37.4
苯乙酮	20	39.8	十一烷	20	24.71
丙酮	20	23.32	十一酸	25	30.64
	30	22.01	十一酸乙酯	16.8	28.61
偶氮苯	76.9	35.5	乙醇	20	22.27
苯甲醚	20	35.22		30	21.43
苯胺	26.2	42.5		40	20.20
烯丙醇	20	25.68		80	17.97
苯甲酸乙酯	25	34.6	乙胺	25	19.21
苯甲酸甲酯	20	37.6	乙基环己烷	20	25.7
α-紫罗酮	17.5	32.45	乙苯	20	29.04
β-紫罗酮	11.0	34.41	丁酮	20	24.6
异戊酸	25	24.90	环氧乙烷	—5	28.4
异喹啉	26.8	46.62	乙二胺	21.3	41.8
异丁胺	19.7	22.25	3-氯-1,2-环氧丙烷	12.5	38.13

化 合 物	温度/℃	表面张力/(mN/m)	化 合 物	温度/℃	表面张力/(mN/m)
反油酸	90	26.56	辛醇	20	26.71
氯丁烷	20	23.66	2-辛醇	20	25.83
氯丙烷	20	21.78	乙酸戊酯	20	25.68
苄基氯	20.6	37.46	乙酸甲酯	21	25.17
3-辛醇	20	25.05	水杨酸甲酯	25	39.1
4-辛醇	20	25.43	二乙胺	25	19.28
辛烷	20	21.76	乙醚	20	17.06
辛酸	20	28.34		30	15.95
辛酸乙酯	20	26.91	3-戊酮	21.0	25.18
辛胺	20	27.73	邻二乙基苯	20	30.3
辛烯	20	21.78	间二乙基苯	20	28.2
油酸	90	27.0	对二乙基苯	20	29.0
氨基甲酸乙酯	60	31.47	二噁烷	20	33.55
甲酸	20	37.58	环辛烷	13.5	29.9
甲酸乙酯	17	23.31	环辛烯	13.5	29.9
甲酸甲酯	20	24.64	1,1-二氯乙烷	20	24.75
邻二甲苯	20	30.03	二氯代乙酸	25.7	35.4
间二甲苯	20	28.63	二氯代乙酸乙酯	20	31.34
对二甲苯	20	28.31	环己醇	20	34.5
戊酸	19.2	27.29	环己酮	20.7	35.23
戊酸乙酯	41.5	23.00	环己烷	20	24.95
喹啉	26.0	44.61		30	23.75
异丙苯	20	28.20	环己烯	13.5	27.7
邻甲酚	14	40.3	环庚酮	20	35.38
间甲酚	14	39.6	环庚烷	13.5	27.8
对甲酚	14	39.2	环庚烯	13.5	28.3
氯代辛烷	17.9	27.99	环戊醇	21	32.06
氯代乙酸	80.2	33.3	环戊酮	23	32.98
氯代乙酸乙酯	20	31.70	环戊烷	13.5	23.3
氯代癸烷	21.8	28.72	环戊烯	13.5	23.6
邻氯甲苯	20	33.44	二苯胺	60	39.23
对氯甲苯	25	32.08	二丁胺	20	24.50
氯代己烷	20	26.21	丁醚	20	22.90
氯苯	20	32.28	二丙胺	20	22.32
氯代戊烷	20	25.06	丙醚	20	20.53
芥酸	90	28.56	二溴代甲烷	20	26.52
烯丙基氯	23.8	23.17	戊醚	20	24.76
氯乙烷	10	20.58	氯仿	20	27.28
乙酸	20	27.63	丁二酸二乙酯	19.3	31.82
	50	24.65	硬脂酸	90	26.99
乙酸异丁酯	16.9	23.94	癸二酸二乙酯	20	33.17
乙酸异丙酯	21	22.14	苯硫酚	25.5	37.67
乙酸乙酯	20	23.8	噻吩	20	33.1
乙酸乙烯	20	23.95	乙酸丁酯	20.9	25.21
丁子香酚	20	37.18	乙酸丙酯	10	24.84

化 合 物	温度/℃	表面张力/(mN/m)	化 合 物	温度/℃	表面张力/(mN/m)
乙酸乙酯	20.2	25.60	癸酸乙酯	16.1	28.52
十二烷	30	24.51	十四烷	21.5	26.53
三乙胺	20	19.99	十二醇	20	26.06
三氯代乙酸	80.2	27.8	丙胺	20	21.98
三氯代乙酸乙酯	20	30.87	丙苯	20	28.99
三氟三氯乙烷	20	17.75	溴代己烷	20	28.04
甘油三硬脂酸酯	80	28.1	溴苯	20	36.34
十三烷	21.3	25.87	溴代戊烷	20	27.29
三丁胺	20	24.64	溴仿	20	41.91
三丙胺	20	22.96	十一烷	21.1	27.52
甘油十四(烷)酸酯	60	28.7	己醇	20	24.48
邻甲苯胺	50	37.49	2-己醇	25	24.25
间甲苯胺	25	37.73	3-己醇	25	24.04
对甲苯胺	50	34.60	六甲基二硅氧烷	20	15.7
甲苯	20	28.53	己烷	20	18.42
萘	80.8	32.03	己酸	25	27.49
烟碱	31.2	36.50	己酸乙酯	18.4	25.96
邻硝基苯甲醚	25	45.9	己烯	20	18.41
硝基乙烷	20	32.2	十五烷酸	66.9	27.9
甘油三硝酸酯	16.5	51.1	庚醇	20	24.42
邻硝基甲苯	20	41.46	庚烷	20	20.31
间硝基甲苯	20	40.99	庚酸	25	27.97
对硝基甲苯	54	37.15	庚酸乙酯	20	26.43
邻硝基酚	50	42.3	庚烯	20	20.24
硝基苯	20	43.35	全氟辛烷	35	12.4
硝基甲烷	20	36.97	全氟癸烷	60	12.0
壬醇	20	26.41	全氟十二烷	90	10.8
3-壬酮	20	27.4	全氟壬烷	35	14.7
壬烷	20	22.92	苄胺	20	39.07
软脂酸	65.2	28.6	苄醇	20	39.0
二环己基	20	32.5	苯	20	28.86
α-蒎烯	33	26.13	苯甲醛	20	40.04
呱啶	20	30.20	苄腈	20	38.59
吡啶	20	38.0	菲	120	36.3
吡咯	29.0	28.80	苯肼	20	45.55
二甲胺	5	17.7	苯酚	20	40.9
二甲基亚砜	20	43.54	丁醇	20	24.57
溴乙烷	20	24.15	2-丁醇	20	23.47
溴丁烷	20	26.33	丁胺	20	23.81
溴丙烷	20	25.85	二甲硫	17.3	24.64
草酸二乙酯	20	32.22	硫酸二乙酯	14.9	34.02
硝酸乙酯	20	28.7	氟丁烷	20	17.72
癸醇	20	27.32	氟苯	20	27.71
癸烷	20	23.92	丙醇	20	23.70
癸酸	31.9	27.7	2-丙醇	20	21.35

化 合 物	温度/℃	表面张力/(mN/m)	化 合 物	温度/℃	表面张力/(mN/m)
丙酸	20	26.7	甲基环己烷	20	23.7
丙酸乙酯	20	24.27	3-甲基-1-丁醇	20	24.3
丁苯	20	29.23	L-薄荷酮	30	28.39
二苯甲酮	19.0	44.18	吗啉	20	37.5
十四烷	22.6	26.97	碘乙烷	20	28.83
戊醇	20	25.60	碘丁烷	20	29.15
戊烷	20	15.97	碘丙烷	20	29.28
戊胺	20.1	25.20	碘甲烷	20	30.14
戊苯	20	29.65	碘代辛烷	21.0	30.65
甲酰苯胺	60	39.04	碘代己烷	20	29.93
甲醛缩二甲醇	20	21.12	碘苯	18.4	39.38
丙二酸二乙酯	20	31.71	十二(烷)酸乙酯	17.1	28.63
十四(烷)酸	76.2	27.0	丁酸	25	26.21
十四(烷)酸乙酯	35	28.26	丁酸酐	20	28.93
乙酐	20	32.65	丁酸乙酯	20	24.54
	30	31.22	丁酸甲酯	27.3	24.24
邻苯二甲酸酐	130	39.50	二乙硫	17.5	25.0
1,3,5-三甲苯	20	28.83	二苯硫	16.4	42.54
甲醇	20	22.55	二丁硫	18.3	27.40
甲胺	25	19.19	硫酸二甲酯	15.1	39.50

附录5 农药剂型名称及代码

剂型名称	剂型英文名称	代码	说 明
原药和母药			
原药	technical material	TC	在制造过程中形成的有效成分及杂质组成的最终产品,不能含有可见的外来物质和任何添加物,必要时可加入少量的稳定剂
母药	technical concentrate	TK	在制造过程中得到有效成分及杂质组成的最终产品,也可能含有少量必需的添加物和稀释剂,只用于配置各种制剂
固体制剂			
粉状制剂			
粉剂	dustable powder	DP	适用于喷粉或撒布的自由流动的均匀粉状制剂
触杀粉	contact powder	CP	具有触杀性杀虫、杀鼠作用的可直接使用的均匀粉状制剂
飘浮粉剂	flo-dust	GP	气流喷施的粒径小于 $10\mu m$ 以下,在温室用的均匀粉状制剂

剂型名称	剂型英文名称	代码	说　明
颗粒状制剂			
颗粒剂	granule	GR	有效成分均匀吸附或分散在颗粒中，及附着在颗粒表面，具有一定粒径范围可直接使用的自由流动的粒状制剂
大粒剂	macro granule	GG	粒径范围在 2000~6000μm 之间的颗粒剂
细粒剂	fine granule	FG	粒径范围在 300~2500μm 之间的颗粒剂。
微粒剂	micro granule	MG	粒径范围在 100~600μm 之间的颗粒剂。
微囊粒剂	encapsulated granule	CG	含有有效成分的微囊所组成的具有缓慢释放作用的颗粒剂
特殊形状制剂			
块剂	block formulation	BF①	可直接使用的块状制剂
球剂	pellet	PT	可直接使用的球状制剂
棒剂	plant rodlet	PR	可直接使用的棒状制剂
片剂	tablet for direct application 或 tablet	DT 或 TB	可直接使用的片状制剂
笔剂	chalk	CA①	有效成分与石膏粉及助剂混合或浸渍吸附药液，制成可直接涂抹使用的笔状制剂（其外观形状必须与粉笔有显著差别）
烟制剂			
烟剂	smoke generator	FU	可点燃发烟而释放有效成分的固体制剂
烟片	smoke tablet	FT	片状烟剂
烟罐	smoke tin	FD	罐状烟剂
烟弹	smoke cartridge	FP	圆筒状（或像弹筒状）烟剂
烟烛	smoke candle	FK	烛状烟剂
烟球	smoke pellet	FW	球状烟剂
烟棒	smoke rodlet	FR	棒状烟剂
蚊香	mosquito coil	MC	用于驱杀蚊虫，可点燃发烟的螺旋形盘状制剂
蟑香	cockroach coil	CC①	用于驱杀蜚蠊，可点燃发烟的螺旋形盘状制剂
诱饵制剂			
饵剂	bait	RB	为引诱靶标害物（害虫和鼠等）取食或行为控制的制剂
饵粉	powder bait	BP①	粉状饵剂
饵粒	granular bait	GB	粒状饵剂
饵块	block bait	BB	块状饵剂
饵片	plate bait	PB	片状饵剂
饵棒	stick bait	SB①	棒状饵剂
饵膏	paste bait	PS①	糊膏状饵剂
胶饵	bait gel	BG①	可放在饵盒里直接使用或用配套器械挤出或点射使用的胶状饵剂
诱芯	attract wick	AW①	与诱捕器配套使用的引诱害虫的行为控制制剂
浓饵剂	bait concentrate	CB	稀释后使用的固体或液体饵剂

167

剂型名称	剂型英文名称	代码	说　明
可分散用的固体制剂			
可分散粉状制剂			
可湿性粉剂	wettable powder	WP	可分散于水中形成稳定悬浮液的粉状制剂
油分散粉剂	oil dispersible powder	OP	用有机溶剂或油分散使用的粉状制剂
可分散粒状制剂			
水分散粒剂	water dispersible granule	WG	加入水后能迅速崩解并分散成悬浮液的粒状制剂
乳粒剂	emulsifiable granule	EG	加水后成为水包油乳液的粒状制剂
泡腾粒剂	effervescent granule	EA[①]	投入水中能迅速产生气泡并崩解分散的粒状制剂,可直接使用或用常规喷雾器械喷施
可分散片状制剂			
可分散片剂	water dispersible tablet	WT	加水后能迅速崩解并分散形成悬浮液的片状制剂
泡腾片剂	effervescent tablet	EB	投入水中能迅速产生气泡并崩解分散的片状制剂,可直接使用或用常规喷雾器械喷施
缓释制剂			
缓释剂	briquette	BR	控制有效成分从介质中缓慢释放的制剂
缓释块	briquette block	BRB[①]	块状缓释剂
缓释管	briquette tube	BRT[①]	管状缓释剂
缓释粒	briquette granule	BRG[①]	粒状缓释剂
可溶性固体制剂			
可溶粉剂	water soluble powder	SP	有效成分能溶于水中形成真溶液,可含有一定量的非水溶性惰性物质的粉状制剂
可溶粒剂	water soluble granule	SG	有效成分能溶于水中形成真溶液,可含有一定量的非水溶性惰性物质的粒状制剂
可溶片剂	water soluble tablet	ST	有效成分能溶于水中形成真溶液,可含有一定量的非水溶性惰性物质的片状制剂
液体制剂			
均相液体制剂			
可溶液体制剂			
可溶液剂	soluble concentrate	SL	用水稀释后有效成分形成真溶液的相液体制剂
水剂	aqueous solution	AS[①]	有效成分及助剂的水溶液制剂
可溶胶剂	water soluble gel	GW	用水稀释后有效成分形成真溶液的胶状制剂
油制剂			
油剂	oil miscible liquid	OL	用有机溶剂或油稀释后使用的均一液体制剂
展膜油剂	spreading oil	SO	施用于水面形成油膜的制剂

剂型名称	剂型英文名称	代码	说明
超低容量制剂			
超低容量液剂	ultra low volume concentrate	UL	直接在超低容量器械上使用的均相液体制剂
超低容量微囊悬浮剂	ultra low volume aqueous capsule suspension	SU	直接在超低容量器械上使用的微囊悬浮液制剂
雾制剂			
热雾剂	hot fogging concentrate	HN	用热能使制剂分散成为细雾的油性制剂,可直接或用高沸点的溶剂或油稀释后,在热雾器械上使用的液体制剂
冷雾剂	cold fogging concentrate	KN	利用压缩气体使制剂分散成为细雾的水性制剂,可直接或经稀释后,在冷雾器械上使用的液体制剂
可分散液体制剂			
乳油	emulsifiable concentrate	EC	用水稀释后形成乳状液的均一液体制剂
乳胶	emulsifiable gel	GL	在水中可乳化的胶状制剂
可分散液剂	dispersible concentrate	DC	有效成分溶于水溶性的溶剂中,形成胶体液的制剂
糊剂	paste	PA	固体粉粒分散在水中,有一定黏稠度,用水稀释后涂膜使用的糊状制剂
浓胶(膏)剂	gel or paste concentrate	PC	用水稀释后使用的凝胶或膏状制剂
乳液制剂			
水乳剂	emulsion, oil in water	EW	有效成分溶于有机溶剂中,并以微小的液珠分散在连续相水中,成非均相乳状液制剂
油乳剂	emulsion, water in oil	EO	有效成分溶于水中,并以微小水珠分散在油相中,成非均相乳状液制剂
微乳剂	micro-emulsion	ME	透明或半透明的均一液体,用水稀释后成微乳状液体的制剂
脂膏	grease	GS	黏稠的油脂状制剂
悬浮制剂			
悬浮剂	aqueous suspension concentrate	SC	非水溶性的固体有效成分与相关助剂,在水中形成高分散度的黏稠悬浮液制剂,用水稀释后使用
微囊悬浮剂	aqueous capsule suspension	CS	微胶囊稳定的悬浮剂,用水稀释后成悬浮液使用
油悬浮剂	oil miscible flowable concentrate	OF	有效成分分散在非水介质中,形成稳定分散的油混悬浮液制剂,用有机溶剂或油稀释后使用
双重特性制剂			
悬乳剂	aqueous suspo-emulsion	SE	含有至少两种不溶于水的有效成分,以固体微粒和微细液珠形式稳定地分散在以水为连续相的非均相液体制剂

续表

剂型名称	剂型英文名称	代码	说　明
种子处理制剂			
种子处理固体制剂			
种子处理干粉剂	powder for dry seed treatment	DS	可直接用于种子处理的细的均匀粉状制剂
种子处理可分散粉剂	water dispersible powder for slurry seed treatment	WS	用水分散成高浓度浆状物的种子处理粉状制剂
种子处理可溶粉剂	water soluble powder for seed treatment	SS	用水溶解后,用于种子处理的粉状制剂
种子处理液体制剂			
种子处理液剂	solution for seed treatment	LS	直接或稀释后,用于种子处理的液体制剂
种子处理乳剂	emulsion for seed treatment	ES	直接或稀释后,用于种子处理的乳状液制剂
种子处理悬浮剂	flowable concentrate for seed treatment	FS	直接或稀释后,用于种子处理的稳定悬浮液制剂
悬浮种衣剂	flowable concentrate for seed coating	FSC①	含有成膜剂,以水为介质,直接或稀释后用于种子包衣(95%粒径≤2μm,98%粒径≤4μm)的稳定悬浮液种子处理制剂
种子处理微囊悬浮剂	capsule suspension for seed treatment	CF	稳定的微胶囊悬浮液,直接或用水稀释后成悬浮液种子处理制剂
其它制剂			
气雾制剂			
气雾剂	aerosol	AE	将药液密封盛装在有阀门的容器内,在抛射剂作用下一次或多次喷出微小液珠或雾滴,可直接使用的罐装制剂
油基气雾剂	oil-based aerosol	OBA	溶剂为油基的气雾剂
水基气雾剂	water-based aerosol	WBA	溶剂为水基的气雾剂
醇基气雾剂	alcohol-based aerosol	ABA①	溶剂为醇基的气雾剂
其它液体制剂			
滴加液	drop concentrate	TKD①	由一种或两种以上的有效成分组成的原药浓溶液,仅用于配制各种电热蚊香片等制剂
喷射剂	spray fluid	SF①	用手动压力通过容器喷嘴,喷出液滴或液柱的液体制剂
静电喷雾液剂	electrochargeable liquid	ED	用于静电喷雾的液体制剂
熏蒸制剂			
熏蒸剂	vapour releasing product	VP	含有一种或两种以上易挥发的有效成分,以气态(蒸气)释放到空气中,挥发速度可通过选择适宜的助剂或施药器械加以控制
气体制剂	gas	GA	装在耐压瓶或罐内的压缩气体制剂,主要用于熏蒸封闭空间的害虫
电热蚊香片	vaporizing mat	MV	与驱虫器配套使用,驱杀蚊虫用的片状制剂

剂 型 名 称	剂型英文名称	代码	说　明
电热蚊香液	liquid vaporizer	LV	与驱蚊器配套使用,驱杀蚊虫用的均相液体制剂
电热蚊香浆	vaporizing paste	VA①	与驱蚊器配套使用,驱杀蚊虫用的浆状制剂
固液蚊香	solid-liquid vaporizer	SV①	与驱蚊器配套使用,常温下为固体,加热使用时,迅速挥发并融化为液体,用于驱杀害虫的固体制剂
驱虫带	repellent tape	RT①	与驱虫器配套使用,用于驱杀害虫的带状制剂
防蛀剂	moth-proofer	MP①	直接使用防蛀虫的制剂
防蛀片剂	moth-proofer tablet	MPT①	片状防蛀剂
防蛀球剂	moth-proofer pellet	MPP①	球状防蛀剂
防蛀液剂	moth-proofer liquid	MPL①	液体防蛀剂
熏蒸挂条	vaporizing strip	VS①	用于熏蒸驱杀害虫的挂条状制剂
烟雾剂	smoke fog	FO①	有效成分遇热迅速产生烟和雾(固态和液态粒子的烟雾混合体)的制剂
驱避制剂			
驱避剂	repellent	RE①	阻止害虫、害鸟、害兽侵袭人、畜或植物的制剂
驱虫纸	repellent paper	RP①	对害虫有驱避作用,可直接使用的纸巾
驱虫环	repellent belt	RL①	对害虫有驱避作用,可直接使用的环状或带状制剂
驱虫片	repellent mat	RM①	与小风扇配套使用,对害虫有驱避作用的片状制剂
驱虫膏	repellent paste	RA①	对害虫有驱避作用,可直接使用的膏状制剂
涂抹制剂			
驱蚊霜	repellent cream	RC①	直接用于涂抹皮肤,难流动的乳状制剂
驱蚊露	repellent lotion	RO①	直接用于涂抹皮肤,可流动的乳状制剂,黏度一般为 2000~4000mPa·s
驱蚊乳	repellent milk	RK①	直接用于涂抹皮肤,自由流动的乳状制剂
驱蚊液	repellent liquid	RQ①	直接用于涂抹皮肤,自由流动的清澈液体制剂
驱蚊花露水	repellent floral water	RW①	直接用于涂抹皮肤,自由流动的清澈、有香味的液体制剂
涂膜剂	lacquer	LA	用溶剂配制,直接涂抹使用并能成膜的制剂
涂抹剂	paint	PN①	直接用于涂抹物体的制剂
窗纱涂剂	paint for window screen	PW①	为驱杀害虫涂抹窗纱的制剂,一般为 SL 等剂型
蚊帐处理制剂			
驱蚊帐	long-lasting insecticide treated mosquito net	LTN	含有驱杀害虫有效成分的化纤制成的长效蚊帐
蚊帐处理剂	treatment of mosquito net	TN①	含有驱杀害虫有效成分的浸渍蚊帐的制剂

171

剂型名称	剂型英文名称	代码	说　明
桶棍制剂			
桶混剂	tank mixture	TM[①]	装在同一个外包装材料里的不同制剂,使用时现混现用
液固桶混剂	combi-pact solid/liquid	KK	由液体和固体制剂组成的桶混剂
液液桶混剂	combi-pact liquid/liquid	KL	由液体和液体制剂组成的桶混剂
固固桶混剂	combi-pact solid/solid	KP	由固体和固体制剂组成的桶混剂
特殊用途制剂			
药袋	bag	BA[①]	含有有效成分的套袋制剂
药膜	mulching film	MF[①]	用于覆盖保护地含有除草有效成分的地膜
发气剂	gas generating product	GE	以化学反应产生气体的制剂

① 为我国制定的农药剂型英文名称及代码。

参 考 文 献

[1] Dobrat W and Martijn A. CIPAC Handbook：Volume F. Collaborative inernational pesticides analytical council limited，1995.

[2] Manual on the development and use of FAO specifications for plant protection products. Food and Agriculture Organization of the United Nations，2002.

[3] Tomlin C D S. The Pesticide Manual. 13th ed. Published by the British Crop Protection Countil，2003.

[4] 刘步林. 农药剂型加工技术. 北京：化学工业出版社，1998.

[5] 赵欣昕，侯宇凯. 农药规格质量标准汇编. 北京：化学工业出版社，2002.

[6] 中化化工标准化研究所，中国标准出版社第二编辑室. 农药标准汇编：通用方法卷. 北京：中国标准出版社，2006.

[7] 赵国玺. 表面活性剂作用原理. 北京：中国轻工业出版社，2003.

[8] 德鲁·迈尔斯［阿］. 表面、界面和胶体——原理及应用. 吴大诚，朱谱新，王罗新等译. 北京：化学工业出版社，2005.

参 考 文 献

[1] Dobrat W. and Martijn A. CIPAC Handbook, Volume F. Collaborative international Pesticides analytical council limited, 1995.

[2] Manual on the development and use of FAO specifications for plant protection. Food and Agriculture Organization of the United Nations, 2002.

[3] Tomlin C D. The Pesticide Manual 13th ed. Published by the British Crop Protection Council, 2003.

[4] 唐除坤. 农药质量检测技术. 北京: 化学工业出版社, 2006.

[5] 唐除坤. 农药分析. 北京: 化学工业出版社, 2002.

[6] 中国农药工业协会. 农药质量标准汇编. 北京: 化学工业出版社, 2005.

[7] 唐除坤. 农药分析. 北京: 化学工业出版社, 2008.

[8] 农业部农药检定所. 新编农药手册. 北京: 化学工业出版社, 2000.